»Zuerst ignorieren sie dich, dann lachen sie über dich, dann bekämpfen sie dich und dann gewinnst du.«

Mahatma Gandhi

Über die Autoren:

Alina Alberti arbeitet als Journalistin in Bonn für Print und TV. In ihrem ersten Sachbuch beleuchtete sie die Rolle der neuen Medien für die Schulentwicklung. Die Germanistin mag Bücher mit Geschichten, die ihr helfen, andere Perspektiven einzunehmen und neue Welten zu entdecken. Für sie sind vor allem in der heutigen Zeit Toleranz und gegenseitiger Respekt Themen von zentraler Bedeutung. Auch vor diesem Hintergrund lässt sie diesen Liebesroman in der veganen Welt spielen.

Arne Aureli ist Sozialwissenschaftler und arbeitet in Bonn als TV-Journalist, Realisator und TV-Produzent. Seine große Erfahrung mit Filmtexten hat ihn motiviert, als Co-Autor diesen Roman zu verfassen. Ein Buch bietet ihm viel mehr Raum und Zeit, die Protagonisten auf Schritt und Tritt zu begleiten und ihre Nöte und Wünsche nachzuempfinden und auszuleuchten. Dabei interessieren ihn vor allem schicksalhafte Ereignisse, die Menschen vor besondere Herausforderungen stellen.

Alina Alberti & Arne Aureli

Tofu

trifft

Bratwurst

Roman

Bibliografische Information der
Deutschen Nationalbibliothek:
Die Deutsche Nationalbibliothek verzeichnet diese
Publikation in der Deutschen Nationalbibliografie;
detaillierte bibliografische Daten sind im Internet über
http://dnb.dnb.de abrufbar.

© 2017 Alina Alberti & Arne Aureli
Herstellung und Verlag:
BoD – Books on Demand, Norderstedt

ISBN 9783744819169

1. Kapitel
Auftakt mit Hindernissen

01

Vivi hatte ewig für ihr Make-up auf dem halben Quadratmeter Kabinenbad gebraucht. Sie betrachtete sich im Spiegel. Ihre Hand war ganz ruhig, als sie die Konturen ihrer Lippen mit dem Pinsel nachzeichnete. Das dunkle Kirschrot machte ihren Mund noch verführerischer. Sie legte sonst keinen so großen Wert auf ihr Äußeres, doch für ihr erstes mediterranes Abendessen an Bord der »AIDA« wollte sie besonders schick sein. Sie benutzte tierfreie Produkte und achtete bei Kosmetika akribisch darauf, dass keine Tierversuche im Spiel waren. Auch für ihre Kleidung kamen nur vegane Materialien in Frage wie Baumwolle, Leinen oder Hanf.

Der erste Abend an Bord sollte ein Highlight werden. Vivi bedauerte, dass trotz mediterraner Sonne die ersten dunklen Wolken aufzogen. Ihr Freund David hatte nach heftigen Diskussionen die Kabine verlassen, um im Restaurant einen Tisch zu reservieren. Sie hatten sich – wie so oft – ums Essen gestritten. Vivi wollte lieber ins »East-Restaurant«, da sie dort als Veganerin eher auf ihre Kosten kommen würde. David zog es ins »Marktrestaurant«, weil da für ihn die Auswahl größer war, wie er stur behauptete. Um des lieben Friedens willen hatte sie zugestimmt. An sich verstanden sich David und sie. Aber was hieß schon »an sich«? An sich war die Beziehung zur Gewohnheit geworden. Mit seinen 1,70 Meter und dem etwas lichtem Haar war er nicht so ganz ihr Typ. Im Bett lief es auch nicht gerade optimal, obwohl sie sich erst seit drei Jahren kannten. Aber er war für sie da, als sie ganz unten war. Davids Vorgänger hatte sie von heute auf morgen verlassen. Obwohl es nie große Konflikte oder Streitereien gab, stellte er sie nach zwei Jahren plötzlich vor vollendete Tatsachen. Er hätte eine neue Freundin, die würde er mehr lieben. Das wäre so, er könne nichts dafür. Nach dieser Ansage hatte er seine Sachen gepackt und sich aus dem Staub gemacht. Sie war total von der Rolle und hatte die ganze Nacht geweint. Als sie dann am nächsten Tag ziellos mit roten Augen durch Köln irrte, hatte sie David angerempelt und war umgeknickt. Er half ihr wieder auf die Beine und verwickelte sie in ein Gespräch. Er interessierte sich für ihre Probleme und hörte ihr zu. Er nahm sie in den Arm, ohne dass es ihr peinlich war. Von da an sahen sie sich regelmäßig. Mit ihm konnte sie über alles reden. Das war wichtig für sie.

Der Knackpunkt war Davids Essverhalten. Er war ein ausgemachter Fleischesser, und sie mutierte während ihrer Beziehung zu einer überzeugten Veganerin, die ihren Ekel vor gebratenem Tier nicht immer unter Kontrolle halten konnte. Das tat sie häufig lautstark kund. Sie weigerte sich schließlich, für ihn Fleischgerichte zu kochen. Konnte das auf Dauer überhaupt gut gehen? Die Reise mit dem Kreuzfahrtschiff sollte eine Art Neustart für ihre Beziehung sein. Sie wollten auf neutralem Boden in einer entspannten Atmosphäre noch einmal über alles reden. Vivi setzte dabei auf Unterstützung und hatte ihre Freundin Laura überredet, mit ihnen zu fahren.

Das Klopfen an der Kabinentür riss sie aus ihren Gedanken. Sie warf einen letzten prüfenden Blick in den Spiegel. Dann öffnete sie die Tür.

»Laura, Schatz, pünktlich wie immer. Du hast dich sehr hübsch gemacht.«

Laura strahlte und zauberte ihre süßen Grübchen hervor.

»Danke. Für unsere hoffentlich unvergessliche Mittelmeerreise war mir kein Aufwand zu schade. Ich freue mich total auf die nächsten zehn Tage. Wo ist David?«

»Er sondiert schon einmal das Buffet«, antwortete Vivi knapp, »lass uns gehen und den Abend genießen.«

02

»David, ich sehe jetzt nicht das, was ich sehe, oder?«

Vivi starrte schockiert auf Davids Teller.

»Entrecote rare. Argentinisch würde ich sagen, der richtige Starter für den ersten Urlaubstag«, antwortete David mit Unschuldsmine.

Er schob sich ein Stück Fleisch in den Mund und kaute genüsslich, als wollte er wie ein Tester die Qualität gründlich prüfen.

»Zart, gute Röstaromen, leicht pfeffrig. Ich bin begeistert. Wollt ihr Rotwein?«

Ohne die Antwort abzuwarten, goss David beiden aus der Karaffe Wein ein. Vivi nahm gar nicht erst Platz, sondern funkelte ihn aufgebracht an, als hätte er sich eines Verbrechens schuldig gemacht. Sie sprach so laut, dass die Familie am Nachbartisch irritiert zu ihnen herüber sah. Laura legte den Zeigefinger auf ihre Lippen und suchte Vivis Blick. Vergeblich. Sie kannten sich seit zwei Jahren.

Laura liebte Vivi so wie sich Freundinnen lieben, die alles von einander wissen. Weil Vivi mittlerweile für Laura ein offenes Buch war, wusste sie, was jetzt kommen würde. Wenn Vivi sich ärgerte, ging sie ab wie eine Rakete. Sylvesterknaller waren dann im Vergleich zu ihr ein meditatives Ereignis. Laura setzte sich, nahm Vivis Hand und zog sie auf den Stuhl neben sich. Mies gelaunt und widerwillig nahm Vivi Platz. Sie hatte sichtbar Mühe, ihre Betriebstemperatur nicht weiter ansteigen zu lassen und machte auch keine Anstalten, sich am reichhaltigen Buffet umzusehen, das für jeden Geschmack etwas zu bieten hatte.

»Super, das fängt ja gut an. Die Gäste am Nachbartisch fühlen sich durch euren Streit schon belästigt.«

Laura hatte den Satz geflüstert. Das Restaurant war wie erwartet gut gefüllt. David hatte den Tisch optimal gewählt. Die Aussicht aufs Meer war phantastisch. Laura hob ihr Glas, um die Situation zu entspannen und prostete ihrer Freundin mit ihrem charmantesten Lächeln zu.

Von so einer Kreuzfahrt hatte sie immer geträumt. Als Vivi sie gefragt hatte, ob sie mitfahren möchte, hatte sie sofort ja gesagt, auch wenn sie nicht gerne das fünfte Rad am Wagen war. Streit war da völlig fehl am Platz. Auch David prostete Vivi zu.

»Vivi, Schatz, slow down, pleasure up! Ich freue mich über unser erstes Essen mit Meerblick, strahlend blauem Himmel und gut temperiertem Rotwein. Diese Bordmarke schmeckt richtig gut.«

Sie stießen an, aber Vivis Miene verfinsterte sich, denn David schnitt sich ein weiteres Stück Steak ab, garnierte es mit Kräuterbutter, kaute lustvoll und schob noch ein paar Fritten hinterher, als schien er überhaupt nicht zu bemerken, dass sich gerade ein kleines bis mittelschweres Gewitter anbahnte, obwohl am strahlendblauen mallorquinischen Himmel kein Wölkchen mehr zu sehen war. Vivi knallte ihr Weinglas auf den Tisch, ohne einen Schluck zu trinken.

»Komm Laura, wir gehen zum Buffet. Ich brauch' was Vernünftiges.«

Vivi nahm Lauras Hand und steuerte auf die Abteilung Gemüse und Obst zu. Mit gut gefüllten Tellern voller Vitamine und nahezu ohne Kalorien kehrten sie zum Tisch zurück. Vivi plusterte sich wie ein Pfau vor David auf.

»David, wir hatten eine Abmachung. Wenn wir an Bord zusammen essen, isst du vegan oder ausnahmsweise mal vegetarisch. Schon vergessen?«

»Ja, stimmt, aber ich war ja vor dir hier, also allein!«, antwortete David mit vollem Mund provokativ, »ich brauche zum Auftakt einer solch tollen Reise was Richtiges.«

»Ach, und das auf unserem Teller ist nichts Richtiges? Hier, was Rotes, Tomaten, nicht wahr, und hier, ein paar schöne rote Zwiebeln und ein paar schwarze Oliven. Sieht doch klasse aus, dafür musste niemand ein Tier umlegen. Hat uns der liebe Gott auf andere Weise beschert. David, wir wollten unsere Beziehung stabilisieren. Mehr Rücksicht nehmen. Nur wenn ich nicht dabei bin, kannst du essen, was du willst. Das war die Abmachung. Dieses Zugeständnis fiel mir schwer genug. Das kannst du mir glauben. Also?«

»Ihre Freundin hat Recht«, mischte sich eine schick gekleidete Frau in den Vierzigern am Nachbartisch ein, »junger Mann, wissen Sie, wie viel Wasser gebraucht wird, um ein Filetsteak herzustellen? Das ist Irrsinn. Sie und die ganzen Fleischesser müsste man mal eine Woche lang in einen Schlachthof einsperren. Dann würden Sie anders reden. Dann wüssten Sie von Schmerzen, die Sie sich nicht mal vorstellen können. Dann sähe für Sie die Welt anders aus. Gesünder ist fleischloses Essen auch. Ich bin Ärztin, ich weiß wovon ich rede.«

Davids Gesichtsfarbe verwandelte sich von leicht rosa zu aschfahl.

»Hier wird Krieg gegen friedliche Menschen geführt!«

David konnte seine Stimme kaum im Zaum halten. Laura rutschte auf ihrem Stuhl immer weiter nach unten.

»David, die Dame hat Recht. Ich führe keinen Krieg. Ich will nur das Beste für die Gesellschaft mit meinem Verhalten und meinem Beruf bewirken.«

David kaute auf seiner Unterlippe, bis sie blutete. Seine Miene verdüsterte sich noch mehr.

»Das haben wir schon tausendmal diskutiert. Das ist deine Sicht der Dinge. Du kannst Rohes und Buntes in dich hineinschaufeln, so viel wie du willst, ist mir egal. Aber mir schmeckt das nicht, basta. Ich hatte Stress ohne Ende in der Kanzlei. Was machst du jetzt? Textest mich zu, statt im Urlaub mal locker zu lassen. Laura, sag doch auch mal was.«

Laura rutschte auf ihrem Stuhl hin und her. Sie hatte sich den Auftakt ihrer Reise wirklich anders vorgestellt. Zwischen zwei Stühle wollte sie auf jeden Fall nicht geraten. Auch sie war Veganerin. Doch dieser Lebensstil hatte sie einiges an Überwindung gekostet. Als sich Vivi und sie kennengelernt hatten, war die Welt noch in Ordnung. Damals aß Vivi noch alles, auch wenn sie nie die große Fleischesserin war. Erst nach ihrer Ausbildung wechselte sie auf den veganen Trip. Von diesem Zeitpunkt an hatte Vivi sie beknetet, zu Vorträgen mitgenommen, ihr ein Youtube-Video aus einem Massenzuchtbetrieb gezeigt, das ihr den Atem geraubt hatte. Sie hatte ein weiches Herz und war ihrer besten Freundin aus Zuneigung und Verbundenheit gefolgt. Mittlerweile schmeckte ihr sogar geräucherter Tofu, und sie hatten einen veganen Kochkurs an der Volkshochschule in Lindenthal gebucht, der ihr gut gefallen hatte. Sie holte tief Luft und hob den Finger wie in der Schule.

»Vivi, ... «

»Jetzt nicht, Laura, David weiß doch genau, was mit den Tieren passiert, bevor die bei uns auf dem Teller landen. – David, daran werde ich dich jeden Tag auf dieser Reise erinnern. Gerade weil es genug Auswahl ohne Fleisch und Fisch auf den Buffets gibt.«

»Aha – jeden Tag willst du mich auf dieser Reise daran erinnern. Jeden Tag. So das war's. Mir reicht's, Vivi, reise mit wem du willst, ich bin raus. Ich pfeif mir im ›California Grill‹ einen Burger rein, spül mit einem Gläschen Sekt nach und dann ...«, er zögerte für ein paar Sekunden, »...ziehe ich aus der Kabine aus. Hinterher beschwerst du dich noch über den Fleischgeruch oder so. Ich trau dir alles zu. Ich schlaf auf dem Pooldeck oder gar nicht. Jedenfalls gehe ich in Palermo von Bord. Das war's mit unserer Beziehung - definitiv. Ein Jahr zu spät. Ich hätte mich schon vor einem Jahr vom Acker machen sollen, als deine vegane Offensive begann.«

David ging ohne ein weiteres Wort. Vivi starrte auf ihren Teller. Sie trank einen Schluck Orangensaft und stocherte lustlos im Rote-Beete-Salat herum, obwohl sie rote Beete mit Äpfeln und Walnüssen liebte.

»Tja, Vivi, ich glaube, David macht wirklich ernst. Das war es wohl.«

»David war ohnehin, na ja, zweite Wahl. Ich weiß, das klingt jetzt fies, aber was soll ich sagen. Ich bin sicher, es wird schon noch der Richtige kommen.«

Für den Richtigen wirst du hoffentlich deine Toleranzgrenze erweitern und etwas geschmeidiger werden, dachte sich Laura, ansonsten wird das nie was.

»Bei wem, wenn nicht bei einer Köchin könnte am ehesten der Spruch in Erfüllung gehen ›Für jeden Topf gibt es den richtigen Deckel‹. Also Kopf hoch!«

»Laura, du bist ein Schatz. Verzeihst du mir, dass ich hier die Stimmung verdorben habe?«

»Natürlich, wozu sind beste Freundinnen denn da?«, erwiderte Laura versöhnlich und gab Vivi einen freundschaftlichen Kuss auf die Wange.

In diesem Moment kam ein Filipino mit einem gut ausgestatteten Getränkewagen an ihnen vorbei und rief in gebrochenem Deutsch: »Grappa für Papa, Rama für Mama!«

Vivi und Laura brachen trotz der angespannten Situation in lautes Gelächter aus.

»Also, Vivi, mit Grappa kann ich noch etwas anfangen, aber was ist denn Rama?«

»Ramazzotti«, warf eine Frau vom Nebentisch ein.

»Weißt du was, Vivi, auch wenn wir noch keine Mamas sind, ein Ramazzotti kann unserer Laune bestimmt gut tun. – Geben Sie uns bitte zwei Ramas«, bat sie den Ober übermütig.

Die beiden Freundinnen prosteten sich zu und schluckten den Kräuterlikör auf ex.

03

In der Kabine fiel Vivi sofort die halb geöffnete Schranktür auf. Sie sah, dass Davids Koffer fehlte. Er schien seine Drohung wahr gemacht zu haben. Vielleicht war es besser so. *Zehn Tage täglichen Streit hätte sie auch nicht ausgehalten.* Sie schaute in den Spiegel.

»Tja, Ben, was soll ich machen? Ich vermisse dich so.«

Vivi unterdrückte aufsteigende Tränen. »Ich weiß, dass ich mir manchmal selber im Weg stehe. Ben, wenn ich nur mit dir darüber reden könnte«, murmelte sie vor sich hin.

Vivi ging auf den Balkon und schaute mit leeren Blick aufs Meer. Sie kam sich plötzlich so verloren vor, und ihr war übel. Der Streit war ihr mehr auf den Magen geschlagen, als sie Laura gegenüber zugegeben hatte. Die Schiffssirene riss sie aus ihren Grübeleien. Sieben kurze Töne und ein langer Ton kündigten die Seenotrettungsübung an. Sie hatte keine Lust, den Balkon zu verlassen und sich mit der Meute auf Deck zu begeben. Die Sonne war kurz davor, im Meer zu versinken. Der Anblick war so romantisch wie sie es aus Filmen kannte. Leider fehlte jemand, der den Arm um sie legte und diesen Moment mit ihr teilte. Sie schloss die Augen, atmete tief ein, hielt kurz die Luft an und atmete dann langsam aus. *Auch darüber würde sie hinwegkommen. Dieser Urlaub würde die beste Therapie gegen Liebeskummer sein.* Sie ging zum Schrank, um sich die Rettungsweste anzulegen. Als sie die Tür öffnete, sah sie, dass die zweite Weste fehlte. *Aha, auch daran hatte David beim Auszug gedacht.*

04

Auf den Gängen herrschte ein geordnetes Gewusel wie in einem Bienenschwarm. Manche Passagiere scherzten miteinander. Einige haderten mit dem störrischen Kleidungsstück, das Leben retten konnte.

»Bitte rücken Sie auf, hierher bitte, und dann nach hinten treten, so weit es geht, Herrschaften. Noch enger zusammen, bitte«, steuerten die Crewmitglieder die Passagiere.

Vivi reihte sich ein. Der Ton des Übungsleiters erinnerte sie ans Militär, aber sie nahm ihm seine bestimmende Art nicht übel. Ihr war es recht, wenn es schnell ging. Sie sah sich die Rettungsboote genauer an und fragte sich, ob im Ernstfall wirklich alle Passagiere darin unterkommen könnten. Aber eine Havarie oder etwas Schlimmeres wollte sie sich sowieso nicht genauer vorstellen. Ihre private Havarie reichte ihr vollkommen. Immer mehr Menschen strömten zur Musterstation Y, so hieß ihre Sammelstelle. Es wurde eng. Vivi fühlte sich unwohl, wenn ihr fremde Menschen so nah kamen. Es war nicht spaßig zwischen einer übergewichtigen Mittfünfzigerin mit penetrantem Parfum und einem Kerl mit eigenwillig verstrubbeltem Haar, das seltsam roch, eingeklemmt zu sein. Ihr Hintermann hatte eine Alkoholfahne. Einige Meter weiter stand Laura. Vivi winkte ihr zu. Der Übungsleiter rief Kabinennummern in bunter Reihenfolge laut auf, um zu prüfen, ob alle vor Ort waren.

»8265«, schrie der Steward, um gut verstanden zu werden.

»Hier!«, rief Vivi.

»Und hier auch«, hörte sie von irgendwo hinter ihr die Stimme Davids.

Die Rettungsweste war unbequem. Ihr war nichts lieber, als dieses ungeschmeidige Teil endlich auszuziehen.

»Mein Gott, wie kann man so etwas erfinden. Da müssten mal Designer ran. Luis, was meinst du?«

Vivi schaute nach rechts, um herauszufinden, wer da flötete. *Der hat 'nen Ratsch im Kappes. Designte Schwimmwesten, geht's noch? Der soll doch froh sein, wenn er nicht absäuft,* dachte sie nur.

»Luis, dieses grässliche Teil passt gar nicht zu meinem Hemd. Rot und Orange, das beißt sich. Sind die Dinger gereinigt oder desinfiziert?«

Der Nörgler hielt sich den Kragen der Weste vom Mund weg und machte ein angeekeltes Gesicht. Vivi nervte das Geflöte. Dass der Junge vom anderen Ufer war, störte sie nicht. Das war sie in ihrer Heimatstadt Köln gewohnt. Aber diese egomanische Nabelschau zehrte an ihren Nerven. *Der stellt sich an wie ein Baby,* hätte sie am liebsten laut gesagt.

»Luis, ich weiß nicht, aber ich glaube, mir wird übel. Lass mich hier nicht allein, wenn ich umfalle. Diese Enge.«

Der Kerl nörgelte so laut, dass sie nicht anders konnte und wieder in die Richtung der quäkenden Stimme schaute. Diesmal blickte sie in warme braune Augen, die sie für einige Sekunden festhielten. Das musste dieser Luis sein. Sie hielt seinem Blick stand. *Flirtete sie etwa?* Sie war erstaunt über sich selbst, nach allem was gerade passiert war. Es war nicht ihre Art, auf diese Weise Kontakte zu knüpfen. Aber es war eine ideale Ablenkung für ihre geschundene Seele. Schönes gewelltes Haar, muskulöser Körper. Ein paar Unebenheiten im Gesicht. *Vielleicht litt er als Teenie unter Akne.* Aber seine lässige, souveräne Ausstrahlung machte alles wieder wett.

»Luis, ich brauch' ein Bonbon. Mein Mund ist total trocken.«

»Hab' keins, sorry.«

Vivi hielt Ausschau nach einer weiblichen Begleitung in seiner Nähe, konnte aber niemanden ausmachen. *Der ist bestimmt auch schwul. Die meisten gut aussehenden Männer sind schwul. Warum sonst standen sie so eng zusammen.*

»Pascal, tief durchatmen und am besten aufs Meer hinausschauen, einen Punkt fixieren. Bald haben wir es geschafft«, hörte sie diesen Luis seinen Nachbarn beruhigen. Beim letzten Satz sah er wieder zu Vivi hinüber. Er zog die Schultern etwas hoch, als wüsste er nicht weiter und wollte ihren Rat. Sie lächelte verlegen zurück. *Wahrscheinlich ist das sein Bruder oder so. Schön wäre es.* Sie hatte das Gefühl, dass der attraktive Typ sie weiter ansah, traute sich aber nicht mehr, in seine Richtung zu schauen, auch wenn sie es gern getan hätte.

Die »Flöte« war verstummt. *Offenbar hatte der Attraktive eine beruhigende Wirkung auf ihn.* Vivi war froh, dass die Übung gleich vorbei war. In Kürze würde das Schiff auslaufen. Sie merkte, dass sie nach dem Streit immer noch voll unter Strom stand. Sie musste sich irgendwie abreagieren.

2. Kapitel
Mit Karacho ins Glück

05

Was will dieser Computer von mir? Vivi hasste Technik, es sei denn, es handelte sich um Backöfen, Dampfgarer, Gasherde oder Mixer. Sie berührte den Touchscreen und entschied sich, zehn Minuten zu laufen. Wer sich aufs Laufband traute, konnte den Blick aufs Meer genießen. Sie würde gar nicht merken, dass sie sich anstrengte. Ihr Puls sollte 150 nicht übersteigen, obwohl sie nicht sicher war, ob er das nicht jetzt schon tat. Vivi prüfte ihre Schnürsenkel und zog sich ihren Sport-BH zu recht. Sie war bereit. Ihr Nachbar zur Linken schwitzte schon wie ein ...na ja, Ferkel. Er lief, was das Zeug hielt und machte den Eindruck, als sei er auf der Flucht. *Mach dich locker und los geht's, Vivi. Laura wartet auf dich auf dem Pooldeck, um mit dir zusammen das Auslaufen zu genießen. Das sollte dir Ansporn genug sein.* Vivi hasste das Laufband schon nach einer Minute. *Warum lag sie nicht relaxt auf einer Liege mit Blick auf den Pool und knackigen Männerhintern, einem Kaffee mit Sojamilch in der Hand und genoss die letzten Sonnenstrahlen des Tages?* Wie lang eine Minute war! Sie fühlte sich plötzlich so, als würde sie bergauf laufen. Aber sie wollte sich keine Blöße geben und lief weiter. Sie dachte an David und seine Ignoranz und die Art und Weise, wie er sie abserviert hatte. Ihre Beine wurden schwerer. *Was tat sie hier überhaupt?* »Zwei Minuten noch, Vivi«, ermunterte sie ihren inneren Schweinehund. *Du bist jung, verdammt noch mal.* Auf einmal spürte sie, dass ihr das Blut aus dem Kopf lief. Ihr wurde schwindelig, und ehe sie sich versah, verfehlte sie mit ihrem linken Fuß das

Laufband und fiel. Sie wollte irgendetwas dagegen tun, aber sie schaffte es nicht. Sie sah sich beim Fallen zu wie in einem Film, wie in Slow Motion, wären da nicht diese starken Arme gewesen, die sie auffingen und Schlimmeres verhinderten.

»Nicht so stürmisch. Der Urlaub fängt doch grad erst an.«

Vivi sah in braune Augen, die ihr bekannt vorkamen. Ihr Retter in der Not hielt sie immer noch fest.

»Haben Sie sich verletzt? Fehlt Ihnen etwas?«, fragte dieser Luis von vorhin mit sanfter Stimme.

Vivi wusste nicht, was sie sagen sollte. Ihr Missgeschick war ihr peinlich.

»Nein, nein, es ist nichts passiert, alles ok. Mir ist nur etwas komisch.«

»Setzen Sie sich, Sie sind ja weiß wie eine Wand, Sie sollten sich durchchecken lassen, bevor Sie weiter laufen.«

»Ich weiß auch nicht, was mit mir los ist. Vielen Dank. Ich setz mich mal.«

Vivi beobachtete ihren Retter aus den Augenwinkeln, während sie sich das linke Bein massierte. Er legte sich ein Handtuch um den Hals. Unter seinem Shirt zeichnete sich sein durchtrainierter Körper ab.

»Entschuldigung, ich heiße Luis. Da Sie ja so gut wie in meinen Armen lagen, könnte ich mich auch mal vorstellen.«

»Vivi, ich heiße Vivi, eigentlich Vivian. Danke, dass Sie im richtigen Moment gekommen sind.«

»War mir ein Vergnügen.«

»Sie trainieren ganz allein? Ihr lustiger Freund, der eben neben Ihnen stand, hält wohl nichts vom Schwitzen?«

Luis dachte einen Moment nach.

»Stimmt. Wir kennen uns, richtig. Von der Seenotret-tungsübung. Ohne Weste gefallen Sie mir viel besser.«

Vivi lief rot an, was sie hasste. Helfer in der Not und dann auch noch charmant. Das war zuviel für diesen Tag.

»Ne, mein lustiger Freund mag fast keinen Sport, hat er auch nicht nötig, er ist Asket, obwohl er Feinschmecker ist. Gutes, aber in Maßen.«

Vivi bemerkte, dass sie wie gebannt an seinen Lippen hing und wurde verlegen.

»Aber ich will Sie nicht aufhalten. Nochmals danke für Ihre Hilfe.«

Vivi hätte ihm fast ganz förmlich die Hand zum Ab-schied gereicht. Doch ihr charmanter Retter kam ihr zuvor und strich ihr über beide Arme.

»Sie dürfen mir jederzeit wieder in die Arme sinken.«

Vivi suchte nach Worten, nach den richtigen. Sie zog sich ihre Trainingsjacke sehr langsam über. Sie musste Zeit gewinnen. Vielleicht ergriff er noch einmal die Initiative. Ihr fiel einfach nichts ein, worüber sie noch hätte reden können. Sie hatte Luis schon den Rücken zugewandt, als sie seine Stimme hörte.

»Was machen Sie denn, wenn Sie mal nicht vom Lauf-band fallen?«, fragte er und fügte, ohne ihre Antwort abzuwarten, hinzu, »wer fleißig trainiert, darf doch sicher abends einen Cocktail trinken. Wie wär's? Die ›Anytime Bar‹ an Bord soll sehr spacig sein.«

Sie wusste nicht, was er mit spacig meinte, aber es klang verlockend.

»Hört sich gut an.«

Vivi wollte nicht so klingen, als habe sie sehnsüchtig auf eine Verabredung gewartet.

»Aber erst morgen. Den Abend heute will ich mit meiner Freundin Laura verbringen.«

»Klar, verstehe, passt doch. Also, bis morgen Abend um elf. Genießen Sie den ersten Seetag.«

Luis verabschiedete sich mit einem lässigen Gruß und verließ den Spa Bereich. Vivi blieb noch einen Moment stehen und schaute ihm verwirrt nach. Sie merkte, dass ihr Herz schneller schlug und wusste nicht, ob das mit ihrem kleinen Sportunfall zu tun hatte oder mit ihrem Helfer in der Not. Das Kribbeln in der Magengegend sprach mehr für die zweite Variante. Sie war froh, dass sie sportlichen Ehrgeiz entwickelt hatte, um sich abzureagieren. Wie in einer Art Trance ging sie in ihre Kabine, um zu duschen.

06

Vivi konnte Laura nirgendwo entdecken. Die Menschen drängte es zur Reling, wo sie beim Auslaufen aus guten Positionen filmen und fotografieren konnten. Einige sicherten sich auf den Holzbänken am Pool einen Platz mit schöner Rundumsicht. Crewmitglieder ließen die Korken knallen und gossen Sekt in hunderte Gläser und anschließend farbige Liköre dazu. Vivi kam es keinen Moment so vor, als würden an Bord dieses Schiffes über 2000 Menschen Erholung suchen. Sie sehnte Laura herbei. In wenigen Minuten würden sie auslaufen.

»Bekommst du bei dieser Musik auch Fernweh?«

Plötzlich stand Laura neben ihr. Auf ihren Augen lag ein feuchter Glanz. Der emotionalen Auslaufmusik konnte sich niemand entziehen. Laura trank einen letzten Schluck Sekt und legte dann ihren Kopf auf Vivis Schulter. Gemeinsam betrachteten sie das Meer. Sie kannten sich seit zwei Jahren. In einer Zeit, in der Beziehungen und Freundschaften turnusmäßig mit dem Update des Handys wechselten, war das eine Ewigkeit. Das Schiff hatte kaum spürbar abgelegt.

»Schau, wie winzig die Mallorquinische Kathedrale geworden ist. Wir stechen in See, Vivi, einfach umwerfend, ich bin so gespannt.«

Auch bei Vivi lösten die romantischen Klänge Gänsehaut aus. Sie versprachen Abenteuer und neue Erfahrungen. Sie legte den Arm um Laura und sah sie liebevoll an.

»Ich bin froh, dass du bei mir bist, Laura. Hier zu stehen und das weite Meer zu betrachten, ist traumhaft. Stell dir mal vor, für immer so zu reisen, von einem Hafen zum nächsten, meine Kabine wird jeden Tag aufgeräumt. Ich esse, wann ich will und lasse es mir im Spa und auf der Sonnenliege gut gehen.«

»Gute Idee, aber leisten könnten wir uns das nicht. Ist dir wohl klar.«

»Laura, wir sind hier, um zu träumen.«

»Tu ich ja, ich träume von einem Mann, nett, lustig, humorvoll, gut aussehend, er soll mir nah sein und mich verstehen, nicht am Hungertuch nagen und mir vor allem treu sein«, geriet Laura ins Schwärmen.

»Den musst du dir erst noch backen, Süße.«

Sie kniff Laura in den Po. Sie lachten und bestellten sich einen Cocktail an der kleinen Bar auf dem oberen Pooldeck.

»Denkst du noch an David?«

»Nö, warum sollte ich? Irgendwann kommt schon noch der Richtige«, antworte Vivi etwas zu schnell.

Sie hatte gut reden. Sollte sie Laura jetzt von ihrem neuen Verehrer berichten, so wie es gute Freundinnen machen?

Vivi erzählte vom ersten Augenkontakt mit Luis während der Seenotrettungsübung und dass sie mit diesem süßen Typen etwas geflirtet habe.

»Du wirst nicht glauben, was mir dann passiert ist, ich bin in seine Arme gefallen.«

»Wie, was? Ich verstehe gar nichts mehr. Bei der Seenotrettungsübung? Das hätte ich doch mitbekommen, ich stand doch in der Nähe.«

»Natürlich nicht.«

Vivi erzählte von ihrem Sportunfall und dem charmanten Retter.

»Jetzt kommt der Clou. Er hat sich für morgen Abend mit mir verabredet. In der ›Anytime Bar‹ gegen elf Uhr. Natürlich kommst du mit!«

»Also, heute Abend im Restaurant David ade, einige Stunden später Luis ok?«

Laura verstand Vivis Verhalten nicht so ganz.

»Ich will ein bisschen Spaß. Er hat die schönsten braunen Augen, die du dir vorstellen kannst. Und er ist so charmant. Komm Laura, ein bisschen Spaß. Nichts sonst.«

Laura wusste, wenn Vivi ein Typ gefiel, sprach sie noch schneller als sonst und ihre Pupillen weiteten sich, als hätte sie an der Marihuana-Tüte geschnüffelt. Laura atmete tief durch.

»Vivi, wie machst du das? Der eine geht, der nächste kommt. Als wäre alles so easy. Ich bin jetzt seit zwei Jahren solo. – Na ja, hab' nun mal keine Traummaße.«

»Aber ein großes Herz.«

»Das hilft mir auch nicht wirklich.«

»Kein Trübsal blasen auf dieser Reise, nicht wegen der Kerle. Sag mal, was hältst du davon, von deiner fensterlosen Innenkabine in eine Außenkabine mit Balkon zu wechseln, gleich morgen nach dem Frühstück?«

»Ähm, wie, was.....?«

»Ja, David ist doch ausgezogen, und ich habe ein freies Bett, also...«

Laura umarmte Vivi so fest, dass sie nach Luft schnappen musste.

08

Vivi hielt sich am Geländer fest, als sie die Treppen zu ihrer Kabine hinaufging. Laura und sie hatten nicht einen Song ausgelassen. Unter dem Sternenhimmel abzurocken, war ein unglaubliches Gefühl. Jetzt taten ihr die Füße so weh wie nach einem Gewaltmarsch im Bergischen Land, und sie hatte einen Brummschädel. Dazu kam eine Blase am linken Fuß, die höllisch brannte. Sie humpelte. Aber Fahrstühle waren ihr ein Gräuel. Sie bekam keine Luft in diesen engen Räumen. Sie hatte reichlich getrunken, um den Streit mit David zu verdrängen. Sie wollte ihr komisches Gefühl loswerden. Schließlich war sie gemeinsam mit David an Bord gegangen, um schöne Tage zu verleben. Sie hatte Laura an ihrer Kabine auf Deck 7 verabschiedet und ihr versprochen, an sich zu arbeiten. Sie wusste allerdings noch nicht, ob und wie sie etwas ändern könnte. Vivi schob die Chipkarte in den Schlitz ihrer Kabinentür und drückte die Klinke herunter, als das Lämpchen grün zeigte. Die Balkontür war einen Spalt breit geöffnet. Es strömte kalte Luft herein. Sie torkelte ins Bad und schaufelte sich kaltes Wasser ins Gesicht. Sie war keinen Alkohol gewohnt. Zum Zähneputzen fehlte ihr die Disziplin. Sie griff sich den Duschkopf und ließ Wasser über ihr Füße laufen. Die Blase schmerzte immer mehr. Sie schlüpfte in ihre Badelatschen. In der Kabine war es still, nicht mal ein Geräusch aus einer benachbarten Kabine war zu hören. Vivi genoss das Rauschen der Wellen und spürte, dass sich das Schiff sachte bewegte. Ihr fielen die Augen fast zu. Sie knipste die Nachttischlampe an und ließ sich aufs Bett fallen. Schon vor Stunden hatte sie die Nummer ihrer Mutter auf dem Handy gesehen, aber keine Lust verspürt, zurückzurufen. Jetzt waren sie auf dem offenen Meer, und es war kein Handyempfang mehr möglich. Sie griff zum Hörer des Kabinentelefons und konzentrierte sich, um die richtige Nummer zu wählen. Es war fast Mitternacht, aber das war ihr egal.

»Mama, ich bin's.«

»Weißt du, wie spät es ist, Vivi?«

Margas Stimme war leise und belegt.

»Ja.«

»Vivi, wirklich, du erschreckst mich zu Tode, wenn du mitten in der Nacht anrufst. Ist was passiert?«

»Ja, es ist was passiert.«

Die kleine Pause nutzte Vivi, um sich zu sammeln. Ihr war übel. Und sie bemitleidete sich, weil sie allein in diesem Bett auf diesem wunderbaren Schiff lag.

»Mama, David und ich haben uns getrennt.«

»Was ist los? Wie, was heißt getrennt? Auf einem Schiff kann man sich nicht trennen, das ist doch absurd und dann noch im Urlaub. Wenn man dich einmal alleine lässt. Jetzt ist die Nacht gelaufen, Vivi.«

Es war gefühlte drei Minuten still in der Leitung.

»Vivi, ich weiß nicht, was ich jetzt sagen soll. Ist David nicht bei dir?«

»Nein, ist er nicht.«

»Du bist doch kein kleines Kind mehr. Du bist 27 Jahre alt. Wann wirst du erwachsen?«

»Mama, ich bin erwachsen.«

»Das bezweifle ich.«

»Mama, du kriegst es doch selbst nicht besser hin.«

Marga wollte etwas sagen, aber Vivi hörte nur ihre Schnappatmung.

»So ein Urteil steht dir nicht zu, Vivi. Dein Vater hat einen neuen Weg gewählt, und er hat mich nicht gefragt, was ich davon halte. Dafür kann ich nichts. Danach war es auch nicht einfach, den Richtigen zu finden, besonders wenn man Kinder hat. Aber ich rechtfertige mich nicht. Warum hast du mich angerufen, wenn du alles besser weißt?«

»Ich weiß es nicht, ich ... ach scheiße. Ich schlaf jetzt.«

Vivi legte den Hörer einfach auf. Sie wünschte, sie hätte nichts gesagt. Das Mutter-Tochter-Verhältnis litt unter einem Mangel an Verständnis auf beiden Seiten. Es lebten zwei Frauen zusammen, die beide einen Dickkopf hatten und sehr verschieden waren. Das alles wollte sie jetzt vergessen. Sie dachte an Luis, der im Spa das Schlimmste verhindert hatte. *In diesen starken Armen würde sie gerne wieder Zuflucht suchen.*

09

Vivi und Laura genossen das Frühstück im »Bella Donna«. Als Vivi sich den Krug mit der Sojamilch griff und ihre Früchte übergoss, hörte sie eine Stimme, mit der sie am wenigsten gerechnet hatte.

»Na, ihr beiden, schlemmt ihr mal wieder ach so gesunde Sachen.«

Plötzlich stand David hinter ihnen.

»Ich stör euch nicht weiter. Nur, Vivi, damit du es weißt, ich hab' mir das überlegt. Ich werde doch wieder in die Kabine einziehen. Erstens kann ich hier nicht immer irgendwo auf dem Pooldeck schlafen, zweitens will ich nicht auf die leckeren Steaks im ›California Grill‹ verzichten und drittens, warum soll ich das Schiff verlassen? Ich habe die Reise mitbezahlt und brauche Urlaub. Schließen wir Burgfrieden, wenigstens bis zum Schluss der Reise. Ansonsten kann ja jeder machen, was er will. Ich bringe heute Nachmittag wieder meine Sachen in unsere Kabine.«

Vivi sah David sprachlos an. Dann aß sie betont langsam einige Früchte, um Zeit zu gewinnen. Laura verschränkte ihre Beine unter dem Tisch, bis ihre Muskeln schmerzten. *Ging das Theater von vorne los? Bitte nicht.* Vivi legte ihren Löffel beiseite, tupfte sich den Mund mit der Serviette ab und drehte sich selbstbewusst zu David um.

»Das ist ja wohl nicht dein Ernst. Wie soll das denn funktionieren? Geht auch gar nicht! Laura ist bereits eingezogen«, behauptete sie mit fester Stimme. Beim letzten Satz nahm sie Lauras Hand und drückte sie so fest, dass diese einen kieksenden Laut von sich gab.

»Aber so einfach geht das nicht!«

»Doch, mein Lieber, genauso einfach geht das«, unterbrach Vivi Davids Protest, »du wolltest doch ausziehen, nicht ich. – Aber ich bin auch für einen Burgfrieden. Mein Vorschlag: Du ziehst in die Kabine von Laura, und wir gehen uns hier auf dem Schiff aus dem Weg. Ist ja groß genug mit 15 Decks. Einverstanden?«

David schluckte ein paar Mal.

»Gut, einverstanden. Ich will meine Ruhe und keinen Streit. Ich werde dir aus dem Weg gehen, besonders beim Essen!«, erwiderte er zögerlich, »und Laura, sieh meinen Platz in Vivis Balkonkabine als mein Geschenk an dich an.«

Laura lief rot an und stotterte: »Danke.«

»Gut David, hole heute Nachmittag in Lauras Kabine den Key ab.«

David schwirrte ab. Vor dem Eingang des Restaurants blieb er plötzlich stehen, was Vivi gar nicht gefiel. Sie fand, er sah aus, als würde er nachdenken, ob seine Entscheidung richtig war. Doch dann entschwand er aus ihrem Blickfeld. Vivi fiel ein Stein vom Herzen. Sie war viel selbstsicherer aufgetreten, als ihr innerlich zu Mute war. Aber es hatte gewirkt.

»Vivi jetzt hast du mich aber beeindruckt. Cool, wie souverän du reagiert hast.«

Vivi sah Laura stolz an. Sie freute sich darauf, sich mit ihr die Kabine zu teilen. Laura war ein durch und durch harmonischer Mensch. Sie würde ihr gut tun.

10

Vivi und Laura erreichten die ›Anytime Bar‹ über eine Art Reling, die wie ein futuristischer Tunnel wirkte. Kaltes blaues Licht und Spiegel stimmten sie auf Nightfever ein. In der Disco setzte sich der moderne Look fort. An der Bar saßen wenige Gäste. Die meisten hatten sich an den Stehtischen in den Nischen verteilt und wippten im

Rhythmus der Musik. Die Tanzfläche war spärlich besucht. Vivi und Laura suchten in dem schummrigen Licht den Raum ab.

»Ist ja schnuckelig hier. Mir gefällt's sehr gut.«

»Kann ich mir denken«, sagte Laura mit einem ironischen Unterton.

»Laura, nerv nicht, ich will etwas Spaß. Mehr nicht. Du doch auch, also entspann dich. – Oh, da ist er.«

Luis winkte ihnen zu. Vivi hatte wieder Schmetterlinge im Bauch. Ein solches Gefühl hatte bisher kein Mann bei ihr ausgelöst. Sie begrüßten sich mit einem Wangenkuss. Laura streckte Luis mit hochrotem Kopf schüchtern die Hand entgegen. Doch die ignorierte er und küsste sie stattdessen ebenfalls. Laura hoffte, dass niemand ihre Verlegenheit bemerkte.

»Wir sind ja fast im Partnerlook, also was die Farbe unserer Leinenhosen angeht«, eröffnete Luis direkt das Gespräch und konnte die Augen nicht von Vivi lassen. Der stark abgedunkelte Raum ließ sie noch einen Hauch attraktiver als im Fitnessstudio wirken. Luis betrachtete Vivi genauer. Sie hatte etwas Asiatisches an sich mit ihren formschönen Mandelaugen, den geschwungenen Lippen, der makellosen Haut und ihrem kecken, nicht allzu großen Busen. Offensichtlich trug sie keinen BH.

»Hallöchen, hallöchen.«

Vivi erkannte die Stimme sofort. Der überdrehte Typ von der Seenotrettungsübung war bester Laune. Er hatte sich in Schale geworfen. Vivi fand ihn in seinem Designeroutfit fast overdressed. Es war offensichtlich, warum er die Rettungsweste als Verunstaltung seiner Erscheinung kritisiert hatte.

»Darf ich euch Pascal vorstellen, er ist mein bester und ältester Freund.«

Pascal begrüßte Vivi und Laura perfekt französisch mit drei angedeuteten Wangenküssen. Dann strich er Luis über den Rücken. Vivi war mehr als irritiert. *Sie mochte den Kerl nicht. Ist da doch etwas zwischen den beiden? Der soll die Finger von ihm lassen.* Mit großem Interesse fixierte Pascal anschließend den Discjockey neben der Tanzfläche und schien sich nicht weiter für die Frauen zu interessieren.

»Ich bin gleich wieder da«, entschuldigte sich Luis.

Kaum war er außer Hörweite, legte Vivi los.

»Ist er nicht traumhaft und charmant?«

Laura verstand Vivis Schwärmerei. Luis war anziehend mit seinem vollen dunklen Haarschopf und seiner schlanken Figur. Das weiße Hemd hing ihm lässig aus dem Hosenbund seiner khakifarbenen Leinenhose. *Was für ein Mann. Genau ihr Typ.* Luis führte sie wenige Minuten später zu einem runden Tisch mit Barhockern. Pascal leistete ihnen Gesellschaft, nachdem er dem Discjockey seine Musikwünsche übermittelt hatte. Laura und Vivi war sofort klar, dass es ihm weniger um die Musik ging, denn er flirtete auf Teufel komm raus, ließ sie aber nicht lange allein, denn das Objekt seiner Begierde musste arbeiten. Er verbreitete den herben Duft eines teuren Aftershaves und wirkte wie ein Gentleman in Perfektion, was seine Fliege noch unterstrich. Er verkörperte all das, was Frauen an homosexuellen Männern liebten.

»Wir sagen doch du, oder? Darf ich euch einen Drink holen? Auf einem Schiff auf dem Trockenen zu sitzen, ist ja mehr als peinlich, oder? Womit wollt ihr euren verwöhnten Gaumen benetzen? Prosecco, oder lieber einen kühlen

Chardonnay oder eine Margherita?«, frage Pascal beschwingt.

»Margherita«, antworteten Laura und Vivi wie aus einem Mund. Der Cocktail war mit größter Wahrscheinlichkeit vegan. Vivi spürte Luis' scannenden Blick. Aber sie tat so, als bemerkte sie das gar nicht. Sie hatte sich ein abendtaugliches Make up verpasst mit Smokey Eyes, die ihre Wirkung nicht verfehlten. Sie fühlte, dass Luis gefiel, was er sah. Pascal überreichte den Frauen die Getränke.

»Na dann, auf einen schönen Abend. Stößchen.«

Doch nicht ganz so unsympathisch, dachte Vivi, solange er die Finger von Luis lässt.

»Wie gefällt euch denn das Schiff? Ist das eure erste Kreuzfahrt?«, wollte Luis wissen und ließ Vivi dabei keine Sekunde aus den Augen.

»Das Schiff ist toll, obwohl wir noch nicht alles erkundet haben.«

»Na ja, den Spa-Bereich kennst du doch schon«, antwortete Luis mit einem Augenzwinkern.

Vivi musste laut lachen.

»Ich bin eben kein Sportfreak. Dann kommt so ein kleiner Unfall schon mal vor. Bist du häufiger in der Muckibude?«

»Ab und zu. An sich habe ich ein anderes Hobby, wenn ich überhaupt dazu komme. – Ich bin Paraglider.«

»Du fliegst also mit so einem Schirm durch die Gegend?«

»Vivi, ich fliege nicht durch die Gegend, ich schwebe mit einem Gleitschirm. Was glaubst du, wie weit weg deine Sorgen sind, wenn du die Welt von oben siehst. Vieles wird unbedeutend. Endorphine versetzen deinen Körper in eine Art Rausch. Komm doch mal mit. Wir machen einen Tandemflug, dann wärest du meine Co-Pilotin.«

»Nie im Leben! Das ist mir zu gefährlich, ich bleibe lieber mit beiden Beinen auf der Erde, das ist mir sicherer. Siehst du doch auch so, Laura?«

Laura zuckte mit den Schultern. *Wenn Luis sich für sie interessieren würde, würde sie mit ihm als Tandem alles machen, ja wenn....*

»Kommt für mich auch nicht in Frage«, schloss sich Pascal Vivis Meinung an, »ich bin ja schon froh, wenn ich unbeschadet über die Kölner Ringe komme und nicht von irgendwelchen pubertären Rennfahrern platt gemacht werde.«

»Ich weiß, Pascal, Risiken sind dir zu anstrengend. Hast du auch ein Hobby, Vivi?«

Luis gab sich alle Mühe, Vivi näher kennen zu lernen. Sie zögerte mit der Antwort. *Nicht sofort alles preisgeben, ruhig ein wenig geheimnisvoll tun.* Laura hatte schon Luft geholt, um etwas zu sagen, doch Vivi war schneller.

»Lass dich überraschen. Du erfährst es in den nächsten Tagen.«

»Jetzt machst du es aber spannend. Also....?«

Luis' Neugierde war geweckt. Genau wie es Vivi wollte.

»Nichts ›also‹. Du erfährst es schon bald, ich verspreche es.«

»Dann müssen wir uns wohl noch häufiger sehen, bis das Geheimnis gelüftet wird«, antwortete Luis.

Vivi strahlte Luis zufrieden an. *Genau das wollte ich ja, du Schnellmerker.*

»Wie gefällt es euch denn hier? Ist ja nicht viel los auf der Tanzfläche. Ich glaube, wir sollten das ändern«, wechselte Luis das Thema.

»Wahrscheinlich warten alle auf andere Musik. Was gerade läuft, ist auch nicht so meins«, antwortete Vivi unentschlossen.

»Also Mädels, mir gefällt's. Laura, kommst du mit, ich liebe es zu tanzen.

Pascal rückte sich die Fliege zurecht und rutschte vom Hocker.

»Darf ich bitten?«

»Paartanz liegt mir nicht, das sag ich dir gleich, aber der Beat gefällt mir«, stimmte Laura verunsichert zu.

Sie fühlte sich seltsam dabei, dass sie nun alle beobachteten, wie sie mit einem schwulen Mann tanzte, der im Sommer eine altmodische Fliege trug. Aber sie mochte Pascals direkte freundliche Art, und er roch ganz einfach gut. Er tanzte ausgelassen. Dass er immer wieder die Nähe des attraktiven Discjockeys suchte, quittierte sie mit einem Schmunzeln. *Das konnte sie von den Schwulen lernen, sie zeigten es offen, wenn sie jemanden mochten.* Luis beobachte beide belustigt. Nach einigen Minuten nahm er Vivis Hand und bugsierte sie auf die Tanzfläche.

»Was die beiden können, können wir schon lange. Wenn du schon nicht mit mir durch die Lüfte schweben willst, dann wenigstens über die Tanzfläche.«

Luis sprühte vor Energie. Er bewegte sich so gekonnt im Rhythmus der Musik, als hätte er jahrelang Tanzworkshops besucht. Er hatte Musik im Blut. Neben Luis kam sich Vivi wie eine Anfängerin vor, die jeden Moment über ihre Beine stolpern würde. Dabei tanzte sie sehr gerne. Ihre bisherigen Freunde hatten dafür wie die meisten Männer nichts übrig. Endlich mal ein begnadeter Tänzer. Luis schwang die Hüften und wackelte mit dem Po, als wolle er Pascal Konkurrenz machen. Vivi musste lachen.

Klar, er übertrieb es etwas. Eigentlich mochte sie keine albernen Männer, aber bei Luis war alles anders. Je länger sie ihm zusah, umso mehr zog er sie in seinen Bann. Das Charmebarometer stieg und stieg. Für einen Moment wünschte sie sich, sie könnte tanzen wie Baby Houseman in »Dirty Dancing«, um Luis zu beeindrucken. Sie starrte immer wieder auf Luis' Hüftschwung. Er tanzte von ihr weg und kam wieder auf sie zu. Ihre Hände berührten sich, wenn sie aneinander vorbeitanzten. Jede Berührung verursachte eine kleine Gänsehaut. Vivi war erleichtert, als die Musik wechselte und der DJ den Tänzerinnen und Tänzern mit einem langsamen Stück eine Verschnaufpause gönnte. Luis zog Vivi an sich, als würden sie sich schon lange kennen. Sie schmiegte sich an seine Brust. Sie spürte die Muskeln seiner Oberarme und genoss seine ruhende Hand oberhalb ihres Pos. Sie schloss die Augen und ließ sich ganz auf seine Führung ein. Kleine Schauer liefen ihr den Rücken herunter. Dieses Gefühl hatte sie noch nie erlebt. Ginge es nach ihr, könnte sie bis zum frühen Morgen so weiter tanzen. Sie fühlte sich wie in einem Rausch. Die Glückshormone schienen auch eine Therapie für die Blase an ihrem Fuß zu sein, die nicht mehr schmerzte. Als die Musik wieder schneller wurde, wachte sie wie aus einem wunderbaren Traum auf, ohne sich aus Luis'Armen zu lösen.

»Ich kann ja verstehen, dass du dich in meinen Armen wohl fühlst«, bemerkte Luis liebevoll, »aber was hältst du davon, wenn wir einen Schluck trinken, bevor es weiter geht?«

»Na... natürlich, kann nicht jeder Pascals Ausdauer haben, der hört ja gar nicht mehr auf zu tanzen. Hoffentlich fällt er gleich nicht aus Versehen auf den Disc Jockey. Schon ein schräger Vogel.«

»Ja, mit Pascal hat man viel Spaß. Aber er kann auch sehr anstrengend sein, wenn er krank ist oder sich Krankheiten auch nur einbildet. Aber ich halte das aus. Er ist ja nicht nur mein Freund, sondern auch mein Geschäftsführer.«

»Geschäftsführer«, hakte Vivi nach, »sind hoffentlich nur seriöse Geschäfte.«

»Sehr seriöse. Ich habe in Köln ein Restaurant.«

»Wow, ist ja ein Ding. Ich wohne auch in Köln, und ich bin Köchin!«

»Aus Verlegenheit oder aus Leidenschaft?«

Luis sah Vivi aufmerksam an.

»Ist eine lange Geschichte. Liegt mir vielleicht im Blut. Mein Vater ist Koch.«

»Aha, und jetzt arbeitest du in seinem Restaurant?«

»Pustekuchen«, entgegnete Vivi enttäuscht, »als ich zehn war, hat er sich von heute auf morgen aus dem Staub gemacht. Er ist einfach von einer Asienreise nicht mehr zurückgekehrt. Er hat am Telefon mit meiner Mutter Schluss gemacht. Keiner weiß, wo er ist. Ich will aber nicht weiter drüber reden.«

»Wie lange kochst du denn schon?«

»Seit rund einem Jahr bin ich fertig. Obwohl ich immer Köchin werden wollte, hatte ich in Köln erst auf Lehramt studiert, Deutsch, Musik und Pädagogik. Mehr um meiner ehrgeizigen Akademikermutter einen Gefallen zu tun. Sie unterrichtet diese Fächer. Sie hatte mich davor gewarnt, einen Beruf zu ergreifen, der wirklich Maloche bedeutet. Ich sehe das alles ganz anders. Nach meinem ersten Staatsexamen hab' ich die Reißleine gezogen. Ich wollte

34

etwas Praktisches machen. Ich wollte wenigstens mit dem Herzen bei der Sache sein. So wurde ich dann doch Köchin. – Jetzt haben wir aber genug über mich gesprochen. Ich will was von dir erfahren. Wie wurdest du Restaurantbesitzer?«

»Aha, gerne. Ich heiße Luis Kerner, ich bin siebenunddreißig Jahre alt, ein Meter fünfundsiebzig groß, willst du noch meine Schuhgröße wissen?«

Als Vivi lachend verneinte, erzählte Luis weiter.

»Also, mein Vater war Metzger, ich sollte die Metzgerei übernehmen. Aber das lag mir überhaupt nicht! Tiere schlachten und so, das ganze Blut. Das war nicht meins. Zunächst gab es totalen Streit, bis hin zur Drohung, dass er mich enterben würde. Er gab schließlich durch die Konkurrenz der Discounter die Metzgerei ganz auf und wechselte vom Metzger zum Restaurantbetreiber. Wegen einer Krankheit musste er schon kurz nach der Eröffnung kürzer treten und nach einem Jahr ganz schließen. Ich habe dann das Restaurant übernommen und eigene Pläne entwickelt. Ist aber alles nicht so einfach!«

Vivi atmete tief durch, ihr fiel ein Stein vom Herzen. *Endlich ein vernünftiger Mann. Er schien wie sie zu denken. Er mochte Tiere. Und er hatte ein Restaurant.*

»Genug gefachsimpelt«, unterbrach Luis ihre Gedanken, »die Tanzfläche ruft!«

Er nahm ihre Hand, drückte sie auf der Tanzfläche eng an sich und las in ihrem Gesicht, dass sie den Blues in seinen Armen genoss.

11

Luis wartete nicht ab und küsste sie fordernd, dabei war die Kabinentür der Suite bloß ein paar Schritte entfernt. Vivi war es gleichgültig, ob sie vielleicht jemand beobachtete. Dank der Wellen, die ihren Körper durchströmten, blendete sie alles um sich herum aus. Sie genoss jeden Moment des Begehrens, so wie es sich jede Frau auf so einer Traumreise wünscht. Dass der Mann nicht der war, mit dem sie angereist war, reizte sie plötzlich umso mehr. Vivi erkannte sich nicht wieder. Sie war keine Frau, die das Bäumchen-Wechsel-Dich-Spiel für eine Errungenschaft hielt. Treue bedeutete ihr etwas. Doch jetzt war sie frei. Luis drückte sie heftig gegen die Wand. Vivi vergaß zu atmen. Ihr wurde schwindelig.

»Stopp!«, Vivi schob Luis ein Stück von sich weg, »mir ist schwindelig. Sorry, lass mich kurz Luft holen. Ich brauch' was zu trinken. Ich fühl mich wie ausgedörrt nach dem Tanzen.«

»Das sollten wir ganz schnell ändern.«

Luis ließ Vivis Hand nicht los. Er öffnete seine Kabinentür und ließ sie eintreten. Vivi fehlten die Worte. Die Kabine war keine Kabine, sondern eine Suite mit Panoramaaussicht aufs Meer. Ihr Blick blieb etwas unsicher am Bett haften, das perfekt hergerichtet war. Dann sah sie in den anderen Raum der Suite.

»Wir werden nicht gestört, mach dir keine Sorgen, Pascal schläft im anderen Zimmer, ja, aber er ist rücksichtsvoll, wenn es um so was geht. Er würde nie über etwas Intimes sprechen. Da ist er ganz Gentleman. Und noch schwingt er ja das Tanzbein. – Trinkst du noch ein Glas Sekt?«

»Gern, ja, wenn er schön kühl ist.«

»Da muss ich dich enttäuschen, das Eis im Kübel ist geschmolzen, aber was stört uns das? Hauptsache es prickelt auf der Zunge.«

Luis ließ den Korken knallen. Ein so atemberaubendes Zimmer hatte Vivi noch nie gesehen. Das Wasser war unheimlich und faszinierend zugleich. Wer hier wohnte, schien über das Meer zu schweben. Das Bett war größer und schöner als in ihrer Kabine, die Farben der Möbel prächtiger und der direkte Zugang zum Spa war Luxus pur. Sie hatte das Gefühl, ganz allein mit Luis über das Meer zu gleiten. *Wie hatte der Kapitän am Abend noch gesagt »Wir haben eine ruhige See – Ententeich sozusagen«.* Andere Passagiere gab es nicht, nur sie und diesen charmanten, zuvorkommenden, aufmerksamen Mann, der wieder ihre Nähe suchte. Er nahm ihr das Glas ab und küsste sie jetzt sanft und abwartend. Dann schob er ihren Körper Richtung Bett. Vivi ließ sich fallen wie bei einem Fallschirmabsprung und genauso fühlte sie sich auch, schwerelos, dem Alltag entrückt, auf einer wunderbaren Reise, die hoffentlich nie endete. Luis' rechte Hand schob sich unter ihr Oberteil. Er massierte sanft ihre Brustwarze. Dann zog er ihr behutsam die Bluse aus. Seine fordernde Zunge an ihrer Warze zu spüren, kam der Wirkung eines Joints gleich. Sie kraulte Luis dichtes Haar und ließ ihn gewähren. Sein Mund arbeitete sich weiter nach unten bis zu ihrem Bauchnabel. Als seine Zunge sich aufmachte, noch weiter nach unten zu wandern, rollte sich Vivi vorsichtig auf die Seite.

»Luis, ich... , sei mir nicht böse, aber wir kennen uns kaum, ich mach so was nicht, jedenfalls nicht gern in der ersten Nacht, es ist wunderschön mit dir, aber ich bin nicht so schnell bereit, mich gleich auf alles einzulassen....«

Luis atmete schnell wie nach einem Dauerlauf. Vivi erwartete jeden Moment einen Wutausbruch oder Beschimpfungen nach der Art, dass sie die Männer wohl erst antörne und dann fallen ließ wie eine heiße Kartoffel.

»Dreh dich mal zu mir um. – Ich bin dir nicht böse, ich gehöre nicht zu den Typen, die ausrasten, wenn sie die Frau nicht sofort haben können. Ich sammle keine Kerben im Lenkrad.«

Vivis Gesichtszüge entspannten sich. Luis streichelte ihr Gesicht und ließ seine Hand tiefer wandern, bis sie wieder auf ihrem Busen lag.

»Du bist so schön, dein Busen fühlt sich einfach umwerfend an.«

Er beugte sich zu ihr hinüber, küsste sie erst auf den Mund und dann auf den Busen. Er saugte ganz vorsichtig an ihrer aufgerichteten Warze, so dass Vivi abwechselnd heiß und kalt wurde. So intensiv und gleichzeitig liebevoll hatte es ein Mann bei ihr noch nie gemacht. Es war einfach unglaublich, dafür dass sie sich kaum kannten. Luis sah nicht nur gut aus, er wusste auch, wie Frauen es am liebsten mochten, an dieser sensiblen Stelle geküsst zu werden.

»Du bist wirklich nicht böse auf mich?«

»Wie könnte ich, meine Schöne. Wir haben doch noch alle Zeit der Welt, die Reise geht doch gerade erst so richtig los. Entspann dich, hier ist dein Glas.«

Vivi griff danach und ließ es fallen. Der Sekt floss über ihren Bauch und auf das bunte Laken.

»Warte, so wollte ich immer schon mal Prickelwasser trinken.«

Er leckte das perlende Getränk von ihrem Körper. Vivi schloss die Augen und genoss die rücksichtsvolle Art ihres Liebhabers umso mehr.

12

Vivi saß auf dem Sonnendeck von Luis' Suite. Ihr ging es so gut wie lange nicht mehr. Ein schöner Abend, eine phantastische Nacht und ein toller verständnisvoller Mann. Was wollte sie mehr? Luis hatte sich angezogen, griff sich einen Stuhl und setzte sich zu ihr.

»Na, wie geht es dir? Ich hoffe, du fühlst dich gut?«

Vivi strahlte und nahm seine Hand.

»Mir geht es sehr gut.«

»Tja Vivi, leider haben wir im Gegensatz zu Pascal die Frühstückszeit verschlafen. Als ich wach wurde, war er schon weg. Aber die brutzeln sicher schon am Mittagessen. Hier stolpert man ja von einer Mahlzeit zur nächsten. Obwohl ich an sich sehr gerne frühstücke.«

»Macht ihr denn in eurem Restaurant Frühstück?«

Vivi hielt immer noch Luis' Hand fest in ihrer.

»Nicht mehr, haben wir mal gemacht, hat sich aber nicht gerechnet. Zu viele Bäckereien mit dem gleichen Angebot. Wir öffnen erst um 12.00 Uhr.«

»Wie heißt denn dein Restaurant? Was kocht ihr denn so?«, fragte Vivi nicht ohne Hintergedanken, »hoffentlich in erster Linie gesunde Sachen.«

»Mein Restaurant heißt ›Salzfässchen‹, so hat es mein Vater bei der Gründung genannt. Ich habe den Namen dann erweitert in ›Salzfässchen – Bratwurst & mehr‹«.

Vivi zog ruckartig ihre Hand zurück, so dass Luis sie ganz überrascht ansah.

»Wir brutzeln Kartoffeln in vielen Variationen, Gemüse gibt es natürlich auch, was so gewünscht wird eben, ist ja alles gesund. Vor allem kochen wir deftig, auf hohem Niveau, immer frisch, hausgemachte Bratwürste sind unsere Spezialität.«

Vivi musste zweimal schlucken, bevor sie stotterte:

»Ähm, ist ja, ist ja wirklich interessant, wirklich interessant.«

»Der Kölsche will satt werden. Ein Röggelchen reicht nicht immer. Komm doch mit deiner Freundin mal vorbei.«

Vivi versuchte, ganz locker zu wirken. Aber sie schaffte es nicht, ihre Irritationen zu überspielen.

»Ich versteh jetzt nicht ganz. Du hattest gestern Abend erzählt, dass du größte Probleme hattest, Metzger zu werden? Ich dachte, du hättest mit Fleisch nichts am Hut.«

»Na ja, ist ja doch ein kleiner Unterschied, ob ich selber schlachte, jeden Tag mit Fleisch und Wurst umgehe oder sehr gerne Fleisch esse. Ich bin ja auch kein Koch. – Ich bin ein Restaurantbesitzer mit einer tollen Karte«, fügte er stolz hinzu.

Vivi stellte sich Luis im Kühlhaus vor, wo er Unmengen an totem Tier lagerte. Sie sah ihn eimerweise Würste in die Küche schleppen, es spritzte am Herd und triefte auf dem Teller. Vivi spürte, dass er für sein Geschäft lebte.

»Wer es ganz exklusiv mag, kann bei uns sogar Kobe-Bratwürstchen bestellen, eine Rarität. Hast du nie von uns gehört?«

»Nie, nein.«

»Das Feinschmecker-Magazin hat über uns berichtet. Wir haben einen Namen. Es hat ewig gedauert, bis wir ein schmackhaftes Rezept erfunden hatten, damit das Fleisch richtig zur Geltung kommt. Dank meines Chefkochs Bruno.«

Vivi starrte aufs Meer. Sie fühlte sich mit jeder Minute unwohler. Luis war so liebenswert. Doch er aß nicht nur gerne Würste. Er stellte sie auch noch her. Vivi wusste nicht, was sie sagen sollte. Luis stand auf, stellte sich hinter sie und legte seine Arme um ihre Schultern, dabei gab er ihr einen zärtlichen Kuss auf den Nacken.

»Was kochst du denn am liebsten? Hast du eine bestimmte Vorliebe?«

»Ja, ähm, ich mag gesundes Essen, regionale Produkte. Mir liegt was an nachhaltiger Ernährung, die unseren Globus schützt«, brachte Vivi nach Worte ringend hervor.

Gott sei Dank konnte er ihr Gesicht nicht sehen.

»Also, Vivi, wie wäre es, wenn wir vier Kölner heute Abend ins Steakhaus gehen? Die sollen ein traumhaft gutes Entrecote mit Garnelen anbieten. Ich kümmere mich um den Tisch.«

»Da muss ich erst einmal mit Laura sprechen. Das verstehst du doch? Ich muss sowieso mal so langsam zu ihr gehen, sonst meint sie noch, ich wäre über Bord gefallen.«

Vivi versuchte, es so entspannt wie möglich zu sagen. Aber ganz gelang ihr das nicht. Ihre gute Laune, ihre Euphorie über die neue Freundschaft, schmolz dahin wie Speiseeis in der Sonne.

13

Vivi betrat ihre Kabine. Laura sonnte oben ohne auf dem Balkon.

»Hallo, Laura, Schatz, sorry, dass ich mich jetzt erst melde.«

»Ich hoffe, du hattest eine tolle Nacht«, antwortete Laura schnippisch. Änderte aber sofort ihren Tonfall.

»Vivi, war nicht so gemeint, tut mir leid, aber Pascal konnte ich ja wohl kaum abschleppen.«

»Ja, es war ein toller Abend und auch eine tolle Nacht. Bis eben. Luis ist Restaurantbesitzer. Soll ich dir mal sagen, was er für ein Restaurant hat? Willst du es hören? Ja?«

Vivi klang ganz aufgeregt.

»Nun sag schon!«

»Der Name spricht schon Bände: ›Salzfässchen…‹«

»Klingt doch nett«, unterbrach Laura Vivis Redefluss.

»Lass mich ausreden: ›Salzfässchen – Bratwurst & mehr‹. Es geht um Deftiges. Fleisch steht im Mittelpunkt. Muss ich noch mehr sagen?«

»Nö, und jetzt? Geht jetzt wegen dieser Sache wieder alles den Bach runter? Ich hatte den Eindruck, du hättest dich verliebt, wenigstens ein wenig.«

»Ja, habe ich auch! Mehr als ein wenig.«

»Ist sowieso egal, so wie du dich verhältst, kriegst du den nie. Vegan turnt ab, weißt du ja. Und dann noch ein Restaurantbesitzer mit einer Vorliebe für Bratwürste.«

Luis hatte Laura gefallen. *Sie musste doch auch mal zum Zug kommen.* Ihre Arme hatten sich mehrmals zufällig beim Tanzen berührt. Sie hätte so gerne mit ihm getanzt. Aber er hatte nur Augen für Vivi. Sie fühlte sich klein neben ihrer Freundin, unbedeutend, aber sie hatte ihr das nie gesagt, warum auch. Vivi würde es nicht verstehen. *Warum sollte sie so dumm sein und ihr auch noch helfen, diesen Mann zu erobern? Vivi versaute doch sowieso immer alles.*

Vivis Mundwinkel zuckten. Sie suchte nach Worten.

»Willst du ihm demnächst die Grillzange halten?«, ärgerte Laura Vivi weiter.

»Sag mal, Laura, ist dir der Alkohol nicht bekommen? Du drehst ja ganz schön auf.«

»Den kriegst du hundertprozentig nicht, wenn der erst weiß, wie du tickst, hundertprozentig nicht!«

»So, glaubst du. Ich werde es dir zeigen, ich werde es meiner Mutter zeigen, euch allen. Ich bekomme ihn, wetten, dass ich ihn bekomme – bis zum Ende der Kreuzfahrt, auch wenn er weiß, dass ich Veganerin bin.«

»Und ihn bekehren willst?«

»Ja!«, betonte Vivi im Brustton der Überzeugung.

»Lass dir ruhig Zeit bis Ende des Jahres«, antwortete Laura großzügig, »du kriegst ihn ohnehin nicht. Schlag ein!«

»Um was wetten wir? Ohne Wetteinsatz keine richtige Wette.«

»Du lässt dir einen Totenkopf tätowieren, auf den Hals.«

Lauras Ton war plötzlich sehr bestimmend.

»Bist du wahnsinnig? Das geht doch nie wieder weg. Und du weißt, dass ich keinen Schmerz aushalte.«

»Ich doch auch nicht. Kann dir doch egal sein, du kriegst ihn auf jeden Fall, hast du eben gesagt. – Wir machen es so, Vivi. Hier sind zwei Zettel, zwei Umschläge.«

Laura zog das Briefpapier aus der Schreibtischschublade.

»Jeder schreibt auf, welches Motiv sich die andere tätowieren lassen soll. Totenkopf ausgeschlossen. Aber nicht kneifen hinterher.«

Vivi nickte zustimmend. Beide schrieben hinter vorgehaltener Hand wie zwei Schulmädchen etwas auf den Zettel, schoben diese umständlich in die Umschläge, verschlossen die kleinen Kuverts mit wichtiger Miene und legten sie in den Safe.

»So, Laura, heute Abend gibt es eine Überraschung.«

»Ich liebe Überraschungen.«

»Luis hat uns für heute Abend zum Essen ins ›Buffalo Steakhouse‹ eingeladen. Ich habe lange darüber nachgedacht. Was soll's. Wir nehmen die Einladung an – oder, was meinst du?«

»Ich wusste gar nicht, dass die dort eine vegane Karte haben.«

»Haben die bestimmt nicht. Du kannst dir deine Ironie sparen. Doch ich kenne kein Steakhouse ohne Salat.«

»Vivi. Du überraschst mich wirklich. David kriegt die rote Karte, weil er auf Steaks steht. Und mit Luis gehst du dahin, wo das Kotelett der King ist.«

»Ja, wo du Recht hast, hast du Recht. Aber Luis ist einfach mein Traummann. Klingt doof, weiß ich, wenn ich das nach so kurzer Zeit sage. Aber zum ersten Mal spüre ich, dass es ›Liebe auf den ersten Blick‹ gibt. Ich will ihn! Den krieg ich auch weg vom Fleisch. Der Metzgerei hat er ja schon den Rücken zugekehrt. Irgendwann wechselt der in mein Lager.«

Dann musst du es aber anders anfangen, als bei deinen früheren Freunden. Laura sagte nichts mehr. Sie würde Luis wieder sehen. Das war die Hauptsache. Sie wollte den Abend einfach genießen. Vivi griff zum Hörer und wählte Luis Kabinennummer.

»Wir nehmen deine Einladung an. Steakhouse heute Abend, um 7 Uhr.«

3. Kapitel
Es kommt, wie es kommen muss

14

»Stoßen wir auf diesen wunderbaren Abend an. Dieser Rote soll zu den Besten gehören, die hier auf der Karte stehen.«

Vor diesem Trinkspruch hatte Pascal zelebriert, wie ein Weinkenner Wein trinkt. Nachdem der Ober die Flasche geöffnet hatte, prüfte er erst sehr kritisch den Korken. Dann ließ er sich ein wenig einschenken, schwenkte das Glas, begutachtete die Farbe, roch an dem Wein, schwärmte vom Bouquet, nahm einen kleinen Schluck und kaute ihn bedächtig, als wäre das schon das bestellte Steak. Dann hauchte er voller Verzückung:

»Wirklich ein gutes Tröpfchen. Vivi, du hast einen tollen Wein ausgesucht.«

Er gab dem Ober huldvoll das Signal, auch die anderen Gläser zu füllen. Vivi und Laura mussten sich ein Lachen verkneifen. Luis erhob sein Glas.

»So ihr beiden, jetzt wisst ihr, warum ich unseren Experten gebeten habe, den Vorkoster zu geben. Auf einen schönen Abend. Zum Wohl.«

Luis stieß mit allen an, hatte aber wieder nur Augen für Vivi, die ihm gegenüber saß. Ihre Smokey Eyes funkelten. Ihr dunkelrot geschminkter Mund war ein Versprechen. Sie wollte die Hauptperson an diesem Abend sein, nicht das Steak auf dem Teller. Das modische schwarze Top, das sie trug, gehörte Laura. Sie mochte den changierenden Stoff und hatte Laura angebettelt, es ihr für diesen Abend auszuleihen. Es war ihr gleichgültig, dass es am Busen –

um es wohlwollend auszudrücken – großzügig geschnitten war.

»Pascal, sorry, ich kann mir nicht helfen. Ich muss immer auf deine lila Fliege starren«, bemerkte Laura amüsiert, »wie viel von diesen Propellern besitzt du denn?«

»Die zähl ich nicht, Laura, ich reise immer mit einer Kollektion in allen möglichen Farben.«

»Sind die Dinger nicht irgendwie out? Also, nicht dass sie dir nicht stehen.«

»Laura, was für eine Frage, Krawatte trägt jeder. Ich mag es eben etwas exklusiver.«

Luis sah sich im Restaurant um.

»Schicke Location hier, oder? Mit dem Blick aufs Wasser. Ist schon was anderes, als mit einigen hundert Menschen gleichzeitig zu essen. Nicht, dass es mir etwas ausmacht, und es hört sich jetzt auch snobistischer an, als ich es meine, aber so exklusiv und intim gefällt es mir besser.«

Luis schenkte erst Vivi und dann Laura nach.

»Pascal, sag mal. Warst du überhaupt im Bett? Ich habe gar nichts mitbekommen.«

»Das glaube ich dir gern«, erwiderte Pascal vielsagend, »aber um deine Neugierde zu befriedigen. Da die jungen Mädels wie Laura beim Tanzen nicht so lange durchhalten und ins Bett mussten, war ich auf mich alleine gestellt.«

Laura wollte protestieren, unterließ es aber.

»Na ja, dann habe ich mich noch etwas mit dem Disc Jockey unterhalten.«

»Du meinst, du hast ihn angegraben«, unterbrach ihn Luis feixend.

»Ja, doch der war so was von hetero, meine Güte.«

Alle mussten laut los lachen.

»Aber, wo eine Tür zugeht, geht eine andere auf. Auf dem Weg in unsere Suite habe ich den Galeristen des Schiffes kennengelernt. Ein charmanter Mann mit einem sehr kreativen Bartschmuck. In den nächsten Tagen leitet er im ›Theatrium‹ eine Versteigerung, da werde ich auf jeden Fall hingehen. Ich interessiere mich ja für Kunstauktionen. Finde ich spannend.«

»Seit wann das denn? Ist ja ganz was Neues«, stellte Luis ironisch fest, »Pascal hat komischerweise immer die Interessen, die gerade mit dem Objekt seiner Begierde zu tun haben. Sein letzter Freund war im Tierschutzbund, und er bearbeitete mich so lange, bis ich mit ihm in ein Tierheim ging. War einer von euch schon einmal da?«

Vivi und Laura verneinten fast synchron.

»Obwohl ich nie einen Hund wollte, ging ich mit einem Golden Retriever nach Hause. Kein Wunder, der hatte mich solange mit seinem treuen Blick aus den braunen Augen angesehen, bis ich nicht mehr widerstehen konnte. Jetzt würde ich ihn nie wieder hergeben. – So, ich habe Hunger. Mädels, habt ihr eure Wahl getroffen. Das US Beef soll überragend sein. Oder auch das ›Tomahawk Cut‹, 800 Gramm, aus dem Rinderrücken am Knochen serviert. Was für echte Kerle!«

Vivi hätte am liebsten laut aufgeschrieen und ihnen die Speisekarten entrissen. Aber sie sammelte sich, um zu überlegen, was sie jetzt tun sollte. Sie hatte Lauras fragenden Blick bemerkt, aber ignoriert. *Luis war unwiderstehlich.* Sein Blick ließ ihr einen Schauer den Rücken hinunterlaufen, und dieses Gefühl weckte in ihr den Wunsch nach mehr. *Ihn wollte sie behalten – um jeden Preis, ähm fast jeden Preis.* Vivi war so schlecht im Improvisieren. Gerade heute hätte sie viel für dieses Talent gegeben.

»Ich denke, ›Tomahawk Cut‹ lass ich mir heute nicht entgehen. Das meiste ist ja sowieso nur Knochen. Eine gebackene Kartoffel dazu, und alles ist perfekt«, verkündete Luis seine Entscheidung.

»Also, ich nehme das ›Berkshire Pork‹«, teilte Pascal mit, »aber jetzt sind erst einmal die Damen dran.«

Vivi und Laura blätterten die Seiten der Speisekarte unentschlossen hin und her.

»Ihr sollt die Karte nicht auswendig lernen«, warf Luis ein.

»Ich nehm nur einen ›Caesar's Salad.‹ Reicht mir völlig.« Vivi flüsterte es fast.

»Das ist nicht euer Ernst, oder?«

Luis' Entrüstung war nicht gespielt.

»Wir sind hier doch nicht in der Schonkostbar. Ich wollte euch etwas Besonderes bieten, hier gibt es die besten Fleischgerichte.«

»Ich habe mir gestern etwas den Magen verdorben. Ich kann nicht viel essen. Tut mir leid«, erklärte Vivi zögerlich.

»Ich muss auf meine Figur achten«, ergänzte Laura, ohne aufzusehen.

»Luis, nun lass mal, wenn die Girls auf ihre Figur achten wollen, ist das doch ihre Sache. Bedräng sie nicht. Das gehört sich nicht für einen Gentleman!«

»Pascal, du Hemd, fall mir hier nicht in den Rücken. Wer hier beim Fleisch nicht zuschlägt, beleidigt den Küchenchef.«

»Du als Kampfgriller musst es ja wissen.«

»Meine Herrschaften, Sie haben gewählt?«

»Einen Moment noch, bitte«, hüstelte Vivi und sah den Ober fast Hilfe suchend an, »wir haben uns etwas verquatscht. Geben Sie uns noch ein paar Minuten.«

Wenn sie sich jetzt outete, wäre bestimmt alles vorbei. Aber sie konnte auf gar keinen Fall Fleisch essen. Vielleicht einfach bestellen und unter irgendeinem Vorwand liegen lassen. Das war die einzige Lösung, um Luis nicht zu verärgern oder gar misstrauisch zu machen. Sie fummelte erneut mit der Speisekarte herum.

»Also, ich nehme das Grillgemüse, mal ohne Fleisch. Ist heute genau mein Ding.«

Aber Luis ließ nicht locker. Er machte ein Gesicht, als hätte er sich verhört.

»Tut mir das nicht an. Das Grillgemüse gibt es ausschließlich mit dem Bisonfilet. Warum sonst sind wir hier?«

Vivi wusste, wie verräterisch es jetzt gewesen wäre, auf das Grillgemüse ohne Fleisch zu beharren. Sie gab Laura unter dem Tisch einen Schubs mit dem Knie und hoffte, dass sie das Signal verstand.

»Ok, Laura, bist du einverstanden, einen ›Caesar's Salad‹, Grillgemüse und zwei Mal die kleinen Bisonfilets?«

Laura stimmte leicht überrascht zu.

»Super, Bison, ich bin so gespannt, was ihr sagen werdet.«

Es hätte nur noch gefehlt, dass sich Luis die Hände reibt, als hätte er einen Triumph errungen, dachte Vivi. Sie lächelte, dabei war ihr viel mehr zum Heulen zumute. Sie wusste noch nicht, was sie gleich tun würde. Sie wusste aber, niemals würde sie zum Steakbesteck greifen und das tote Tier filetieren. Sie fühlte sich schrecklich. *Es war so typisch für sie, Feuer und Flamme für einen Mann und die Sache nicht zu Ende denken.*

»Meine Herrschaften, Sie sind so weit?«

»Für mich das schwarze Ferkel mit Blattspinat und Buttermaiskolben«, orderte Pascal.

»Holen Sie den Tomahawk raus. Toller Titel wirklich, ›Tomahawk Cut‹ bitte und eine ›Baked Potatoe‹«, bestellte Luis gut gelaunt.

Vivi agierte wie in Trance.

»Für uns beide bitte einmal ›Caesar's Salad‹ und einmal Grillgemüse und jeweils ein kleines Bisonfilet. Aber wirklich nur das kleine Filet. – Ach, und Herr Ober«, fuhr Vivi fort, »woher kommt denn Ihr Fleisch eigentlich? Vielleicht können Sie uns auch noch erklären, mit was die Tiere gefüttert wurden. Ich bin da sehr neugierig.«

Der Kellner schaute verdutzt. Luis noch verdutzter. Es war ihm unangenehm, wie Vivi die Fragen stellte. Als müsste sie etwas aufklären, weil etwas verschleiert wurde. Sie hatte plötzlich etwas Spitzfindiges, was er an Frauen verabscheute. *Das hier war ein First Class Steakhouse, und die Speisekarte hielt Informationen dazu bereit, die sie offenbar übersehen hatte.*

»Unser Fleisch ist von hervorragender Qualität. Wir kennen unsere Quellen genau. Aber wenn Sie es genauer wissen wollen, lasse ich den Restaurantleiter kommen.«

»Das wird nicht nötig sein«, mischte sich Luis ein, »wir vertrauen den Informationen, die in der Karte stehen. Die ›Morgan Ranch‹ ist ja weltweit bekannt und ›Berkshire Pork‹ züchten nur ganz wenige in England. Die werden auf großen Weiden gehalten. Mit dem ›US-Bison‹ wird es nicht anders sein.«

Der Ober dankte Luis mit einem freundlichen Nicken und verschwand. Bevor Luis etwas sagen konnte, erhob sich Vivi und eilte hinter dem Ober her.

»Nehmen Sie das bitte nicht persönlich. Darf ich sie noch bitten, den ›Caesar's Salad‹ mit Kichererbsen statt mit Hähnchen und bitte mit veganer Mayo anzurichten. Auch keine Sardellen und keinen Käse. Ich habe einen sehr empfindlichen Magen und reagiere teilweise allergisch auf gewisse Lebensmittel. Croutons gibt es ja ohnehin, oder? Und danke dass Sie mich eben bei der Weinauswahl unterstützt haben.«

»Machen wir alles gerne für Sie. Diese Variante, die Sie möchten, gibt es auch für unsere veganen Gäste, die sich meistens in männlicher Begleitung hierher verirren. Also sind wir darauf eingerichtet. Auch der Wein, den Sie ausgewählt haben, wird vor allem von Veganern getrunken.«

Vivi atmete auf. *Sie würde auf jeden Fall nicht verhungern.* Als sie zum Tisch zurückkam, war ihre seltsame Bestellzeremonie vergessen. Luis geriet ins Schwärmen.

»Mir gefällt, dass es hier so gute Fleischqualität gibt. Hätte ich auf so einer Kreuzfahrt niemals erwartet. Für uns Fleischgourmets der siebte Himmel, nicht wahr?«

Luis hob sein Glas. Vivi trank ganz langsam einen Schluck, als könnte sie danach klarer sehen. Laura war schon die ganze Zeit ungewöhnlich still.

»Zuhause grillen wir manchmal mit meinen Freunden, bis keiner mehr aufstehen kann, wie bei Asterix und Obelix am großen Feuer. Mein amerikanischer Grill ist ein Prachtstück, sage ich euch, da kann man zwei Fußball-mannschaften auf einmal mit satt kriegen. Pascal, stimmt doch?«

»Ja, wirklich, eine verschworene Gemeinschaft seid ihr und so rustikal.«

Luis lachte laut los.

»Pascal tut sich immer etwas schwer mit meinen Kumpels.«

Er puffte Pascal in die Seite.

»Du sagst es«, mokierte sich Pascal, »wenn sich doch bei eurer Kampfgrilltruppe herumgesprochen hätte, dass es mittlerweile Deos und Rasierapparate gibt, wäre alles noch viel schöner. Und auch wenn es etwas mehr Gemüse und viel weniger Fleisch geben würde.«

Bevor die Diskussion ausufern konnte, rauschten zwei Kellner mit den Tellern heran. Luis und Pascal strahlten wie Kinder bei der Bescherung. Vivi wollte Zeit gewinnen. Sie rückte das Grillgemüse näher an Lauras Teller und probierte den ›Caesar's Salad‹.

»Der ist knackig, wirklich gut, ganz frisch und erst das Dressing. Wirklich lecker. Also, ich kann euch sagen, dieser Salat, eine Gaumenfreude.«

Vivi hörte gar nicht mehr auf zu schwärmen.

»Jetzt probiert doch endlich das Bison. Das wird doch ganz kalt«, ermunterte Luis beide.

Vivi hatte keinen Notfallplan für eine solche Situation. Sie griff zum Weinglas, um etwas Zeit zu gewinnen und nachzudenken. *Sie könnte Übelkeit vortäuschen, aber dafür war der Seegang zu schwach.* Als Luis' Telefon klingelte, schickte sie ein Stoßgebet nach oben. *Lieber Gott, ich danke dir.* Sie legte erleichtert das Besteck zur Seite. Sie sah, dass Luis auf die Nummer schaute und diese dann, ohne eine Miene zu verziehen, wegdrückte.

»Geh ruhig ran. Es könnte wichtig sein. Vielleicht ist was im Betrieb«, forderte Pascal Luis auf.

Es klingelte wieder. Luis drückte die Nummer ohne zu zögern erneut weg.

»Was ist los? Es stört uns nicht, wenn du telefonierst«, motivierte Vivi ihn, das Gespräch anzunehmen.

Als Luis sein Smartphone gerade ausschalten wollte, klingelte es ein drittes Mal.

»Entschuldigt, ich geh' mal kurz vor die Tür. Ich will euch nicht stören.«

Luis stand auf und ging zum Ausgang. Vivi sah, dass er sich noch im Gehen das Telefon ans Ohr drückte.

Pascal tupfte sich den Mund mit der Stoffserviette ab und stand auf.

»Ich muss mich auch entschuldigen, Mädels, diesen Butterfleck hier muss ich sofort rauswaschen, der gefällt mir gar nicht. Maiskolben sind ja lecker, aber so schlecht zu essen. Also, ich gehe mir mal die Nase pudern, ja.«

»Laura, was machen wir jetzt?«, fragte Vivi mit leichter Panik in der Stimme.

»Du warst doch mit dem Steakhouse einverstanden. Sag du es mir!«, raunzte Laura zurück, »du hast uns in diese schreckliche Situation gebracht. Ich komm mir schon wie ein Depp vor.«

»Laura, du musst mir helfen. Iss das hier, bitte! Du hast doch früher mal gerne Fleisch gegessen, viel lieber als ich.«

Vivi schnitt ein halbes Steak ab und legte es Laura auf den Teller.

»Bitte, bitte, wir haben nicht viel Zeit.«

»Du verlangst, dass ich das jetzt esse. Normalerweise kritisierst du mich, wenn ich nur zu McDonalds rüberschaue. Jetzt soll ich ein Steak essen?«

»Mir zuliebe, das ist ein Notfall. Ausnahmsweise heiligt der Zweck die Mittel. Iss bitte dieses kleine Stück und ein kleines Stück von deinem Steak. Ich kann dann noch immer sagen, dass ich nicht mehr wegen meines Magens essen kann. Bitte, bitte.«

Vivi behielt nervös die Restauranttür im Blick. Laura griff sich das elegante Steakbesteck und aß, als hätte sie gerade eine Woche gefastet. Bison war das feinste Filet, das sie jemals gekostet hatte. Sie sollte Luis ewig dankbar sein für diese kulinarische Erfahrung. Stattdessen stöhnte sie laut, als verrichte sie Schwerstarbeit und kaute noch schneller. Dann legte sie das Fleischwerkzeug hastig zur Seite.

»Danke Laura. Wir dürfen nicht auffliegen, nicht jetzt. Ich muss mir noch in Ruhe eine Strategie überlegen, wie ich Luis meinen veganen Lebensstil beibringe.«

Fünf Minuten später saß Luis wieder am Tisch.

»Entschuldigt, aber das musste mal geklärt werden«, sagte er beiläufig und schaute doch ein wenig angespannt in die Runde, »Vivi, wie hat's geschmeckt? Sieht richtig gut aus dein Filet, obwohl mir Filet immer ein bisschen zu langweilig ist. Ein schönes Fettauge wie beim Rib Eye ist unübertroffen für den Geschmack.«

»Interessant, wirklich interessant so ein Bison. Sehr zart. Hatte ich gar nicht erwartet«, dichtete Vivi, »aber ich esse nur noch meinen Salat. Du weißt, mein Magen macht Probleme.«

»Also, wenn sich keiner erbarmt und du schon aufgibst, probier ich gerne, hab' einfach noch nicht genug auf dem Teller«, scherzte Luis.

Er griff sich sein Besteck und wollte schon zustechen.

»Oder möchtest du, Pascal?«

»Nein, danke, mein Schnuckel, mein Schwein schafft mich jetzt schon. Meine Augen waren wieder mal größer als mein Magen. Oder erbarmst du dich meiner, mein Hase, und isst auch noch ein Stück Pork? Kannst du doch in der Disco alles wieder abarbeiten.«

Vivi und Laura mussten lachten. Pascal war ein Stimmungsmacher, immer gut gelaunt. Das ganze Rumgeschäker ging Vivi auf die Nerven. *War da doch was zwischen den beiden, war Luis etwa bi? Das musste sie klären.*

»Wie kommt es, dass ihr so enge Freunde seid und sogar miteinander verreist, ich meine ein Hetero und ein Homo? Oder ist die Frage zu intim?«

Vivi lief rot an. Normalerweise stellte sie solche Fragen nicht. Aber der Alkohol lockerte ihr die Zunge.

»Wir kennen uns, seit wir Kinder sind«, begann Luis.

»Luis war der erste, dem ich sagen konnte, dass bei Frauen an der Bettkante Schluss ist. Meine Eltern hätten mich damals umgebracht, wären damit einfach nicht klar gekommen. Denen konnte ich es erst viel später beichten«, ergänzte Pascal.

»So was verbindet«, betonte Luis, fügte aber schnell an: »schau mich nicht so an Pascal, sonst glauben die Mädels noch, du hättest irgendeine Chance bei mir.«

»Ach, hab' ich nicht? Ihr Heteros seid doch alle ein bisschen bi. Ihr traut euch nur nicht, es zuzugeben.«

»Du weißt genau: Ich bin bestimmt nicht bi.«

Pascal spielte den Beleidigten, und Vivi atmete auf.

»So, ihr Lieben, schwingen wir noch das Tanzbein? Wird uns allen gut tun, voll gefuttert wie wir sind. Also, auf geht's«, forderte Pascal alle auf, sich ins Nachtleben zu stürzen.

Luis übergab dem Ober seine Bordkarte, um zu bezahlen. Vivi drückte Laura unter dem Tisch die Hand. Als sie hinausgingen, flüsterte sie ihr zu:

»Noch einmal danke, Laura. Du hast mich gerettet, mein Schatz. Es wird nie wieder vorkommen, das verspreche ich dir. Du bist wirklich eine Freundin.«

15

Laura hüllte sich in den weißen Bademantel und war beruhigt, dass er ihre Rundungen problemlos bedeckte. Sie öffnete die Balkontür und sog die milde Luft tief ein. Der Abend vorher war nicht so verlaufen, wie sie sich das gewünscht hatte. Ok, sie hatten viel Spaß gehabt, aber Luis hatte Vivi den ganzen Abend nicht aus den Augen gelassen. Und obwohl sie das gewaltig störte, hatte sie Vivi auch noch rausgehauen, als es brenzlig wurde.

»Das war das anstrengendste Essen meines Lebens!«, grummelte sie Vivi zur Begrüßung an. Vivi rieb sich den letzten Schlaf aus den Augen wie ein Kind.

»Ich weiß ja, was du meinst, aber erst wenn sich Luis noch weiter in mich verliebt, wird er zu Konzessionen bereit sein. Ich brauche noch etwas Zeit. Gestern war ein denkbar schlechter Moment für Wahrheiten. Ich gehe jetzt erst einmal unter die Dusche.«

Vivi drehte den Duschhahn auf. Sie hatte von Luis geträumt. Sie waren auf einer Insel gestrandet. Er brachte ihr Salate mit den schönsten Zutaten. Sie aßen aus Melonenschalen, und sie grillten Bananen und tranken Kokosmilch. Er hatte ihr geschworen, nie wieder ein Stück Fleisch anzurühren. Sie meditierten drei Mal täglich und lebten von Luft und Liebe. Sie riss sich abrupt aus ihren Gedanken. Bevor sie wieder in Trance verfiel, musste sie Laura in ihren Plan einweihen. Sie stürmte auf den Balkon. Laura lag mit halb geschlossenen Lidern im Sonnenstuhl und döste wie ein Leguan vor sich hin. Sie wollten heute an Bord bleiben und den Pool genießen, bevor es am nächsten Tag nach Palermo ging.

»Laura, Schatz, ich werde heute Abend in der Bar Klavier spielen, da steht ja ein Piano.«

»Bist du jetzt komplett verrückt geworden? Egal, was du nimmst, nimm weniger!«

»Laura sieh mich nicht so perplex an. Ich muss doch Luis für mich gewinnen. Meistens spielen die Männer ein Instrument, um Frauen zu begeistern. Ich mache das umgekehrt.«

»Du meinst also, wenn du ein Konzert gibst, flippt Luis aus, mutiert zum reinrassigen Veganer und heiratet dich?«

»Quatsch, aber vielleicht gefällt ihm das. Ich gebe kein Konzert. Ich spiele nur einen Song ›Liebe ist alles‹ von Rosenstolz. Mein Lieblingslied beherrsche ich perfekt.«

»Ich verstehe nur Bahnhof. Die lassen dich doch nicht einfach in der Bar spielen.«

»Lass mich nur machen. Ich werde ihnen sagen, es wäre ein Notfall. Das wäre eine Art ›Musiktherapie‹.«

Laura sah Vivi zweifelnd an.

»Aber da gehört ja Text dazu. Ohne den Refrain ›Lass es Liebe sein‹ ist das ja wie eine Vase ohne Blumen.«

»Stimmt, also werde ich dazu singen. Ich bin nicht die tollste Sängerin, aber es wird reichen, um mich nicht zu blamieren. Würdest du bitte heute Abend beide in die Bar lotsen, ohne dass sie wissen warum? Ich sage dir noch genau wann.«

»Wenn du dich blamieren willst, gerne. Für mich ist das alles ein bisschen dicke.«

16

Vivi hatte mit Engelszungen auf den Entertainment-Manager eingeredet. Der willigte schließlich ein, um sich

Vivis Redeschwall zu entziehen, der ihn bis an den Rand eines Hörsturzes gebracht hatte. Es wäre nicht üblich, dass Gäste das Klavier benutzten, aber in ihrem Fall würde er für einen Song eine Ausnahme machen. Er wollte einer Liebe nicht im Wege stehen. Das Künstlerduo, das später am Abend auftrat, hatte genauso viel Einsicht und bereitete für sie ohne weitere Fragen das Klavier und das Mikro vor. Die Bar füllte sich mit jeder Viertelstunde mehr. Nur noch ein paar Minuten, und Laura und Luis würden an der Bar am Rande des ›Theatriums‹ auftauchen. Dann gab es kein Zurück mehr. Die Gäste, die schon an der Bar Platz genommen hatten und den Abend mit einem Cocktail einleiteten, nahmen sie kaum zur Kenntnis. Vivi bekam Muffensausen. *Machte sie sich hier nicht zum Narren? Sie hatte so lange nicht geübt. Aber es konnte nicht schief gehen. Schließlich gehörte der Song zu ihren Lieblingsliedern. Sie hatte ihn schon so oft zu Hause gespielt.* Als Laura mit Luis erschien, Pascal im Schlepptau, gab sie dem Beleuchter ein kurzes Zeichen. Der Scheinwerfer rückte sie ins Zentrum aller Aufmerksamkeit.

»Meine Damen und Herren«, eröffnete sie etwas unsicher ihre unkonventionelle Showeinlage, »ich wurde vor einigen Tagen von einem bestimmten Herrn nach meinem Hobby gefragt. Ich will ihn nicht weiter im Ungewissen lassen. Ich spiele gerne Klavier. Genießen Sie mit mir mein Lieblingslied.«

Vivi sah kurz in Luis' Richtung, der sie total perplex ansah. Vivi gab alles. Sie spielte hochkonzentriert, ohne ein einziges Mal daneben zu greifen, es gab keine Textaussetzer, aber die drei Minuten kamen ihr vor wie eine Ewigkeit. Das Kleid klebte an ihrem Körper. In der Bar mussten mindestens 30 Grad sein. Nach dem letzten Takt herrschte erst einmal Ruhe, unerträgliche Ruhe wie Vivi fand. Bis Pascal das Eis brach.

»Bravo, da capo, toll!«

Plötzlich brach Applaus aus. Alle schienen begeistert zu sein. Vivi verließ leicht benebelt die Bühne. Dass sie sich das getraut hatte, machte sie stolz. Luis umarmte sie und gab ihr einen langen, innigen Kuss.

»Die Überraschung ist dir gelungen. Das war beeindruckend wie du gespielt hast, war eine Premiere für mich, ehrlich, für mich hat noch nie eine Frau gesungen. Tolles Hobby und so ungefährlich«, fügte er lachend hinzu.

»Habe ich gerne gemacht«, antwortete Vivi sanft, »diesen Song habe ich besonders gerne für dich gesungen.«

Dass es auch für sie eine Premiere war, verriet sie nicht. Sie hatte sich am Piano mitten auf dem Meer weltgewandt gefühlt. Niemand hatte ihr lautes Herz pumpern gehört. *Sie würde um Luis kämpfen. Das können Veganer nämlich sehr gut. Die knicken nicht schnell ein. Die haben ein Ziel, komme, was da wolle.*

17

»Ich schnapp schon mal ein bisschen Luft an Deck, Laura, ja? Ich will schon mal einen ersten Blick auf Palermo werfen.«

Vivi schlüpfte in ihre weiße Jeans und zog sich einen Pullover mit dicken Querstreifen in Schwarz und Creme über, der sie jünger machte. Laura verschwand im Bad. Als Vivi am Bug zwischen frühstückenden Urlaubern stand, verspürte sie wenig Lust, die Stadt zu erkunden. Sie sah schon von weitem renovierungsbedürftige Fassaden. Sie hatte in einem Blog gelesen, dass manche Urlauber die

Stadt sperrig finden. Auf der einen Seite historische Spuren aus vielen Jahrhunderten, auf der anderen vergammelte Häuser, Dreck und Müll und gelangweilte Menschen. Aber ihre Mutter wollte unbedingt wissen, wie Palermo ist. Wenn sie von Eindrücken aus erster Hand berichten wollte, müsste sie sich wohl aufraffen.

»Guten Morgen, Nachtschwärmerin!«

Vivi blinzelte in die Sonne. Sie fühlte sich etwas unwohl unter Luis' prüfendem Blick. Aber sie freute sich, dass er sie gefunden hatte, obwohl sie nicht verabredet waren.

»Den Abend gut überstanden? Wäre in meiner Suite viel netter gewesen«, fügte er hinzu und gab ihr einen Kuss auf den Mund.

Vivi erwiderte seinen Kuss und drückte ihn fest an sich. *Ja, sie hatte den Abend genossen.* Nach ihrem Überraschungsauftritt in der Bar hatten sie noch etwas getrunken und sich dann bis in die frühen Morgenstunden den Rhythmen in der »Anytime Bar« hingegeben.

»Mir fehlt Schlaf, ganz ehrlich. Fünf Stunden reichen mir nicht.«

Sie gingen ein paar Schritte zur Reling und blickten auf die Stadtsilhouette von Palermo. Auf der Uferstraße herrschte hektischer Verkehr.

»Pascal und ich wollen Palermo zu Fuß erkunden, diese Bustouren überstehe ich nicht. Vielleicht wollt ihr ja mit?«

»Hört sich gut an, Laura und ich haben uns noch nicht ganz entschieden. Aber ich denke, wir können uns in 30 Minuten auf Deck 5 zum Landgang treffen.«

Luis strahlte Vivi an. Sie fühlte sich in seiner Nähe unglaublich gut. Ein Ausflug nach Palermo bot ihr die Chance, Luis besser kennen zu lernen.

18

Palermo war laut und der Verkehr chaotisch.

»Ich hab' noch nie solche Bürgersteige gesehen. An denen hat doch schon hundert Jahre keiner mehr was gemacht, so uneben und kaputt wie die sind. Ohne Lebensversicherung sollte man hier gar nicht lang gehen«, maulte Laura vor sich hin.

Aber die Stadt war ein Fundus an historischen Schätzen. Sie passierten das »Teatro Massimo«, das einst das größte Opernhaus Italiens war. Und sie gelangten über die »Piazza Quattro Canti« und die »Piazza Pretoria« bis zur Kathedrale.

»Mir ist so heiß, Laura, also wenn ich nicht bald etwas zu trinken kriege, passiert ein Unglück. Ich trockne aus. Ich finde, wir haben genug gesehen. Wo sind denn die anderen?«, jammerte Pascal plötzlich drauflos.

Luis und Vivi waren noch in Sichtweite, aber sie hatten sich etwas abgesondert. Laura konnte verstehen warum. Die beiden hatten kaum Augen für den imposanten Dom mit seinen vielen Anbauten und Türmchen. Sie waren zu sehr mit sich selbst beschäftigt.

»Du lebst also bei deiner Mutter in Köln?«, fragte Luis.

»Freiwillig, gezwungenermaßen, ich bin grad ein bisschen knapp mit der Kohle und bin wieder zu ihr gezogen. Aber wenn ich einen neuen Job habe, such ich mir was Eigenes.«

Sie wollte ihm nicht auf die Nase binden, dass sie in letzter Zeit meistens bei ihrem Ex-Freund gewohnt hat.

»Und du?«

»Ich, ähm,... ich leb allein, habe ein kleines Apartment, nichts Besonderes. Ich arbeite viel.«

Vivi konnte Luis' Augen nicht sehen, weil er eine coole ›Ray Ban-Sonnenbrille‹ trug, aber sie wusste, dass seine Augen auf ihr ruhten.

»Du wohnst also bei deiner Mutter? Ist das nicht blöd... wenn du mal einen Freund zu Besuch hast und so...?«, druckste Luis verlegen rum.

»Plötzlich so schüchtern. Frag doch direkt, ob ich einen Freund habe. Ja, habe ich, aber er erlaubt mir, auch andere Freunde zu haben.«

Luis nahm seine Brille ab und sah Vivi vollkommen verdattert an.

»Was, wie, äh, ich steh wohl auf der Leitung?«

Vivi lachte laut los.

»Beruhig dich, mein Freund heißt Thomas und ist erst zehn. Ich besuche ihn regelmäßig in Düsseldorf in einem Kinderhospiz, zusammen mit Laura.«

Luis atmete auf.

»Ich verstehe. Dafür muss man geschaffen sein. Ich könnte das nicht, es würde mich zu sehr deprimieren.«

»Tja, für diese Art von Engagement sind eben meistens wir Frauen zuständig.«

»Was macht ihr denn da?«

»Laura und ich gehen alle 14 Tage dorthin, singen und spielen mit den Kindern. Es ist toll, in diese leuchtenden Kinderaugen zu sehen, wenn die kleinen Patienten einen Moment lang ihre Krankheit vergessen. Ich hab' mich direkt in den blonden Kerl mit den blauen Kulleraugen verliebt. Er hat mich zugetextet und zum Schluss beschlossen, dass ich jetzt seine Freundin sei. – Ich dürfte allerdings auch andere Freunde haben, hat er mir großzügigerweise zugestanden«, fügte Vivi lächelnd, aber mit angespannter Stimme, hinzu.

»Was hat der kleine Mann denn?«

»ALS. Ist bei Kindern eher selten, aber die Nervenkrankheit hat ihn vor zwei Jahren erwischt. Es tut schon weh, wenn du siehst, wie er nach Luft schnappt. Es wird leider von Tag zu Tag schlimmer.«

Vivi sprach immer leiser. Luis nahm sie in den Arm und drückte sie fest an sich.

»Vivi, ich finde es wirklich beeindruckend, was ihr da macht. Eine schwere Aufgabe für eine junge Frau. Gibt es einen besonderen Grund, warum du das machst?«

»Das erzähle ich dir ein anderes Mal«, antwortete Vivi mit belegter Stimme und atmete auf, als Pascal auf sie zukam.

»Da seid ihr ja, wir haben euch schon gesucht«, stöhnte Pascal, »ich muss raus aus der Sonne. Mein Teint ist schon völlig gereizt. Ich will auf keinen Fall Hautkrebs kriegen. Gehen wir zurück. In der Nähe des Hafens gibt es auf einem Kaufhausdach ein tolles Restaurant mit Blick über Palermo.«

»Du Memme«, zog Luis seinen Freund auf, »kaum wird es mal anstrengend, jammerst du rum.«

»Ich bilde mich wenigstens, du bist ja mit anderem beschäftigt.«

Luis und Vivi fühlten sich ertappt wie Teenager.

»Also, ihr Turteltäubchen, wenn ihr einverstanden seid, gehen wir jetzt was trinken. Wir haben ja schließlich Urlaub. Danach geht es zurück aufs Schiff. Mal sehen, was heute im ›Bella Donna‹ geboten wird.«

»Hast du – ganz zufällig – ein Date mit deinem Galeristen oder warum drängelst du so mit der Rückkehr?«

»Mein lieber Luis, wir haben heute schon zusammen gefrühstückt und uns sehr gut unterhalten. Nur leider kann aus uns nichts werden, er ist viele Monate auf hoher See. Und eine Fernbeziehung ist nicht so mein Ding. Alles sehr schade.«

19

Vivi nahm sich in der Kabine viel Zeit, um sich frisch zu machen. Laura war schon vor einer halben Stunde gegangen, um sie nicht bei ihrer »Beauty Hour«, wie sie lachend sagte, zu stören. Sie dachte über ihren Tag in Palermo nach. *Luis hatte ihr gut getan. Er hatte ihr verständnisvoll zugehört. Obwohl sie ihn erst so kurz kannte, fühlte sie sich bei ihm geborgen.* Gut gelaunt ließ sie die Kabinentür ins Schloss fallen. Sie war spät dran und wurde bestimmt schon erwartet. Als Vivi den Tisch ihrer Freunde endlich gefunden hatte, war sie angenehm überrascht. Kampfgriller Luis gab sich mit einer Miniportion Schnitzel zufrieden. Außerdem hatte er sich einen großen Salatteller zusammengestellt, der jedem Veganer das Wasser im Mund zusammen laufen ließ.

»Also, Vivi, du musst Luis irgendwie infiziert haben. Ich konnte ihn noch nie motivieren, so viel Gesundes zu essen. Ich bin sprachlos. Wie hast du das bloß gemacht?«, fragte Pascal grinsend.

Vivi lächelte vielsagend. *Das höre ich gerne, dann scheint ja alles auf dem richtigen Weg zu sein.*

Luis nahm Vivis Hand.

»Na ja, ich muss mich ja gesund ernähren, damit wir beide noch lange etwas voneinander haben.«

Vivi sah ihren Moment gekommen. Luis hatte einen Knopf gedrückt.

»Noch gesünder ist es, weniger oder gar kein Fleisch zu essen. Hast du übrigens schon mal Tofubratwurst probiert?«

»Um Gottes Willen, damit kannst du mich jagen, Vivi.«

»Hast du sie denn schon mal probiert?«

»Ja, ein paar Happen, ich glaub' der Tofu war auch noch geräuchert. Warum soll ich Tofubratwurst essen, wenn ich das Original haben kann? Die Ferkel werden gezüchtet, damit wir sie essen können. Oder vegane Hot Dogs, was soll der Quatsch?«

Vivi spürte, dass es jetzt klug war, einen Gang zurückzuschalten. Sie wollte keine Lawine von Fragen auslösen, die sie vielleicht nicht wahrheitsgemäß beantwortet hätte. Sie wollte bloß mal vorfühlen, um zu sehen, wie stabil die Lage war.

»Aber du bist doch Sportler, weißt du nicht, wie fit veganes Essen macht? Schon einmal von ›Attila Hildmann‹ gehört?«

»Natürlich. Aber weil er davon schwärmt, muss ich es noch lange nicht tun. Das ist 'ne Marketingmasche, da bin ich mir sicher. Der sieht gut aus, der will verkaufen. Wenn ein solcher Typ diesen Trend einschlägt, springen die Medien auf, und er ist in aller Munde.«

»Interessant, den kennst du also. Der ist Trendsetter, der steht dahinter, der macht das, weil es ihm schmeckt«, verteidigte Vivi ihn voller Überzeugung.

Vivi mochte »Hildmann« nicht nur für seine Art zu kochen oder weil er gut aussah. Auch sein Aufruf »Macht was aus eurem Leben« hatte sie inspiriert. Dass er ein begnadeter Vermarkter war, konnte ihm niemand zum Vorwurf machen. Nur die Werbung auf seinem Porsche störte sie. Dicke Autos und nachhaltige tierfreie Ernährung, um das Leben auf dem Globus humaner zu machen, passten für sie nicht zusammen. Aber manche konnten auf ihr Jungenspielzeug eben nicht verzichten, entschuldigte Vivi für sich die Aktion.

»Dabei sieht dieser Typ noch verdammt gut aus. Für den würde ich auch zum Veganer werden«, fügte Pascal schmachtend hinzu, »und Luis, du könntest deinen Horizont wirklich mal erweitern. Täte unserem Laden auch gut, neue Wege zu gehen, neue Beilagen zu kreieren. Fleisch hin, Fleisch her, auch wenn es gute Qualität hat. Die Optik auf dem Teller bringt Gemüse. Das hier schmeckt dir doch auch, oder?«

»Pascal, weißt du es nicht, in Wirklichkeit bin ich doch Veganer.«

Drei Augenpaare sahen Luis irritiert an.

»Ich bin Sekundärveganer. Ich esse ausschließlich Fleisch von Tieren, die sich vegan ernähren!«

Luis lachte sich über seinen Witz fast tot. Vivi und Laura grinsten gequält.

»Ich danke dir, Pascal. Du hast so einen feinen Gaumen«, griff Vivi die Äußerungen von Pascal auf und ignorierte Luis' blöden Witz.

Sie hoffte über Komplimente weiter zu kommen. Vielleicht hatte Pascal auf Luis einen guten Einfluss. Ihr fiel im Moment kein Argument mehr ein, wie sie Luis auf die reine Pflanzenschiene bringen konnte.

20

Die höchste Terrasse am Heck des Schiffes war in den späten Abendstunden ein einsamer Ort. Tagsüber lagen die Menschen dort Körper an Körper auf den Liegen, suchten

Schatten oder genossen den Blick auf die See. Vivi vergaß die harte Unterlage aus Holz, als Luis sich über sie beugte. Sie küsste ihn erst vorsichtig, dann leidenschaftlich. Er war kein Draufgänger, aber er wusste, was er wollte. Sie drückte sich an seinen Körper und vergaß alles um sich herum. Hätte es Zuschauer gegeben, wäre es ihr in diesem Stadium egal gewesen.

»Ich denke immer noch an unsere erste gemeinsame Nacht....«, flüsterte er.

»Ich, ... ich weiß gar nicht, was mit mir los war. Das ist sonst nicht so meine Art, direkt mitzugehen. Es war wohl die Hitze ..., die besondere italienische Atmosphäre ...«, antwortete Vivi sanft und räusperte sich verlegen.

»Vivi, Schatz, sag doch einfach, dass ich dir gefalle und dass du mich magst.«

Vivi strich ihm zärtlich über die Wange. Luis küsste sie sanft, dann schob er seine Zunge immer tiefer in ihren Mund. Vivi schmeckte Rotwein und Grappa. Sie fragte sich erneut, ob jemand in der Nähe war. Aber plötzlich war ihr alles egal. Sie spürte diese Lust, sich gehen zu lassen, einfach alles zu vergessen, David und ihr gemeinsames Theater, die Wette mit Laura, die ihr in diesem Moment total albern vorkam, die heimischen Streitereien mit ihrer Mutter. Ein attraktiver sympathischer Mann fand sie an diesem traumhaften Urlaubsort begehrenswert. Sie spürte, wie erregt Luis war und dass es heute Abend für sie kein Zurück mehr gab. Wer konnte schon von sich behaupten, auf einer Kreuzfahrt unter freiem Himmel Sex gehabt zu haben. Nur das Meer, der Mond und die Sterne als Zeugen. Vivi schob ihre Hose und ihren Slip so tief wie sie es mit einer Hand konnte hinunter. Es war berauschend, was sie fühlte. Sie bewegte ihren Unterkörper rhythmisch hin und her. Sie stöhnte leise und genoss Luis' Drängen in ihr wie sie es noch nie zuvor getan hatte. Sie traute sich nicht, die Stellung zu wechseln. Dazu fehlte ihr an diesem öffentlichen Platz dann doch der Mut. Sie hätte sich gerne auf ihn gesetzt. Sie wollte nicht, dass es aufhörte. Ihr Orgasmus kam schnell und war intensiv. Luis kam wenige Sekunden später. Seine Hände mussten längst schmerzen, weil er sich auf dem harten Holz abgestützt hatte.

»Weißt du, ob es hier Kameras gibt?«

Es sollte witzig klingen, aber dafür war Vivis Stimme zu besorgt.

»Ich hoffe nicht. ›RTL2‹ ist ja wohl nicht an Bord«, fügte er lachend hinzu, »ist denn alles in Ordnung? Geht es dir gut?«

»Mir geht es sehr gut.«

Sie war über ihren Schatten gesprungen und hatte sich fallen gelassen. Sex an einem so gefährlichen Platz war eine neue Erfahrung für sie. Jede Frau träumte von einem so rücksichtsvollen, zärtlichen Liebhaber wie Luis. Eigentlich war alles perfekt, wenn da nicht... Vivi genoss, wie sich das Schiff geschmeidig auf und nieder bewegte. Sie hätte für immer so weiter fahren können.

21

Als Vivi die schwere Kabinentür sanft ins Schloss fallen ließ, schreckte Laura auf.

»Vivi, wo warst du? Ich hab' mir Sorgen gemacht.«

»Völlig grundlos, meine Süße.«

Laura setzte sich hellwach im Bett auf. Vivis Augen sprachen Bände.

»Vivi, du hast es gemacht, ja? Ich will alles wissen. Alles!«

»Es war schöner als in meinen kühnsten Träumen. Er war so zärtlich und doch heftig. Wenn es sich nicht so furchtbar anhören würde, müsste ich David dankbar sein, dass er mich abgeschossen hat.«

»Wo, ich meine, wo habt ihr ...? In seiner Suite?«

»Draußen, oben, weißt du, mit dem direkten Blick aufs Meer.«

»Bist du verrückt geworden? Hattest du keine Angst, dass ihr erwischt werdet?«

»Man muss Prioritäten setzen, mein Schatz! Vielleicht hat mich das sogar gereizt. – Ich bin so glücklich, Laura!«

»Und so inkonsequent. Seit wann machen dich Fleischesser glücklich? Sonntag hat sich das noch ganz anders angehört. Der Härtetest steht dir noch bevor, meine Liebe.«

»Ich schaff das, der folgt mir noch auf meinem Pfad der Tugend«, antwortete Vivi euphorisch, »hast du etwas dagegen, Laura, wenn ich morgen mit Luis den Ausflug alleine mache? Du hast doch noch Pascal, diesen Charmeur!«

»Na, vielen Dank, der jammert doch wieder, wenn ihm die Sonne den Teint ankokelt. Dann muss ich mir wieder anhören, dass er um Jahre gealtert ist.«

»Nach Neapel, Laura, machen wir wieder alles zusammen.«

»Einverstanden, von mir aus. Hast du einen besonderen Grund, dass du morgen mit Luis allein Neapel erkunden willst?«

»Ja, ich halte dieses Geeiere nicht mehr aus. Nach der letzten Nacht will ich ehrlich sein und diesen wichtigen

Teil von mir preisgeben. Morgen während des Ausflugs sag ich Luis, dass ich vegan esse und lebe. Ich oute mich. Ich hoffe inbrünstig, er wird mich weiter mögen.«

»Da bin ich schon gespannt, wie du ihm getrennte Kühlschränke verkaufst. Am besten noch mit einem Schloss. Ich wundere mich sowieso, dass David das mitgemacht hat, und das in seiner Wohnung.«

»Ich weiß noch nicht, was aus uns wird, Laura. Aber wenn Luis mich wirklich liebt, muss er schon auf meine Seite des Ufers wechseln. Obwohl ich ihm das morgen noch nicht so klipp und klar sagen kann. Ich glaube, dass wäre fast ein Schritt zu viel.«

22

Vivi schwebte den Steg zum Kai hinunter. Sie trug ihre bequemsten Schuhe. Am liebsten hätte sie getanzt. Neapel mit Luis ließ sie in den Knien weich werden. Seine entspannte liebevolle Art und sein Selbstbewusstsein taten ihr gut. Bisher hatte sie Liebe auf den ersten Blick für Unfug gehalten. Von Begriffen wie Leidenschaft und Ekstase hatte sie in Büchern und Frauenzeitschriften zuhauf gelesen. Sie kannte Luis erst so kurz, aber dank ihm wusste sie jetzt, wie sich das anfühlt. Ihre Beziehung zu David schien einem anderen Leben anzugehören. Vivi wusste natürlich, dass es auch am Urlaubsfeeling lag. In dieser fantastischen Bucht war der Alltag weit weg. Hier war alles rosarot. Hier war Italien. Luis wartete bereits. Er nahm sie in den Arm und gab ihr einen zärtlichen Kuss auf die Stirn.

»Wie bist du denn Laura los geworden?«

»Luis, ich musste Laura nicht loswerden. Ich hab' sie gefragt, ob es ok ist, wenn ich heute mit dir alleine Neapel erkunde. Sie war einverstanden.«

»Nett von ihr, ist sie immer so verständnisvoll?«

»Ja, sie ist eine echte Freundin.«

»Was hast du ihr denn von uns erzählt?«

»Musste ich viel erzählen? Es war fünf Uhr morgens, als ich in die Kabine kam.«

Luis küsste sie wieder, dieses Mal auf den Mund und legte ihr den Arm um die Schulter. Vivi hatte das Gefühl, Luis schon viel länger zu kennen. Die Amalfiküste hatte sie mit einem beeindruckenden Postkarten-Himmel empfangen. Es wäre zu schade gewesen, die Stadt nicht zu erkunden, Müllskandal hin, Mafia her. Vivi und Luis schlenderten Hand in Hand Richtung »Galleria«. Das Terminal verfügte über ein großes Einkaufszentrum mit Cafés. Dort wollten sie sich mit einem Drink einstimmen und dann in der Altstadt etwas für ihre kulturelle Bildung tun.

»Hätte ich den Neapolitanern gar nicht zugetraut, dieses schicke neue Terminal. Aus Neapel kommen bei uns meistens Horror-Nachrichten an. Ich freu mich schon auf den ersten Campari-Orange, genau das Richtige bei dieser Hitze.«

Kaum hatte Luis den Satz beendet, blieb er wie vom Blitz getroffen stehen. Er ließ Vivis Hand los. Er wurde aschfahl. Vivi erkannte ihren lockeren Begleiter nicht wieder.

»Was ist los? Du schaust, als wäre dir der Heilige Geist begegnet.«

»So was Ähnliches.«

Vivi verstand nichts. Sie sah zur »Galleria« hinüber. Eine modisch gestylte Blondine rannte in erstaunlichem Tempo auf Highheels in ihre Richtung. In der rechten Hand trug sie diverse Einkaufstüten. Mit der linken Hand zog sie einen silbrig glänzenden Trolley hinter sich her.

»Hallo, Luis, fantastisch, dass du mich abholst. Dieser Scheißkoffer ist so sperrig. Nimm mal die Tüten, bitte.«

Luis schien es die Sprache verschlagen zu haben.

»Schatz, was ist hier los? Willst du mich nicht vorstellen? Wer ist das, und warum hast du ihre Hand gehalten?«

Die Blondine taxierte Vivi von oben bis unten.

»Das ist .... Vivi, Maxi. – Vivi, das ist, das ist Maxi«, stotterte Luis.

»Willst du mich verarschen? Kaum bist du 2.000 Kilometer weit weg, machst du mit anderen Frauen rum. Wo geht's denn hier an Bord?«

Vivi brachte kein Wort heraus, sondern schaute Luis mit offenem Mund an. Die Euphorie, die sie eben noch verspürt hatte, war wie weggeblasen. Sie war auf diesen Angriff nicht vorbereitet. Sie war einfach nur baff. Luis sagte nichts und gab ihr auch kein Signal, dass alles ein Missverständnis war oder eine Verwechslung. Maxi ignorierte sie jetzt wie eine namenlose Statistin. Vivi hatte keine Ahnung, was sie tun sollte. Ein Mann, zwei Frauen. Ein sich anbahnendes Drama. Wenigstens war der Schauplatz originell. Die Bucht von Neapel, ein mondäner Schiffskai mitten in Europa. Nicht schlecht. Doch für solche Fälle hatte sie das Leben noch nicht vorbereitet. *Wie konnte sie nur so dumm gewesen sein, zu glauben, dass Luis frei war? Sie war das Abenteuer. Natürlich. Die Kleine für zwischendurch. Ein bisschen Liebesgesäusel unter dem Sternenhimmel, gleich neben der Schiffssirene. Das hatte was.* Sie hasste Neapel plötzlich. Ihr verging die Lust auf Kultur, Cappuccino und Küsse. Ihr Leben war völlig überraschend um eine unangenehme Erfahrung reicher geworden. Sie war unendlich dankbar, dass sie noch nicht den Mut gefunden hatte, Luis ihr veganes Leben schmackhaft zu machen.

»Luis, ich weiß nicht, was hier gerade genau passiert, aber aus unserem Ausflug wird wohl nichts mehr.«

Vivi stellte es ganz sachlich fest. Sie wollte nicht zeigen, wie gekränkt sie war. Sie sah Luis in die Augen, in seine wunderschönen braunen Augen. Er erwiderte ihren Blick nur ganz kurz. Vivi wusste, was das bedeutete. *Sie würde hier jetzt ganz schnell die Biege machen. Sie kannte ihn doch gar nicht. Sie wusste nichts von ihm, jedenfalls nicht viel, außer dass er wahnsinnig charmant sein konnte, dass er gut küsste und dass er beim Sex nicht egoistisch war.* Da Luis immer noch stumm nach Luft schnappte, ging sie ganz schnell zum Schiff zurück. Der riesige Dampfer mit dem unverwechselbaren Kussmund kam ihr wie eine rettende Insel vor. Sie desinfizierte sich die Hände mit der Flüssigkeit, die in einem Spender bereit stand, bevor sie an Bord ging. Die Reederei beugte so der Ausbreitung von Infektionen vor. Vivi wünschte sich, die Flüssigkeit würde auch bei Liebeskummer helfen. Einmal einreiben und desinfizieren, und alles wäre wieder gut. Aber so einfach würde sie den Luis-Virus nicht loswerden. Der Mann am Check-in am Ende der Gangway, der ihre Bordkarte entgegennahm, schien überrascht, dass sie nach so kurzer Zeit wieder vor ihm stand. Aber er sagte nichts. Sie nahm ihr Handy und rief Laura an.

»Laura, ich bin wieder an Bord. Wo bist du, ich brauche dich?«, fragte sie kurzatmig.

»Du sprichst in Rätseln, Vivi. Ich sitze auf dem Pool-Deck bei einem ›Sex on the Beach‹.«

23

Luis zog Maxi und ihren Koffer hinaus aus dem Fußgängerstrom.

»Welcher Teufel hat dich geritten, hier aufzuschlagen? Ich habe dir doch am Telefon gesagt, wir brauchen eine Auszeit. Oder hast du unsere Aussprache vor der Reise vergessen?«

»Aber, aber ....«

»Kein aber, ich habe dir am Telefon klipp und klar gesagt, dass ich dich nicht sehen will. Punkt. Du kannst ohnehin hier nicht ohne weiteres zusteigen. Ein Kreuzfahrtschiff ist kein Hotel, wo man jederzeit einchecken kann.«

»Das wollen wir ja mal sehen! Dieser nette Typ in dem feschen weißen Outfit dahinten kommt doch gerade von dem Schiff.«

Maxi nahm ihren Koffer und stürmte auf ihn zu. Sie zog ihre Kreditkarte aus der Handtasche und ließ ihren ganzen Charme spielen.

»Sie kommen doch von dem Schiff dahinten und können mir bestimmt helfen.«

Der junge Mann in der schicken Uniform reagierte überrascht.

»Gerne, was kann ich denn für Sie tun?«

»Ich möchte gerne auf das Schiff.«

»Kein Problem. Sie müssen nur ihre Bordkarte vorzeigen.«

»Ich möchte heute erst einchecken, verstehen Sie? Hier ist meine Kreditkarte. Ich zahle natürlich direkt.«

»Das geht leider nicht. Hier in Neapel können keine Passagiere einchecken.«

»Aber ich habe eine Platinkarte.«

»Egal welche Karte Sie haben. Hier können Sie nicht einchecken. Ich kann Ihnen da nicht helfen. Entschuldigen Sie bitte, ich muss jetzt weiter. Vielleicht sehen wir uns ja auf einer anderen Reise wieder. Würde mich sehr freuen. Ich wünsche Ihnen noch einen schönen Tag.«

Der Mann in der Offiziersuniform nickte ihr kurz zu und setzte seinen Weg durch das Einkaufszentrum fort.

»Ich will keine andere Reise mitmachen, ich will diese machen!«, rief Maxi ihm aufgebracht hinterher, »Luis, tu was. Ich muss hier doch einchecken können. Ich zahl doch dafür wie jeder andere.«

»Ich habe es dir gleich gesagt. Ein Kreuzfahrtschiff ist kein Hotel wie an Land. Du willst es einfach nicht verstehen. Stell dir mal vor, die würden hier jeden einfach so an Bord lassen. Würde dir das gefallen? Da kann ja jeder kommen, und die haben gar keinen Überblick mehr.«

»Das kommt dir wohl gelegen, was, dass hier alles schief geht. Ich reise nicht einfach wieder ab. Das hättest du wohl gern.«

»Warum drehst du immer so durch? Du machst uns lächerlich, Maxi. Es ist das Beste, du fliegst wieder zurück, und wir reden in Köln in Ruhe.«

»Kommt nicht in Frage, das wäre nach deinem Geschmack, was? Freie Bahn auf dem Meer, und ich sitze in Köln und warte auf dich, wie eine brave Ehefrau. So haben wir nicht gewettet. Wir machen das ganz anders. Du gehst von Bord und fährst mit mir zurück.«

»Ich hör wohl nicht richtig. Träumst du? Ich lass die Reise doch nicht sausen, weil du durchdrehst.«

»Luis, du holst jetzt deine Sachen, und wir fliegen zusammen zurück. Ich verlange, dass du von Bord gehst.«

»Und ich verlange, dass du zur Vernunft kommst. Ich kann Pascal nicht einfach sitzen lassen. Das gehört sich nicht.«

»Ach, seit wann heißt die Kleine Pascal. Verarsch mich nicht.«

»Ich weiß nicht, was du meinst, Maxi. Komm runter. Ich bestell dir jetzt ein Taxi.«

»Das ist also dein letztes Wort. Du kommst nicht mit zurück?«

»Nein, soll ich etwa diese teure Reise abbrechen, nur weil du am Rad drehst? Unsere Auszeit geht weiter.«

»Ich, ich, ...ich glaub das jetzt nicht. Was bin ich eigentlich für dich? Ein Selbstbedienungsladen. Ich lass mich nicht rumschubsen. Ich wusste gleich, getrennter Urlaub führt nur zu Problemen. Dir ist das ja offenbar egal. Wenn du nicht mitkommst, ist unsere Beziehung zu Ende.«

Maxi riss Luis die Tüten aus der Hand. Sie zog am Griff des Koffers und rannte los. Luis sah ihr erleichtert hinterher. *Hoffentlich würde sie diese Drohung in die Tat umsetzen.* Doch dann blieb sie abrupt stehen.

»Überleg dir, wie du mir schnellstens die dreißigtausend Euro zurückzahlen willst, die ich dir für dein Restaurant geliehen habe. Ich erwarte von dir einen Vorschlag, sobald du wieder in Köln bist!«

Das saß. Schlagartig wurde Luis unter seiner Bräune blass, denn er wusste, wie unberechenbar Maxi sein konnte, wenn sie nicht bekam, was sie wollte. Sie neigte zu unkontrollierten Gefühlsausbrüchen, die ein Grund für ihre ständigen Streitereien waren. Das Geld konnte er ihr nicht zurückzahlen, denn er hatte es nicht. Er musste die Wogen glätten. Maxi war noch immer in Sichtweite. Er rannte los und fing Maxi am Eingang der »Galleria« ab.

»Lass uns einen Cappuccino trinken. Da ist nichts mit Vivi, wir haben uns ein bisschen angefreundet und wollten den Ausflug zusammen machen. Schließlich ist Neapel nicht ungefährlich und Pascal hatte keine Lust.«

»Ich glaub dir kein Wort.«

»Sie kommt auch aus Köln. Und sie ist Köchin. Wir konnten uns gut unterhalten. Da ist doch nun wirklich nichts dabei.«

Es war jetzt das Beste, sie zu beruhigen. Er schaute zum Aufgang des Schiffes. Aber Vivi war längst verschwunden. Er war ihr eine Erklärung schuldig. *Ihm war bisher immer noch etwas eingefallen.*

24

»Das war aber ein kurzer Ausflug. Was heißt: du brauchst mich? Hat sich heute Morgen noch ganz anders angehört.«

»Laura, läster ruhig, geschieht mir recht. Du glaubst nicht, was mir gerade passiert ist.«

»Bestell dir doch einen Drink.«

»Ein Wasser reicht.«

»Also, was ist jetzt? Deine Laune lässt die wildesten Vermutungen zu.«

»Luis hat eine Freundin. Die steht unten mit Sack und Pack auf dem Kai und will an Bord kommen.«

»Du fantasierst. Das gibt es doch gar nicht.«

»Ich weiß nicht mehr, was ich glauben soll. Wir hatten so eine tolle Zeit zusammen. Es war nicht nur Sex, sondern Zuneigung, ja und Liebe. Es war mehr als ein Urlaubsflirt. So etwas spüre ich. Er wollte, dass ich ihn mag. Das war eindeutig. Und jetzt präsentiert er mir mitten in Italien seine Freundin.«

»War wohl eher so, dass sie sich ihm präsentiert hat. Krass, die ist dem tatsächlich hinterher geflogen? Vivi, das nenn' ich wahre Liebe.«

Laura klang ironisch.

»Oder Obsession. Begeistert war er nicht. Das habe ich ihm angesehen. Aber er hätte was sagen müssen. Laura, ich stand da... du kannst es dir nicht vorstellen, dieses Gefühl, überflüssig zu sein. Es hätte nicht viel gefehlt und die hätte mir eine reingehauen.«

»Warum hast du nichts gefragt?«

»Ich war so geschockt. Er hat mich kurz vorher noch geküsst. Er war so zärtlich. Der hat von nichts gewusst. Jedenfalls sah es so aus. Ich dachte, so etwas gibt es in Filmen oder Kitschromanen, die man so gerne in Bahnhofsbuchhandlungen kauft und nicht in der Realität. – Laura, ich bin froh, dass du da bist. Ohne dich würde ich das hier nicht durchstehen.«

»Wozu ist eine Freundin da, Vivi, lad' deinen Müll ruhig bei mir ab. Hab' ich ja auch bei dir getan, als wir uns kennenlernten.«

Laura cremte sich ein. Sie legte sich sofort wieder flach auf den Rücken, die beste Methode, damit sich ihre Bauchspeckröllchen glätteten. Von Luis hätte sie nicht gedacht, dass er zwei Frauen am Start hatte. *Aber heutzutage war ja alles möglich.*

»Wie schmeckt dein Wasser?«

»Scheiße.«

»Hier nimm einen Schluck ›Sex on the Beach‹, ist köstlich.«

»Ich kann das Wort ›Sex‹ im Moment nicht hören, aber trotzdem runter damit.«

Vivi trank den Rest in einem Zug aus und sah gedankenverloren auf die wenigen Wolken, die sich an dem ansonsten strahlend blauen Himmel fast nicht bewegten. Es war windstill. *Warum ging schon wieder eine Beziehung den Bach runter?*

»Laura, ich glaub, ich weiß, warum mich mein Glück verlassen hat. Ich habe vor einem Jahr meinen Talisman verloren.«

»Du meinst das Holzamulett mit dem komisch aufgemalten Drachen. Das sah doch gar nicht so toll aus, ich dachte, du hättest es entsorgt.«

»Wie käme ich dazu, das war ein Geschenk von meinem Vater. Das hat er mir von einer seiner Asienreisen mitgebracht. Ich hatte sogar gerade das Lederarmband gegen eine Korkkette ausgetauscht. Seitdem ist es verschwunden. Der Drache ist ein Glückssymbol, weißt du.«

»Ich verstehe. Jetzt meinst du, dich hat dein Glück verlassen? Na ja, Aberglauben ist nicht meins. Es wird wieder an deine Tür klopfen. Apropos Glück. Du hattest doch das Glück, mich kennen zu lernen – oder?«

Beide mussten lachen und umarmten sich.

25

»Kann ich dich sprechen, Vivi? Hier ist Luis.«

»Wer ist da? Ach ja, der Mann vom Kai ... Was gibt es da noch zu reden?«

Vivi hatte sich ein Mittagsschläfchen gegönnt. Sie bereute es, den Hörer abgenommen zu haben.

»Wieso machst du mit deiner charmanten Begleitung nicht Neapel unsicher?«

»Um die geht es ja, Vivi. Gib mir eine Chance, ich erklär dir alles. Das ist alles ein riesiges Missverständnis!«

»Ja, und es ist bestimmt nicht das, wonach es aussieht. Stimmt's?«

Luis ignorierte den ironischen Unterton.

»Genau.«

»Wer's glaubt, wird selig.«

Vivi zögerte. *Sollte sie seine Version der Dinge anhören? Nein, er hatte sie verarscht. Oder war das wirklich ein Überfall seiner Freundin, obwohl die Beziehung schon lange zu Ende war? Fragen über Fragen. Aber Antworten konnte sie nur in einem Gespräch bekommen.*

»Also gut, Luis, treffen wir uns in einer Stunde auf der oberen Terrasse am Pooldeck, du weißt schon...«

Die tolle Nacht hatte sie nicht vergessen. Sie konnte, nein sie wollte nicht glauben, dass alles nur gespielt war.

26

Sie nahmen in einer windgeschützten Nische Platz. Der Himmel war wolkenlos. Ihnen lag eine der traumhaftesten Buchten Italiens zu Füßen. Es hätte alles so schön sein können. Vivi fiel es schwer, Luis länger anzusehen. Sie hatte ihm vertraut. So ist es immer, dachte sie, man kann den Menschen nur vor die Stirn schauen.

»Es tut mir wahnsinnig leid, was auf dem Kai passiert ist. Das war meine Ex. Die ist verrückt. Die stalkt mich.«

»Und warum hast du mich verleugnet?«

»Das tut mir leid. Aber ich war total perplex, als sie plötzlich vor mir stand. Die hat sich ins Flugzeug gesetzt und ist mir hinterher geflogen.«

»Niemand fliegt jemand anderem einfach so hinterher. Sag doch einfach die Wahrheit. Ihr seid noch zusammen.«

»Wir waren zusammen, aber das ist vorbei. Doch Maxi versteht das nicht. Die hält jeden für ihren Besitz.«

»Das habe ich gesehen. Sehr bestimmend die Dame.«

Vivi bremste sich. Sie wollte niemanden beschimpfen, den sie nicht kannte. Sonst hätte Luis noch geglaubt, sie wäre eifersüchtig. Das wollte sie auf keinen Fall.

»Sie hatte mit Händen und Füßen versucht, an Bord zu kommen. Doch ich hab' das verhindert. Warum wohl? Wegen dir.«

»Das kannst du leicht behaupten. Am Kai hab' ich nichts davon bemerkt.«

Luis schwieg. Als er Vivis Hand nehmen wollte, zog sie sie reflexartig zurück.

»Ich meine wegen uns wollte ich nicht, dass sie an Bord kommt, ich habe mich in dich verliebt, wirklich. Ich schlaf' nicht gleich mit jeder, auch wenn du es jetzt vielleicht nicht glaubst.«

»Was soll ich denn glauben? Was heißt schon glauben. Glauben ist nicht wissen. Überhaupt – du bist mir keine Rechenschaft schuldig.«

»Ich weiß, dass alles dumm gelaufen ist. Ich mach' es wieder gut. Lass uns alle heute Abend zusammen etwas Leckeres essen, und danach in der Bar den ganzen Mist vergessen.«

»Danke, ich brauche jetzt erst einmal eine Luis-Pause, um meine Gedanken zu sortieren. Laura und ich gehen heute in die Show. Wir wollen uns ganz früh einen Platz im ›Theatrium‹ sichern. Ich esse gleich was Leichtes, ich schlaf sonst schlecht, wenn ich vollgefuttert bin.«

»Dann lass uns wenigstens zusammen Barcelona erkunden«, schlug Luis hartnäckig vor.

Aber auch das lehnte Vivi ab. Sie wollte es Luis nicht zu leicht machen, obwohl es ihr unendlich schwer fiel, seine Charmeoffensive zurückzuweisen. Seitdem sie mit ihm in dieser engen Nische saß, spürte sie wieder die Schmetterlinge. *Ein Abend ohne ihn war ein verlorener Abend, aber das konnte sie ihm natürlich nicht sagen. Am liebsten hätte sie alle Schmetterlinge in den Himmel aufsteigen lassen. Jetzt tobten sie weiter in ihrem Bauch herum und machten ihr das Leben schwer.* Luis beugte sich vor und gab ihr einen Kuss auf die Wange. Dann trottete er wie ein begossener Pudel davon. Vivi sah ihm sehnsuchtsvoll hinterher. Es hätte nicht viel gefehlt und sie hätte ihre Pläne für den Abend geändert. Sie beschloss, Luis zu glauben. Aber sie wollte ihn zappeln lassen. Das hatte er verdient, nachdem er sie auf dem Kai wie eine lose Bekanntschaft behandelt hatte. Sie wollte Pascal bei nächster Gelegenheit so ganz nebenbei interviewen. Er musste doch wissen, was bei Luis los war. Er war so eine Tratschtante. Sicher konnte er den Mund nicht halten und würde ihr reinen Wein einschenken.

27

Vivi hatte Mühe, die Augen zu öffnen. Sie blinzelte und wusste nicht, wo sie war. Sie schwitzte wie nach einem Dauerlauf und fühlte sich matt wie nach einem Gewaltmarsch. Dann hörte sie Lauras gleichmäßiges Atmen und entspannte sich erleichtert. Es fiel ihr schwer, die Bilder ihres Traumes zu verscheuchen. Sie hatte wieder von Luis geträumt, doch dieses Mal gab es kein Happy End. Sie war mit einer Gruppe auf einer Trekking-Tour hoch oben in den Bergen. Der Sauerstoff war knapp, jeder Schritt eine Tortur. Sie hatten sich verirrt und waren seit mehreren Tagen ohne Nahrung. Sie hatten ihre Nuss-, Körner- und Brotvorräte längst aufgebraucht. Die Wasserflaschen waren leer und die nächste Hütte nicht in Sicht. Luis war ihr Guide. Er schlug vor, die Nacht unter freiem Himmel zu verbringen, obwohl es klirrend kalt war. Er wüsste beim besten Willen nicht, wie sie zur nächsten Hütte gelangen könnten. Er wüsste nicht einmal, wo die nächste Hütte war. Dann zog er ein Gewehr aus seinem Gepäck und schlug vor, auszulosen, wer auf die Jagd gehen muss. Ein Hirsch oder ein Wildschwein würde für alle reichen. Er wüsste, wie man Feuer macht. Einen Grillspieß zu schnitzen, sei nicht schwer. Vivi befiel Panik. Sie beschimpfte Luis aufs Ärgste. Er sei ein Versager, er habe alle getäuscht. Niemals würde sie auf ein Tier schießen. Lieber würde sie verhungern. Die anderen hielten sie für verrückt. Sie hatten Hunger und losten aus, wer das Tier erlegen sollte. Das Los fiel auf sie. Als sie sich weigerte, drohte Luis ihr, dass sie keine Wahl hätte, entweder sie erlege ein Tier oder sie wäre das Opfer. In der Not würden alle wohl auch Menschenfleisch essen, um nicht zu verhungern. Hauptsache Fleisch. Alle nickten zustimmend. Als sie sich weigerte, legte er sein Gewehr auf sie an. In diesem Moment erwachte sie schweißgebadet aus diesem Albtraum. Sie fragte sich, warum sie so etwas träumte. *Wahrscheinlich lag es daran, dass sie Luis nicht mehr vertrauen konnte.*

»Hey, bist du wach?«

Vivi tippte vorsichtig auf Lauras Schulter.

»Jetzt schon«, maulte Laura.

»Wir müssen uns fertig machen. Barcelona wartet auf uns.«

Laura quälte sich schlaftrunken ins Bad. Vivi zog die Vorhänge ganz auf und trat an die Reling. Das Meer ungestört zu beobachten, war der pure Luxus. Sie fixierte eine Stelle. Ohne Fernglas war es ungeheuer schwer und anstrengend, Meeresbewohner zu erkennen. Sie konzentrierte sich noch einmal auf die Stelle im Meer, und plötzlich sah sie die schnellen Schwimmer ganz deutlich. Mehrere Delfine tauchten ein und wieder auf. Sie kamen näher. Sie hatte das Meer schon so häufig nach Delfinen abgesucht, aber nichts entdeckt. Jetzt war der Moment gekommen, der sich nicht bestellen ließ, sondern einfach passierte. Darin lag wohl die Magie.

»Laura, komm schnell, da vorne sind Delfine. Das glaubst du nicht. Die kommen immer näher, die sind so schnell, das ist der Hammer, einfach faszinierend.«

Laura stürzte im Bademantel an die Reling. Vivi zeigte ihr die Richtung, in die sie schauen sollte.

»Die nähern sich dem Schiff, tatsächlich.«

Sie war genau wie Vivi ein Fan dieser eleganten Schwimmer. Sie hatte gelesen, dass Wissenschaftler Delfine einmal als »unser Ebenbild im Meer« bezeichnet hatten, weil sie empfindsam waren und sogar Gefühle hätten. Seitdem hatte sie häufiger das ›Delfinarium‹ in Duisburg besucht.

»Sind sie nicht wunderschön, Laura? Immer so fröhlich. Die haben gar keine Scheu so nah an das Schiff heranzukommen.«

»Vielleicht finden sie Futter oder so etwas.«

»Sie sind noch zu weit weg. Ich kann sie nicht wirklich richtig fotografieren«, beklagte sich Vivi und hielt das Smartphone so tief sie konnte.

Die See war unruhiger geworden. Die Wellen höher.

»Ich geh' ins Bad. Vielleicht sehen wir in den nächsten Tagen noch welche. Jetzt bin ich erst einmal total auf Barcelona gespannt. Und pass auf, sonst fällt dir das Smartphone noch ins Wasser. Dann sind alle Fotos futsch. Auch deine Luis-Galerie.«

Vivi überhörte Lauras Anspielung und drückte mehrmals auf den Auslöser. Wieder sprangen zwei silbrige Körper gleichzeitig hoch und tauchten zusammen ein wie Synchronschwimmer. Vivi dachte an Luis und dass sie gerade weit davon entfernt waren, so harmonisch miteinander um zu gehen. Ihr fiel Maxi ein und dass manchmal nichts so ist, wie es scheint. Aber was sie wirklich glauben sollte, wusste sie nicht. Das verunsicherte sie. Sie drückte die Stopptaste für negative Gedanken. Sie freute sich auf Barcelona und die Kunstwerke des Architekten Gaudi, der dieser Stadt seinen Stempel aufgedrückt hatte. Dazu gehörte auch die »Sagrada Familia«. Die Kathedrale zählte zu den touristischen Hotspots.

28

Vivi amüsierte es, dass Laura vor dem Landgang aufgeregt war wie ein kleines Kind. Sie arbeitete bei der Stadt Köln im Büro für internationale Angelegenheiten, und das betreute auch die Partnerstädte Kölns wie Barcelona. Die Stadt stand schon lange auf Lauras Wunschliste ganz oben. Vivi freute sich darauf, ohne großen Plan loszulaufen und vegane Tapas zu essen. Sie bestiegen den Shuttlebus, der

Richtung Zentrum fuhr. Wenige Minuten später überquerten sie eine mehrspurige Straße und erreichten die Promenade »La Rambla«.

»Ist es nicht fantastisch hier«, schwärmte Laura, »ist schon was anderes als die ›Hohe Straße‹. So weitläufig. City und trotzdem grün mit der Allee. Meine Kollegen haben mir so viel von dieser Straße erzählt, und jetzt steh ich hier.«

Sie passierten Straßencafés, Boutiquen, Galerien, ein Theater und Hotels. Sie probierten Churros an einer Churreria, die mit einer butter- und eierfreien Variante warb. Ihr Ausflug war ein Fest für die Sinne. Sie bewunderten wunderschöne Blumenstände und schauten auf die verführerischen Teller hungriger Touristen. Plötzlich nahm Vivi einen Klamottenladen ins Visier, der mit einem Ausverkauf warb.

»Komm, Laura, der hat bestimmt tolle modische Tops für kleines Geld.«

»Wie, was, seit wann legst du denn darauf Wert?«, fragte Laura überrascht, »das Wort ›modisch‹ kommt doch sonst in deinem Wortschatz nicht vor. – Also hast du Luis noch immer nicht abgeschrieben?«

»Laura, Schatz, du hast mich ertappt. Habe ich nicht. Ich muss nicht so overdressed wie diese Maxi sein, aber ich glaube, ein neuer modischer Pfiff tut mir gut.«

Es waren sehr viele Touristen in Kauflaune. In dem Laden knubbelte es sich. Aber beide wurden fündig. Mit zwei Tüten bepackt ging es weiter. Sie ließen sich Zeit, um die Atmosphäre der Stadt zu schnuppern. Sie hielten immer wieder an, um Porträtmalern über die Schulter zu schauen und sich von Jongleuren beeindrucken zu lassen. Laura fotografierte im Sekundentakt. Sie hielt einfach alles fest, um aktuelle Bilder für die Website über Kölns Städtepartnerschaften mitzubringen. Hin und wieder machten sie Selfies für ihre private Fotogalerie. Über die »Placa de Catalunya« gelangten sie ins Gotische Viertel, einem der ältesten Stadtteile Barcelonas. Sie entschieden sich, einen Bus zu nehmen, um die »Sagrada Familia« anzusehen, denn diese lag etwas außerhalb des Stadtzentrums.

29

»Ich bin völlig erledigt, Vivi, ich brauch' Futter, neue Energie, Kalorien.«

Vivi studierte den Stadtplan und machte sich auf den Weg zu ihrer auserwählten kulinarischen Station »Enjoy Vegan«. Die Fassade wirkte unscheinbar, aber sie vertrauten auf die Bewertungen im Internet und suchten sich einen Platz in dem schlicht, aber gemütlich eingerichteten Lokal. Auf jedem Tisch stand ein kleiner Stoffesel.

»Wie gefällt dir der Laden?«, wollte Vivi wissen.

»Macht 'nen netten Eindruck. Hast du gut gemacht. Wenn das Essen jetzt noch schmeckt.«

Ein attraktiver Kellner übergab ihnen freundlich die Speisekarte und sagte etwas auf Spanisch. Laura sah ihn fragend an und zuckte mit den Schultern.

»Kein Problem, meine Damen. Bei uns gibt es die Angebote auch in Englisch«, sagte er charmant in gebrochenem Deutsch und zeigte auf eine Tafel.

»Gracias«, bedankte sich Laura.

Der Kellner strahlte sie an, als hätte sie einen ganzen Vortrag auf Spanisch gehalten. Seine Zähne waren so weiß wie in der Zahnpastawerbung. Sein tiefschwarzes Haar glänzte unter dem künstlichen Licht der Deckenlampe. Unter seinem eng anliegenden weißen Hemd spannten sich Muskeln von einer Dimension, die er sich im Fitnessstudio antrainiert haben musste. Er wusste, dass er auf Frauen wirkte, obwohl er höchstens 1,70 Meter groß war. Laura sah ihm hinterher. *Was für ein Sahnebonbon. Genau ihr Typ. Aber leider weit weg von Köln.* »Rafael« hatte ihn die Thekenkraft gerufen.

»Rafael«, flüsterte Laura leise vor sich hin.

Aber Vivi hatte es mitbekommen.

»Gefällt er dir? Sexy, sein kleiner Knackarsch. Wirkt richtig feurig, der Junge.«

Vivis direkte Art ging Laura manchmal auf die Nerven. Immer musste sie gleich aussprechen, was sie dachte.

»Ich finde, er wirkt sehr sympathisch«, antwortete Laura leise, »überhaupt, was soll das, Vivi? Wieso hältst du überhaupt schon wieder nach Beute Ausschau? Ich denke Luis ist dein Herzbube.«

Vivi ignorierte Lauras Einwurf.

»Du solltest Spanisch lernen, Süße. Dann fällt dir das Flirten leichter. Frag ihn nach seiner Adresse. Soviel Deutsch kann er ja.«

»Ich will seine Adresse nicht. Warum sollte er sich ernsthaft für mich interessieren? Er wohnt in Barcelona und ich in Köln. Dass er nett zu mir ist, heißt überhaupt nichts, der flirtet doch mit jeder.«

Ich bin doch überhaupt nicht sein Typ. Ein Mann wie er hat freie Auswahl. Aber sie genoss die Aufmerksamkeit des attraktiven Spaniers, der mehrere Rotweingläser auf ein Tablett stellte und sie den Gästen im hinteren Bereich des Restaurants brachte, nicht ohne ihr im Vorbeigehen ein kurzes Lächeln zu schenken. Für Laura war es ungewohnt, dass jemand im Beisein von Vivi mit ihr flirtete. Alle Aufmerksamkeit richtete sich sonst immer zuerst auf ihre Freundin, wenn sie ausgingen. Jedenfalls war es ihr immer so vorgekommen. Laura beobachtete Rafael unauffällig aus den Augenwinkeln, während Vivi die Karte studierte.

»Hast du dir was ausgesucht, Laura? Was hältst du von der veganen Lasagne als Vorspeise? Können wir uns teilen.«

»Eine prima Idee. Hab' ich auch schon dran gedacht. Als Hauptgang nehm ich dann den Hamburger. Ich versteh zwar nicht alles, aber da sind wohl Algen drin. Das probier ich.«

»Ich nehme die vegane Chorizo mit der Salsa. Dann können wir gegenseitig alles probieren.«

Laura hob den Arm, um Rafael zu signalisieren, dass sie bestellen wollten. Das machte sie sonst nie, wenn sie mit Vivi chillte, sondern überließ die Bestellung der Freundin. Rafaels charmantes Verhalten hatte sie motiviert.

»Ich kann also auf Deutsch bestellen?«, fragte sie zaghaft und klimperte dabei nervös mit den Lidern.

Sie hätte ihn jetzt so gern in seiner Muttersprache angesprochen. Er nickte freundlich und nahm ihre Bestellung auf. Er half ihnen mit ein paar Erklärungen, damit sie nicht völlig überrascht vor ihren Tellern sitzen würden. Vivi und Laura hatten sich für einen trockenen veganen Rotwein entschieden.

»Man merkt, dass Barcelona eine Weltstadt ist. Wo kriegt man schon so selbstverständlich veganen Rotwein. Wenn ich zurück bin, werde ich eine Bewertung im Netz schreiben«, beschloss Vivi.

Nach den ersten Schlucken kam Rafael an ihren Tisch und fragte, wie ihnen der Wein schmecke.

»I enjoy it, we enjoy it!«, antwortete Laura hastig, bevor Vivi Luft holen konnte.

Sie blinzelte verunsichert, als sie in seine braunen Augen blickte. Es war ganz offensichtlich, Rafael nutzte jede Gelegenheit, um an ihren Tisch zu kommen. Er suchte das Gespräch mit Laura.

»Der steht auf dich, Laura. Jetzt sei nicht so schüchtern. Der ist doch süß.«

»Vivi – du nervst! Sag mal, wie findest du denn diesen kleinen Stoffesel, ist doch total knuffig. Warum steht der hier, hat ja nichts mit dem Restaurantnamen zu tun, oder?«, versuchte Laura das Thema zu wechseln.

»Das kann ich euch erklären«, beantwortete Rafael, der plötzlich hinter ihnen stand, die Frage, »Barcelona ist die Hauptstadt Kataloniens und der katalanische Esel ist unser Wappentier.«

Laura hing an seinen Lippen. Sie merkte, dass ihr schon seit einigen Minuten das Blut in den Kopf gestiegen war. *Jemand mit Bluthochdruck sieht wohl nicht viel anders aus.* Jetzt musste sie erst nach Spanien reisen, um zu erleben, wie das ist, von solchen Augen begehrlich angesehen zu werden. Es fühlte sich wie ein seltener Triumph an. »Du bist albern, Laura«, schalt sie sich. »Es macht Spaß, es ist ein kleiner Flirt, weit weg von zuhause. Genieß den Moment, das Essen und diesen tollen ereignisreichen Urlaubstag. Mehr wird daraus nicht werden, mehr kann daraus definitiv nicht werden.«

Plötzlich schnappte sich Vivi Lauras Handy und winkte Rafael an den Tisch.

»Kann deine Kollegin ein Bild von uns drei machen?«, fragte sie aufgedreht.

Innerhalb weniger Minuten hatte Vivi die Szene mit Rafael in der Mitte arrangiert, und alle waren auf Lauras Handy verewigt.

»Hast du mal auf die Uhr gesehen? Wir...wir...müssen zurück, Vivi. Sonst fährt das Schiff noch ohne uns ab«, stotterte Laura vor Aufregung.

»Ja, aber erst wenn du ihn nach seinem Facebook-Account gefragt hast.«

Laura verdrehte die Augen.

»Du nervst. Ich habe ein bisschen geflirtet, bevor ich ganz aus der Übung komme. Mehr war nicht. Mehr ist nicht. Ich bestell jetzt die Rechnung.«

30

Sie verließen das Lokal und fragten einen Passanten nach dem Weg zum Hafen.

»Ach, Laura, tut mir leid, ich muss noch mal schnell zur Toilette.«

Ohne eine Antwort abzuwarten, huschte Vivi zurück ins Lokal. Laura wusste nicht genau, wie lange der Rückweg dauern würde. Sie fühlte sich gestärkt, aber auch träge nach dem leckeren Essen. Sie ließ ihren Blick entspannt umherschweifen. Das »Enjoy Vegan« lag in Born, dem hippsten Viertel von Barcelona. Sie hätte gerne mehr davon gesehen. Sie beschloss, Barcelona noch einmal zu besuchen, mit mehr Zeit und dann wieder in diesem reizenden Lokal einzukehren. Sie dachte an Rafael und sein bezauberndes Lächeln und dass sie immer Pech hatte, wenn es um Männer ging. *Jetzt gefiel sie mal einem und der wohnte 1200 Kilometer weit weg. Die Welt war ungerecht.*

»Da bin ich wieder.«

Vivi tippte hektisch etwas in ihr Handy.

»Wo warst du denn so lange?«

»Ich hab' noch etwas mit dem süßen Rafael geplaudert. Er ist in Barcelona geboren und jobbt hier, um sein Studium zu finanzieren. Und er hat zwei Jahre in Berlin gelebt, deshalb spricht er so verständliches Deutsch.«

»Ach, für euer Geplauder hatte er Zeit?«

»Er hatte gerade Pause und aß Tapas.«

»Was interessiert dich das eigentlich?«, reagierte Laura gereizt.

»Reg dich nicht auf. Du wolltest doch sowieso nichts von ihm«, entgegnete Vivi, »zu weit weg, der hat sowieso eine Freundin, der flirtet mit jeder Touristin. Deine Liste von Ausreden war lang, also, so what, entspann dich, wir müssen jetzt wirklich zurück zum Schiff. Aber hier, bevor ich ihn noch verliere.«

Vivi drückte Laura einen Zettel in die Hand.

»Ein kleines Souvenir. Wird dir gefallen.«

Laura entzifferte dahingekritzelt Rafaels Facebook-Adresse. Sie wusste im ersten Augenblick nicht, ob sie lachen oder meckern sollte. *Vivi setzte sie unter Druck ... Aber sie meinte es nur gut.*

»Gut, meine Süße, damit du jetzt zufrieden bist, hier – ich stecke den Zettel ein. Auch wenn nichts draus werden kann.«

Sie nahmen die kürzeste Route zum Hafen und sogen die letzten Eindrücke von Barcelona auf.

»Ich könnte hier leben. Es ist so locker hier irgendwie. Und es gibt so schöne Restaurants.«

Laura sprudelte über vor Begeisterung.

»Dann zieh doch hierhin, und wenn es nur für ein paar Monate ist. Mach mal was Ungeplantes, Laura.«

»Ich kann doch meinen Job bei der Stadt nicht aufgeben. So was Sicheres finde ich nie wieder.«

»Du musst dich halt entscheiden, Sicherheit oder Abenteuer.«

Laura wünschte, sie wäre so stark wie Vivi. Aber das war sie nicht. Ihr fehlte der Mumm für so etwas.

31

Vivi überlegte, was sie anziehen sollte, als das Kabinentelefon klingelte.

»Hallo, mein Schatz. Hier ist Pascal.«

Seiner chronisch guten Laune konnte sich Vivi nicht entziehen.

»Hi, Pascal, und alles wieder fit im Schritt?«, erwiderte sie kess.

Sie konnte sich denken, warum er anrief. Von sich aus wäre sie niemals auf Luis zugegangen, auch wenn sie ihn immer noch wollte.

»Warum ich anrufe. Es ist der letzte Abend... und... und wir haben uns doch gut verstanden, oder? Die Crew will mit uns noch auf dem Pooldeck zum Abschied anstoßen. Es gibt Sekt frei Haus. Den will ich mir auf keinen Fall entgehen lassen, Was meinst du? Laura will bestimmt noch mit mir auf dem Pooldeck abrocken.«

»Laura, dein Tänzer hat Sehnsucht nach dir. Was meinst du, sollen wir uns auf dem Pooldeck verabreden?«

Laura nickte. Sie hatte sich für eine schwarze Caprihose und eine lange, grüne Bluse mit Spitze entschieden. Um den Reißverschluss schließen zu können, legte sie sich flach auf den Rücken und zog den Bauch ein. Vivi wäre beinahe in schallendes Gelächter ausgebrochen.

»Pascal. Gerne, wenn ihr wollt.«

»Super, wir freuen uns, ich meine Luis und ich, wir freuen uns, den letzten Abend mit euch zu verbringen.«

Vivi schminkte ihre Augen noch einen Hauch kräftiger und wählte einen schreiend roten Lippenstift. Luis sollte erkennen, was er verpasste, wenn er ihr widerstand. Sie zog das eng anliegende schwarze Top im Jeans-Look an, das sie in Barcelona gekauft hatte. Sie betrachtete ihr Dekolleté und war sehr zufrieden mit sich. Sie sprühte sich ihr exklusives Parfum von Lakshmi überall hin und gab einen Extraspritzer zwischen ihre Brüste.

»Vivi, übertreibst du es heute nicht etwas mit deinem Make up? Du siehst ja aus, als müsstest du gleich Stunden im gleißenden Rampenlicht auf einer Bühne stehen.«

Laura war eher der natürliche Typ. Die Sonne Barcelonas hatte ihr Gesicht dezent gebräunt. Sie besserte ein paar Hautunreinheiten aus und begnügte sich mit etwas Wimperntusche und Kajal und einem bronzefarbenen Lippenstift. Sie fragte sich, ob Rafael sie so mögen würde und war traurig, dass sie niemanden für einen Abend an Bord einladen konnte. Es wäre eine wunderbare Gelegenheit gewesen, sich näher kennen zu lernen. Jetzt blieben ihr nur die Schwärmerei aus der Ferne und eine schöne Erinnerung. *Aber hätte sie überhaupt den Mut gehabt, wenn sich die Gelegenheit für eine Einladung ergeben hätte?*

»Meine Augen sind mein Kapital, Laura. Deshalb unterstreiche ich sie so gerne.«

Die Frauen genossen noch eine Viertelstunde den Luxus des Balkons. Eine beeindruckende schwarze Yacht hatte am Kai neben ihnen festgemacht. Da lag ein Vermögen. Einige leicht bekleidete junge Schönheiten räkelten sich den ganzen Tag in der Sonne. Wie der Kapitän in seinen launigen Durchsagen mitgeteilt hatte, gehörte sie einem wohlhabenden amerikanischen Rechtsanwalt.

»Nimm Abschied von Barcelona, mein Schatz. War schön heute, oder?«

»Sehr schön.«

Mehr kam Laura nicht über die Lippen. Vivi spürte, dass Lauras Gedanken woanders waren. Aber damit wollte sie sich jetzt nicht befassen. Sie musste ihr eigenes Beziehungsleben managen, und das war gerade kompliziert genug. Sie wusste selber, dass der Zeitpunkt überfällig war, Luis schonend ihre Lebensphilosophie beizubringen. *Vielleicht war heute Abend der richtige Zeitpunkt.*

32

Auf dem Pooldeck hatte Pascal einen Platz auf einer Treppe ergattert; von dort konnten alle die Tanzfläche und die Bühne gut überblicken. Er winkte Vivi und Laura schon von weitem überschwänglich zu. Vivi war es ganz recht, dass Luis noch nicht in der Nähe war, auf diesen Augenblick hatte sie gewartet.

»Sag mal, Pascal, wie geht es eigentlich Maxi, wo sie nicht an Bord kommen durfte?«

Pascal schien die Frage erwartet zu haben.

»Ich halte mich aus der Sache raus! – Und woher soll ich wissen, wie es Mrs. Rare geht?«

Vivi schaute Pascal fragend an.

»Ach so, ja, rare, weil sie ihr Fleisch am liebsten blutig isst, nennen wir sie gerne ›Mrs. Rare‹. Sie findet das gar nicht lustig. Ich kann dir nicht mehr sagen. Ich misch mich grundsätzlich nicht in heterosexuelle Beziehungen ein. Ist mir viel zu anstrengend.«

Pascal sah Vivi an, dass sie diese Antwort nicht zufrieden stellte.

»Aber Vivi, so ganz unter uns. Maxi steht bei Luis auf der Abschussliste, glaube ich wenigstens. Die beiden liegen sich fast täglich in den Haaren. Ich habe nie verstanden, was er von ihr wollte. Ich musste ihn ständig aufpäppeln, wenn sie ihm mal wieder die Hölle heiß gemacht hat. Die tickt nicht ganz sauber.«

»Du bist doch nur eifersüchtig, mein Kleiner«, mischte sich Laura lachend ein.

»Ich bitte dich, Laura, ich kenne Luis, seit wir Kinder sind, da kann Maxi ohnehin nicht mithalten. Aber im Ernst, die liebt nur das schöne Leben, ohne Verpflichtungen. Aber mehr sag ich jetzt nicht. Dahinten kommt Luis.«

Er fuhr sich mit zwei Fingern über seine zusammengepressten Lippen, als würde er einen Reißverschluss schließen. Vivi sah ihn immer noch ratlos an. *War die Sache zwischen Maxi und Luis jetzt defintiv zu Ende oder nicht?*

»Hallo, es ist so schön, dass ihr gekommen seid. Lasst uns diesen Abend genießen.«

Luis gab Vivi einen zärtlichen Kuss auf die Wange und nahm sie etwas zögerlich in den Arm. Er schien immer noch verunsichert zu sein, ob sie ihm verziehen hatte. Doch Vivi drückte sich an ihn und genoss seine Nähe. Alle beobachteten die Crew, die Sekt in Flöten füllte und ihn wieder mit farbigen Likören verfeinerte.

»Ist das nicht ein herrlicher Abend«, schwärmte Laura, »ich könnte gut und gerne noch ein oder zwei Wochen weiter fahren. So eine Balkonkabine ist der pure Luxus.«

Kaum hatte sie den Satz beendet, legte ihr jemand den Arm um die Taille.

»Nicht wahr, Laura, mein Schatz, ssssuuuuper so eine Kabine mit...äh...Balkon«, lallte David ihr ins Ohr, »man ist dem Meer so nah... wie... wie Kapitän Ahab, als er Moby-Dick gesucht hat. Ich hoffe, du hast mein ... mein Bett und meinen Balkon genossen.«

Vivi, Luis und Pascal sahen sich peinlich berührt an. Vivi wusste nicht, wie sie reagieren sollte. Sie fühlte sich wie paralysiert. Als hätte David nur auf diesen Moment gewartet. Sie musste etwas sagen. Allein schon, um Laura aus dieser unangenehmen Situation zu befreien.

»Darf ich vorstellen«, sagte Vivi, »das ist David.«

Sie machte eine Pause.

»... mein Ex.«

»Wie ich sehe, hast du ja schnell wieder Anschluss gefunden, meine Süße.«

David konnte kaum auf beiden Beinen stehen. Seine Alkoholfahne roch man zehn Meilen gegen den Wind. Vivi wollte kein Aufsehen, sonst wäre sie jetzt ausgeflippt. Und sie war sich nicht sicher, ob dabei nicht einer über Bord gegangen wäre.

»Welcher von beiden isses denn, na, der Linke ist wohl eher vom anderen Ufer, wenn ich mir die Fliege so ansehe. – Ähm, ich gratuliere dir«, sagte er zu Luis mit schwerer Zunge.

Luis kam sich vor wie in einer billigen Reality-TV-Show, in der plötzlich der Ex auftaucht und Randale macht. An einer solchen Inszenierung wollte er sich auf gar keinen Fall beteiligen. *Was machte überhaupt der Ex auf dem Schiff?*

»Komm, Vivi, wir gehen«, Luis nahm Vivis Hand, »wir lassen uns durch so etwas doch nicht den tollen Abschluss einer schönen Reise vermiesen.«

David hielt Luis am Ärmel fest. Dieser schüttelte die Hand verärgert ab.

»Lassen Sie uns in Ruhe. Man muss auch verlieren können.«

»Ha,...wer hier der Verlierer ist, wird sich noch zeigen. Äh.... oder stehen Monsieur auf Kampfveganerinnen? Hat,...hat diese vegane Venus dir auch schon gesagt, was auf dem Teller erlaubt ist und was nicht? Bestimmt, ich bin sicher..., macht Spaß was, so eine Ernährungsexpertin an seiner Seite.«

David schwankte hin und her.

»Es war so schön, Vivi, ohne ... ohne dich zu essen. Ich müsste dir fast dankbar sein. Und was du auch noch wissen musst«, jetzt wandte sich David wieder Luis zu, »im Bett zickt sie rum wie eine, eine Gouvernante, so was braucht kein Mensch, keiiiin Mensch.«

Vivi stockte der Atem. Luis verstand die Welt nicht mehr.

»Wer hat Ihnen erlaubt, mich anzusprechen«, wäre eine angemessene Reaktion gewesen, aber er war zu sehr damit beschäftigt, Vivis Männergeschmack zu verdauen. *Also, das mit dem Bett war Quatsch.* Aber *Veganerin. Natürlich! Was sonst konnte ihre penetrante Art beim Essen erklären. Warum hatte sie sich ihm nicht anvertraut? Immer dieses Theater. Doch diesen David ging das überhaupt nichts an. Es war eine Sache zwischen Vivi und ihm.* Luis zeigte David die kalte Schulter und verwickelte Pascal in ein belangloses Gespräch, als hätte es den Auftritt gar nicht gegeben. Der DJ drehte in diesem Moment die Musik auf, und auf dem großen Monitor setzte die Werbung für die Lasershow ein.

»Komm, wir gehen«, forderte Laura Vivi auf, »ich hab'
das Gefühl, dass dieser Abend sonst noch völlig aus dem
Ruder läuft. Wenn er das nicht schon ist.«

Laura zog Vivi sanft unter das Dach hinter dem DJ.
Pascal und Luis folgten ihnen, während David in den
»California Grill« schwankte. Die Tanzfläche und das
Pooldeck waren mittlerweile gut gefüllt. Der Countdown
lief. Die »AIDA« würde das letzte Mal auslaufen, um sie
nach Palma zurück zu bringen. Es wehte ein mildes
Lüftchen. Barcelona funkelte in der Ferne. Eigentlich hätte
es ein wunderbarer Abend werden können.

33

Laura suchte einen Eckplatz am Fenster aus.

»Das ist ja wohl der Abend der Enthüllungen!«, legte
Luis los.

Mit seinem guten Vorsatz, Größe zu zeigen, war es
vorbei. Luis sah Vivi missbilligend an. Er konnte nicht
mehr an sich halten.

»Warum hast du mir nicht gleich gesagt, dass du mit
deinen Ex-Männern reist, Vivi? Dann hätte ich mich
besser vorbereitet. – Ich stand da wie ein Depp.«

Vivi gab sich alle Mühe, durch Luis hindurch zu sehen.
Sie hatte nicht mit David gerechnet. Sie hatte ihn nicht eine
Sekunde vermisst. Jetzt hatte er eine Grenze überschritten
und sie lächerlich gemacht, nein, viel schlimmer, ihr
Intimleben entblößt. Und es stimmte einfach nicht, dass
sie im Bett eine Zicke war. Sie hasste es bloß, Sex mit
David zu haben, wenn er zuviel getrunken hatte. Vivi hatte
keine Lust auf komplizierte Erklärungen. Sie suchte Lauras
Blick. Aber die Freundin schaute so ratlos wie sie. Was

hätte sie auch sagen sollen? Vivi wäre am liebsten aufgestanden und hätte ein Rettungsboot gechartert, um auf Nimmerwiedersehen zu verschwinden. Was konnte sie für Davids Entgleisung? Sie sah Luis an und holte tief Luft.

»Luis, was regst du dich eigentlich auf? Wir können ja nicht mal von Bord gehen, ohne auf Frauen zu stoßen, die dir hinterher reisen. Du erinnerst dich? Ich stand in Neapel wie eine dumme Statistin neben dir. Meinst du, das fand ich toll?«

»Vivi, lenk nicht ab. Ich hab' dir alles erklärt. Und sie war nicht an Bord! Aber da ist ja noch was anderes. Du bist eine Veganerin mit schauspielerischem Talent. Warum hast du uns darüber im Unklaren gelassen? Warum hast du dich mir nicht anvertraut? Was sollte das ganze Theater? – Aber mach dir nichts draus, ist halb so schlimm. Vegan ist nicht gerade sexy, aber nicht so unangenehm wie Fußpilz.«

Luis wollte, dass es lustig klingt. Auch wenn er jetzt die Nerven verloren hatte, war er nicht auf Streit gebürstet. Aber Vivis Gesicht verfinsterte sich.

»Allein diese Formulierung, Luis. Jetzt weißt du, warum ich nichts gesagt habe. Ihr Fleischesser behandelt uns häufig so, als hätten wir nicht alle Tassen im Schrank, glaubt immer, dass wir auf dem falschen Trip sind, dabei seid ihr das. Veganer werden verleumdet. Aber das ist mir völlig egal. Um satt zu werden, kann ich auf Massentierhaltung verzichten. Oder was glaubt ihr, woher das Futter in den vielen Restaurants an Bord dieser Schiffe kommt?«

»Warum dieses ganze Theater im Steakhouse? Du hast mir was vorgespielt. Das zeigt doch, dass du überhaupt nicht hinter diesem veganen Trip stehst, sonst hättest du von Anfang an mit offenen Karten gespielt!«

»Schon wieder diese blöden Behauptungen. Siehst du, ihr merkt schon gar nicht mehr, was ihr für einen Müll redet.«

»Was heißt ihr? Ich bin nicht ihr. Ich bin ein Restaurantmanager, der Fleisch liebt und Kunden braucht, die das genauso tun. Aber wenn es nach dir geht, muss ich mir demnächst wahrscheinlich einen Platz bei den anonymen Kampfgrillern reservieren lassen, was?«

Luis wurde zynisch.

»Weißt du was, Luis, iss, was du willst. Aber wenn du meine Meinung hören willst, wer Fleisch isst, kann auch als Killer für die Mafia arbeiten. Warum bist du nicht in Neapel geblieben? Die hätten dich wahrscheinlich mit Kusshand genommen.«

»Sorry, Vivi, aber ich spreche kein Italienisch.«

»Lass deine blöden Witze, du, du, du Bratwurst-Barbar!«

»Du Tofu-Tussi!«

»Das war es dann wohl zwischen uns, Luis. Sobald wir in Palma angekommen sind, heißt es für mich ›Auf Nimmerwiedersehen‹!«

34

»Hey, Leute, Peace! Bitte Frieden!«

Pascal hob die Hand, und alle verstummten.

»Habt ihr vergessen, wo wir gerade sind? Ich fühl mich wie in einer Seifenoper.«

Pascal rückte seine Holzfliege gerade, die sich an seinem Hals immer wieder selbständig machte.

»Wenn ich euch so höre, habe ich fast schon ein schlechtes Gewissen, dass für meine Fliege ein Baum sterben musste. Aber wir wollen es nicht übertreiben, oder? Ich sag nur eins: Peace, ab sofort. Bitte, Frieden. Ich brauche Harmonie. Vivi, ich dachte immer, ihr Veganer verzichtet auf Fleisch und auf alles, was Tiere produzieren, weil ihr eine bessere Welt wollt, weil ihr in größerem Frieden mit der Natur, den Tieren und mit mehr Achtsamkeit für euren Körper leben wollt. Also bitte, Frieden, wir tun jetzt etwas für unseren Körper, wer tanzt mit mir?«

»Genau, Frieden«, wandte sich Laura an Vivi, »jetzt übertreibst du aber. Du bist auf dem besten Weg, dich lächerlich zu machen. Mach uns nicht den Abend kaputt.«

Vivi sah Laura an, als könnte sie ihren Ohren nicht trauen.

»Was sagst du da? Ich höre wohl nicht, was ich höre, Laura. Du fällst mir in den Rücken. Was bist du überhaupt für eine Freundin? Wir hatten uns mal geschworen, das Tierleid zusammen zu beenden. Jetzt verteidigst du diese Tiermörder. Auf eine Freundin wie dich kann ich verzichten.«

»Vivi, ich hab' dich lieb, aber du schießt über das Ziel hinaus. Du greifst Menschen wegen ihrer Art zu essen an, als würden sie ein Verbrechen begehen. Ich ertrag' das nicht mehr. Für mich sprichst du heute Abend nicht, und nimm das bitte ernst.«

Vivi stand auf und ging ohne Abschiedsgruß Richtung Fahrstuhl. Luis blieb allein auf seinem Platz zurück.

35

Lauras Schädel brummte, als wäre ihr jemand mit einem Baseballschläger zu Leibe gerückt. Sie wollte den Kopf heben, ließ ihn aber sofort wieder auf das Kissen sinken, weil ihr schwindelig war. Ihr ausgetrockneter Mund war der sichere Beweis dafür, dass sie ernorm viel getrunken hatte. Sie sah sich mit einem Auge nach einer Flasche Mineralwasser auf dem Nachtisch um, konnte aber nichts Flaschenähnliches entdecken. Das Bild an der Wand zeigte eine Oase in einer Wüste. Sie war sich sicher, sie hatte es noch nie gesehen. Sie sah vorsichtig nach rechts. Ein nackter Arm lugte unter der Bettdecke hervor. Die Haut unter den dichten gekräuselten Haaren war so braun wie bei einem Südländer. Laura setzte sich fassungslos auf und betrachtete den schlafenden Körper. Luis atmete ruhig und gleichmäßig. Laura schloss die Augen. Sie hatte nichts an, sie kannte diese Kabine nicht, aber sie wusste immerhin, wer neben ihr lag. Wie es überhaupt soweit kommen konnte, war ihr ein Rätsel. Sie öffnete vorsichtig wieder die Augen, wagte aber nicht, sich zu bewegen. Ihre Erinnerung war wie ausradiert. Sie hatte mit Pascal getanzt, bestimmt zwei Stunden. Sie hatten erst an der Bar auf dem Pooldeck getrunken, dann in der Discothek, dann ...? An viel konnte sich Laura nicht erinnern, nur daran, dass sie einfach kein Ende gefunden und immer weiter getrunken hatte. So sehr sie sich auch konzentrierte, die Bilder der vergangenen Nacht wollten einfach nicht scharf werden. Pascal hatte sich Sorgen um Luis gemacht, der spät am Abend immer noch nicht aufgetaucht war. Jetzt fiel es ihr wieder ein. *Sie hatten ihn gesucht und dann in der überdachten Poolbar gefunden.* Er flirtete mit jungen Passagierinnen und hatte Champagner spendiert. Pascal hatte ihn dort unter Mühen losgeeist. Er war nur unter der Bedingung mitgekommen, dass sie alle noch ein letztes Fläschchen Sekt trinken. Die Reise sei doch jetzt vorbei und der Abend noch so jung. Sie hatte so ausgelassen wie nie getanzt und die Gegenwart der beiden Männer unglaublich genossen, ganz ohne Vivi. Nackt und verwirrt wie sie war, stellten sich ihr trotzdem drei entscheidende Fragen: *Was war zwischen ihr und Luis passiert? Hat Pascal in dem anderen Raum der Suite etwas mitbekommen? Und was sollte sie Vivi gleich sagen, ohne sich in ein Netz aus Lügen und Halbwahrheiten zu verstricken?* Es fiel ihr unendlich schwer aufzustehen. Sie raffte leise ihre Kleidung zusammen. Beinahe hätte sie das Gleichgewicht verloren und wäre aufs Bett gefallen. Sie versuchte, die Übelkeit zu ignorieren, die sich in ihrem Magen ausbreitete. Sie setzte sich auf den Stuhl am Schreibtisch und zog sich weiter an. Auf dem Tisch lagen Reiseunterlagen. Laura erblickte eine zerknitterte Visitenkarte von Luis' Restaurant, die sie ohne nachzudenken einsteckte. Sie spürte die Bordkarte für den bargeldlosen Zahlungsverkehr in ihrer Gesäßtasche, was sie beruhigte. Sie griff sich ihre Pumps und hielt noch einmal inne. Luis war sehr attraktiv, fand sie, obwohl seine Ohren ein wenig abstanden. Sein dunkles welliges Haar und seine dunklen Augenbrauen gaben ihm etwas Markantes. Er könnte auch Franzose sein, dachte Laura und trat noch etwas näher an sein Bett. Sie betrachtete seinen leicht geöffneten Mund. *Hatte sie ihn geküsst?* Sie erinnerte sich an nichts. Totaler Blackout. Sie war kurz davor, Luis anzustoßen, damit er aufwachte und ihrer Erinnerung auf die Sprünge half. Aber sie spürte plötzlich eine Angst davor, dass er sie mit aufgerissenen Augen ansehen würde und für ein Gespenst hielt oder noch schlimmer für ein Versehen, einen Fauxpas. Sie würde sich dann wie ein Unfall fühlen, als wäre sie zur falschen Zeit am falschen Ort gewesen. Sie drehte sich leise um und drückte die Klinke der Kabinentür vorsichtig hinunter. Dann ließ sie die schwere Tür leise ins Schloss fallen. *Nie wieder wollte sie so viel trinken. Sie hätte sich so gerne an etwas erinnert. Vielleicht hatte sie ihr schönstes Erlebnis mit einem Mann dank Alkohol einfach eliminiert. Und jetzt war da nichts mehr, nichts, was sie bereuen konnte oder was sie glücklich machte.*

36

»Darf ich mal fragen, wo du warst? Da wir unsere Koffer in der Nacht nicht in den Flur gestellt haben, müssen wir sie jetzt selber von Bord schleppen.«

Laura hätte Vivi gerne gebeten, leiser zu reden. Sie suchte in ihrer Reiseapotheke nach Schmerztabletten.

»Du hättest ja packen können. Um mein Gepäck mach dir mal keine Sorgen«, reagierte Laura trotzig.

»Ich bin stinksauer! Also, wo warst du? Kannst du dir eigentlich vorstellen, dass ich mir Sorgen gemacht habe?«

»Wieso das denn? Was soll schon passiert sein? Niemand ist über Bord gegangen.«

Laura gefiel nicht, wie aggressiv Vivi sie ausfragte. Schließlich war sie kein kleines Kind mehr, und Vivi war nicht ihre Mutter.

»Wir haben halt gefeiert, Pascal und ich haben unendlich lang getanzt, dann haben wir noch etwas getrunken, ich etwas mehr als üblich, und dann bin ich oben, du weißt schon auf diesen Schlafsofas mit Meerblick, da, wo der Blumenladen ist, eingenickt. Hat wohl niemanden gestört. Jetzt bin ich wieder da. Du wolltest ja mit niemandem mehr reden. Also, worüber beschwerst du dich?«

»So was hast du noch nie gemacht. Was ist los mit dir? Du bist verändert, Laura, so anders. Ich weiß nicht, diese Reise hatte ich mir wirklich anders vorgestellt.«

»Meinst du, ich nicht. Aber wer hat denn gleich am ersten Tag um sich geschlagen. Du ja wohl, hast David vergrault, im Urlaub, das muss dir erst mal einer nachmachen. Gleich 'nen Neuen angelacht, aber den auch schon wieder verprellt. Vivi, wenn du wissen willst, wo ich war, ...«

Laura stockte. *So viel Wahrheitsliebe in dieser gereizten Atmosphäre konnte gefährlich werden.*

»... so wie du alles angehst, wird das nie was mit der Liebe.«

»Ach, und das sagst gerade du, die es nicht mal schafft, jemanden nach seiner Facebook-Adresse zu fragen.«

»Wen ich frage und wen nicht, geht dich gar nichts an. Ich bin eben anders als du, aber das macht mir gar nichts. Was soll das überhaupt? Du wolltest doch auf eine Freundin wie mich verzichten, also, was fällt dir überhaupt ein, mich auszufragen? Du bist nicht meine Mutter!«

Vivi sagte nichts mehr, sondern klappte stattdessen den Koffer auf und warf ihre Sachen hinein. So kannte sie Laura nicht. Sie hatten sich immer alles erzählt. Laura sah auf die Uhr und erschrak, dass es schon so spät war. Sie mussten die Kabine schnellstens räumen. Die ersten Passagiere hatten das Schiff schon verlassen. Wenn sie ans Fliegen dachte, wurde ihr jetzt schon übel. Aber sie hatte keine Wahl. In einigen Stunden landeten sie in Köln, und dann war diese denkwürdige Reise vorbei. Vivis Gedanken kreisten um Luis und den Job, den sie sich jetzt suchen musste. Sie fühlte sich in diesem Moment kein bisschen erholt. Und wenn sie an ihre Mutter und ihre gemeinsame WG dachte, wäre sie am liebsten an Bord geblieben. *Urlaube haben einen Fehler, irgendwann sind sie zu Ende.*

4. Kapitel
Wo ein Wille ist, ist auch ein Weg

37

Vivi mogelte sich an ihrer Mutter vorbei, die in Unterrichtsvorbereitungen vertieft war. Was sie jetzt nicht hören wollte, war ein dummer Spruch wie: »Du verrennst dich, Vivi« oder »Du machst irgendetwas falsch, Vivi« oder »Deine Vorstellungen sind fern jeder Realität«.

Sie öffnete das Kuvert, das sie eben aus dem Briefkasten gefischt hatte und las: »Sehr geehrte Frau Walther, zu unserem Bedauern müssen wir Ihnen mitteilen, dass wir die Stelle als Köchin anderweitig besetzt haben. In unserem Haus lässt es sich nicht realisieren, dass nur vegan oder vegetarisch gekocht wird, wir brauchen Mitarbeiter, die mit Fleisch genauso gut umgehen können wie mit vegetarischen beziehungsweise veganen Produkten. Wir wünschen Ihnen alles Gute für ...«

Vivi ließ den Briefbogen auf den Boden fallen. Sie griff sich ihre Kopfhörer, wählte ihre Lieblingsmusik für solche Fälle »Gib mir Sonne« von Rosenstolz und ließ sich auf den Futon fallen. Das Bett war mit Kleidungsstücken übersät, aber das war ihr egal. Sie konnte nicht glauben, dass es in einer Millionenstadt wie Köln für sie keinen Platz an einem Herd gab. Sogar die Werbeblätter der Discounter priesen immer mehr neue vegane Produkte an und lieferten die Rezepte gleich dazu. Vegan würde Mainstream werden. Sie war eine Fachkraft, eine Spezialistin. Sie hatte Ideen, farbenprächtige Ideen, bei denen ihr das Wasser im Mund zusammen lief. Sie hatte sich bei den veganen Restaurants in Köln beworben, doch keines hatte eine freie Stelle. »Wir setzen Sie auf die Warteliste«, hörte sie bei den Absagen am meisten. Sie stand auf und wühlte in ihrem Zeitungsstapel auf dem Schreibtisch. Sie hatte eine stattliche Szene- und Kochzeitschriftensammlung mit Rezepten angehäuft. Sie wollte sich nicht beirren lassen, auch nicht von ihrer Mutter. Die hatte leicht reden, seit über 20 Jahren angestellt im öffentlichen Dienst, aber — das musste sie zugeben — für ihre Schüler ging sie durchs Feuer. Doch Vivi hatte sie darüber vergessen. Aber das war ein anderes Thema. Sie hatte mit Laura seit vier Wochen kein Wort gewechselt. Das war noch nie vorgekommen. Einmal hatten sie sich nach einem Streit belanglose SMS geschickt, weil keiner nachgeben wollte. Aber nach ein paar Tagen hatten sie sich wieder versöhnt. Jetzt war es anders. Es fühlte sich kälter an, endgültiger. *Würde sie jemals wieder einen Mann wie Luis kennenlernen?* Vivi konnte mit niemanden reden. Sie war unglücklich. Sie hatte vergeblich nach dem Amulett gesucht, doch sie konnte ihren Glücksbringer nirgends entdecken. Als sie gedankenverloren an die Decke sah, erblickte sie eine Spinne, die sich in einer Ecke eingerichtet hatte. Vivi griff auf der Fensterbank nach ihrem Spinnenfänger, mit dem sie alle Krabbeltiere unbeschadet nach draußen transportieren konnte. Sie nahm den Untermieter mit den vielen Beinen sanft auf, öffnete das Fenster und setzte ihn behutsam ab. In diesem Moment klopfte ihre Mutter an die Tür und betrat, ohne ein »Herein« abzuwarten, das Zimmer.

»Rettest du wieder die Welt?«, war ihre ironische Reaktion auf das, was sie sah.

Vivi schossen Tränen in die Augen. Diesen dummen Spruch konnte sie im Moment überhaupt nicht gebrauchen, aber sie riss sich sofort zusammen. *Auf dumme Fragen würde sie nicht antworten. Sie wollte sich nicht mehr provozieren lassen.*

»Was essen wir heute? Aber komm mir bitte nicht wieder mit Tofu«, wollte Vivis Mutter in einem Tonfall wissen, der auch verbindlicher hätte ausfallen können.

Vivi wäre am liebsten abgehauen, aber sie band sich die Kochschürze mit ihrem eingestickten Namen um, die ihr Vater ihr geschenkt hatte. Schließlich war sie ein Profi. Sie ging ein Rezept, auf das sie Lust hatte, in Gedanken durch. Marga Walther hatte das Gefühl, dass Vivis Eingleisigkeit aussichtslos war. Sie würde ihr noch in fünf Jahren auf der Tasche liegen. Sie selbst war eine gut verdienende Frau. Dafür hatte sie alles gegeben, bis hin zur Vernachlässigung der Familie. Sie wusste, dass Vivi ihren Vater vermisste, der sich um sie gekümmert hatte, wenn sie selbst mal wieder auf Fortbildungen war oder die Abende an der Schule verbrachte. Unabhängig zu sein, war ihr immer wichtig gewesen. Sie ging in ihrem Beruf auf. Und die zusätzliche Aufgabe als Jahrgangsstufenleiterin war zu reizvoll gewesen, um nicht ja zu sagen. Dass sie es mit ihrem Ehrgeiz übertrieben hatte, war ihr lange nicht bewusst gewesen.

»Ich kenne eine super vegane Pizza. Du wirst Augen machen«, antwortet Vivi verschnupft und putzte sich die Nase, »ich schnipple gleich die Süßkartoffeln. Du wirst überrascht sein, wie delikat so ein Kartoffelboden sein kann.«

»Ich werde Augen machen, wenn du endlich einen Job hast und mit deinen Kochgelüsten Geld verdienst. Hast du heute schon in die Stellenangebote geguckt?«

»Mach ich nachher.«

»Du musst flexibler werden, Vivi. Es wird Zeit, dass du Geld verdienst. Mehr praktische Arbeit, die Spaß macht. Das war dein Argument, als du das Studium abgebrochen hast.«

»Mama, ich halte das nicht länger aus. Du hackst seit Jahren auf mir rum.«

»Vivi, das stimmt nicht!«

»Doch, das stimmt. Du weißt genau, wann du damit angefangen hast. Was kann ich dafür, dass Benjamin so früh gestorben ist. Ich weiß, er war dein Liebling. Meinst du, mich hat sein Tod nicht getroffen, wir waren unzertrennlich. Behandle ich dich deshalb heute schlechter?«

»Vivi, das stimmt nicht, du behauptest immer Sachen, die nicht stimmen!«.

Margas Stimme überschlug sich vor Wut.

»Wie häufig hast du mir vorgeworfen, aus ihm wäre etwas Besonderes geworden, im Gegensatz zu mir. Ein toller Pianist.«

»Das wäre es auch! Du weißt, wie toll er Klavier gespielt hat.«

»Ja, ich weiß, wir haben ja sogar vierhändig gespielt, oder hast du das verdrängt?«

»Siehst du, du hast weder dein Klavierspiel optimiert, noch ein richtiges Studium abgeschlossen. Köchin musste es sein, vegane Köchin noch dazu. Dass ich nicht lache. Deinen Freund hast du damit auch verjagt. Der hat wenigstens schon Geld verdient.«

»Ich werde es schaffen. Ich werde es dir beweisen. Koch dein Essen selber. Ich fahre jetzt nach Düsseldorf.«

Vivi ließ die abgelegte Kochschürze achtlos auf den Boden fallen.

38

»Hallo, Tom, wie geht es dir?«

Vivi drückte den kleinen Mann. Tom strahlte Vivi unbekümmert an.

»Mir geht es gut. Erzähl mir eine Geschichte, Vivi, du warst so lange nicht hier.«

Tom fiel das Atmen ohne Sauerstoffmaske schwer.

»Wo ist denn Laura?«

Vivi ging auf diese Frage nicht ein.

»Ich erzähle dir jetzt, was ich in den letzten Wochen gemacht habe. Ich war nämlich auf einem großen Schiff...«

Tom hing an Vivis Lippen und hörte mit großen Augen zu.

»Ist Laura denn auf dem Schiff geblieben? Oder warum ist sie nicht hier.«

»Nein, Laura, ist nicht auf dem Schiff geblieben. Weißt du, im Moment reden wir nicht soviel miteinander. Wir haben uns ein wenig gestritten.«

Tom setzte sich in seinem Bett auf. Seine blauen Augen schienen noch größer geworden zu sein. Auf seinem blauen flauschigen Kinderschlafanzug las Vivi zum 100sten mal »Never give up«. Als sie ihn das erste Mal besuchte, hatte er ganz stolz erklärt, was dieser englische Satz bedeutete. »Nie aufgeben. – Ich werde nämlich wieder ganz gesund werden.«

»Ich will nicht, dass ihr euch streitet. Ich will, dass Laura kommt und dass wir zusammen spielen. – Bitte, bitte.«

In diesem Moment öffnete sich die Tür und Schwester Beate betrat leise den Raum. Sie war eine mollige Person, Mitte 30, bei der die Größe nicht ganz zum Umfang passte. Daraus machte sie sich aber keine Probleme. Sie hatte andere Stärken. Sie konnte großartig mit Kindern umgehen. Vivi hatte bei ihrer Ankunft auf der Station sofort an Schwester Beates Blick gesehen, dass etwas nicht stimmte. Beate hatte sie zur Seite genommen und ihr gesagt, dass sich Toms Krankheitszustand rapide verschlechtert habe. Er müsse nach dem Besuch sofort wieder Sauerstoff bekommen. Vivi hatte ihre Verwirrung und ihre Sorgen zur Seite geschoben, als sie die Türklinke zu Toms Krankenzimmer herunterdrückte. Sie wollte noch nicht wirklich glauben, dass es so schlecht um den kleinen Kerl stand.

»Hallo, ihr beiden Hübschen«, verbreitete Beate gute Laune, »ihr müsst euch jetzt trennen. Unser kleiner Patient braucht seinen Schönheitsschlaf«, fügte sie augenzwinkernd in Richtung Vivi hinzu.

Tom ergriff Vivis Hand und hielt sie krampfhaft fest.

»Nein, Vivi, ich will nicht, dass du gehst. Nein!«

Wie aus dem Nichts überrumpelte er Vivi mit der Frage aller Fragen: »Vivi, muss ich sterben?«

Vivi fehlten die Worte. *Hat er doch mitbekommen, wie schlimm es um ihn stand? Er war ja ein aufgeweckter Junge. Was sollte sie sagen?*

»Wir alle müssen sterben, aber noch nicht jetzt«, versuchte sie ihn zu beruhigen. Ihr fiel nichts anderes auf die Schnelle ein.

»Komme ich dann in den Himmel?«

»Ja, du kommst bestimmt in den Himmel.«

Es trat eine lange Pause ein. Vivi und Schwester Beate hielten die Luft an.

»Ich will aber noch nicht in den Himmel, ich will bei dir bleiben.«

Vivi schossen die Tränen in die Augen. Sie streichelte die kleine Hand und meinte gerührt: »Du bleibst erst einmal bei uns. Ich komme dich dann auch ganz bald wieder besuchen. Abgemacht?«

Tom strahlte wie ein Honigkuchenpferd, als hätte er das bisherige Gespräch schon wieder vergessen.

»Versprochen?«

»Ja, heiliges Indianerehrenwort«, antwortete Vivi mit belegter Stimme und winkte ihm aufmunternd zum Abschied zu.

39

Laura lud die Nachricht bei WhatsApp. Das Foto zeigte sie und Vivi in Barcelona, wo sie so viel Spaß hatten. Sonst stand da nichts, keine Zeile, kein Gruß. *Du kannst mich mal, Vivi. Mehr fällt dir nicht ein? So nicht, nicht nach deinem Auftritt.* Sie ließ das Smartphone wieder in ihre Handtasche gleiten und konzentrierte sich auf die Vorbereitungen für die Ankunft einer Reisegruppe aus der Partnerstadt Kyoto, die bei ihrem ersten Kölnaufenthalt eine Sightseeingtour mit den klassischen Stationen geplant hatte. Als sie das akustische Signal hörte, dass ihr wieder jemand geschrieben hatte, unterbrach sie ihre Arbeit sofort. Privatgespräche am Arbeitsplatz waren verboten, aber Laura war allein und mit ihrer Arbeit so gut wie fertig. Neugierig lud sie die Daten. »Hey Laura, wie geht es dir?« Laura hatte nicht vor, direkt zu antworten. Sie ließ 15 Minuten verstreichen. Vivi musste davon ausgehen, dass sie bei der Arbeit war und sowieso nicht antworten konnte. Die nächste Nachricht traf ein. »Bist du noch bei der Arbeit?« Laura hasste diese Häppchenschreiberei. Sie wartete weitere 15 Minuten. Es kam erneut eine Nachricht an. »Nun mach es mir doch nicht so schwer. Wenn ich störe, mache ich Schluss. Wenn du Zeit hast, können wir uns treffen? ... Bitte... Du fehlst mir... Ich meine, es tut mir leid, wie unser Urlaub geendet ist. Ich war ... eine dumme Kuh. Ich vermisse dich... ehrlich.« Laura räumte den Schreibtisch frei und stellte das Telefon auf Weiterschaltung. »Hallo, Vivi«, schrieb Laura, »schön von dir zu hören.« Sie wollte Vivi zappeln lassen, das hatte sie verdient. Auf der Straße suchte sie sich eine Bank und dachte darüber nach, was sie schreiben sollte. Nicht gleich einknicken, wie sonst immer, dachte Laura. Das hast du nicht nötig. Aber immerhin hatte Vivi die Initiative ergriffen. Sie war selbstkritisch, was äußerst selten war. Wahrscheinlich brauchte sie jemandem, den sie zutexten konnte, weil sie mal wieder alle abgeschreckt und beleidigt hatte und keiner mit ihr vegan essen gehen wollte. Sie wusste, dass sie Vivis einzige wirkliche Freundin war. Vivi hatte viele Bekannte, aber wenige Freunde. Seit sie vegan lebte, lud sie keiner mehr ein, weil allen das Kochen zu kompliziert geworden war und Vivi als Gast keinen Spaß mehr machte. Laura klickte auf Vivis Telefonnummer.

»Hey Laura, ich dachte schon...ich freue mich dass du anrufst. Ist alles ok bei dir?«

»Hey Vivi, ja danke der Nachfrage, bin etwas müde, wir warten auf Japaner, die wir dann durch die Stadt schleusen und von der rheinischen Lebensfreude überzeugen wollen.«

»Ein schönes Stichwort: Essen wir in der Flora einen Couscous-Salat mit Gemüse und Minze? Und besuchen unsere Rosen?«

Beide liebten die »Kölner Flora«, eine intensiv duftende Rosenart. Laura zögerte kurz mit ihrer Antwort.

»Einverstanden. Aber ich habe erst übermorgen Zeit. Wie geht es dir denn?«

»Ganz gut – und dir?«

»Auch gut, allerdings etwas viel Arbeit zurzeit.«

Laura war zu neugierig.

»Gibt es was Neues von Luis und Pascal?«

»Nein, warum auch? Ich will nichts mehr von denen wissen.«

»Dann sehen wir uns übermorgen um 17.00 Uhr am Flora-Eingang gegenüber vom Zoo.«

»Ich freue mich«, beendete Vivi erleichtert das Gespräch.

40

Laura öffnete zum wiederholten Mal die KameraApp auf ihrem Handy. Vivi, Rafael und sie strahlten in die Kamera. *Diese Spanier haben was an sich, etwas Herbes und Unwiderstehliches.* Laura wäre am liebsten sofort zum Fughafen gefahren, um mal etwas Verrücktes zu tun. *Aber war das nicht eine Illusion? Doch es musste was passieren. Sie hatte ja nichts zu verlieren. Das Alleinsein machte sie noch kirre.* Laura kramte in ihrer Handtasche, fand den Zettel mit der Facebook-Adresse aber nicht. Erst als sie den gesamten Inhalt auf ihrem Bett entleerte, hatte sie Erfolg. Sie griff sich ihr Handy, gab den Namen ein und drückte den Freundschaftsbutton. Schon nach einer Minute bestätigte Rafael ihre Anfrage. Er schien einen freien Abend zu haben. Dann kam schon die erste Nachricht. »Hola, belleza«, freue mich, von dir zu hören, wie geht es dir?«

Laura fühlte sich durch die Schnelligkeit total überrumpelt. Aufgeregt googelte sie »belleza«. Als sie las, dass dies »Schönheit« bedeutete, bekam sie ganz rote Wangen. Mit zittrigen Fingern antwortete sie: »Hallo, Rafael, mir geht es sehr gut. Dir auch? Wie ist das Wetter in Barcelona?« Was Besseres fiel ihr auf die Schnelle nicht ein. Aber es war ein Anfang.

41

Vivi durchforstete die Internetseiten der großen Kölner Hotels. Die Stellenangebote richteten sich an Köche und Köchinnen, die erfahren waren und schon andere Häuser, auch im Ausland, kennengelernt hatten. Die Hochglanzbilder flößten ihr plötzlich Respekt ein. Sie war sich nicht mehr sicher, ob sie in einem so großen Haus glücklich werden würde. Sie dachte an den rauen Ton in den großen Küchen und dass dort vor allem Männer das Sagen haben. Sie war zwar nicht auf den Mund gefallen, aber eine Individualistin wie sie sollte vielleicht in einem kleineren Haus ihr Glück versuchen. Doch wo? Sie rief sich zum wiederholten Mal das Portal für Gastroberufe auf, das die meisten Angebote bereithielt. ».....sucht ab sofort einen Koch oder Köchin vor allem für die Beilagenproduktion. Flexibilität, Belastbarkeit, professionelles Selbstverständnis setzen wir voraus«, las sie aufgeregt. Vivi kannte die einschlägigen Vokabeln zur Genüge. Das »sofort« war fett gedruckt. Sie fühlte sich besonders durch die Vokabel Beilagenproduktion angesprochen. Vegane Köchinnen sind Spezialistinnen für Beilagen, wenn man so will. Nur dass sie aus Beilagen Hauptspeisen zaubern und dafür Sahne, Käse und ein paar andere Produkte ersetzen. Ihr

Herz machte einen Hüpfer. Nichts wäre ihr lieber, als gleich morgen die Kochschürze umzubinden und loszulegen. Sie wusste, dass sie in dem Beruf alles geben musste. Sie wusste, wie anstrengend die Arbeit sein konnte, vor allem, wenn es hektisch wurde. Aber das hatte sie nie geschreckt. Vorausgesetzt sie konnte ihre Ideen auf dem Teller umsetzen und sie traf auf Gäste, die tickten wie sie. Als sie weiter las, blieb ihr plötzlich die Luft weg: »Bewerbungen bitte an Pascal Schmitz, Salzfässchen...« *So ein Mist. Das wäre es gewesen. Und jetzt ist es das Restaurant von Luis.* Vivi hätte vor Enttäuschung schreien können. Nach dem Telefonat mit Laura hatte sie immer wieder mal an Luis und die schöne Zeit auf dem Schiff zurückgedacht. Ja, ihr vielleicht auch nachgetrauert. Aber wieder den Kontakt aufnehmen...? *Was sollte sie bloß machen? Sie brauchte einen Job, denn sie musste sich auf jeden Fall eine eigene Wohnung suchen. Auch ein Auto stand auf ihrer Wunschliste. Sie war Profi. Der kleine Tom kämpfte um jeden Tag. Und sie sollte nicht in der Lage sein, einen Job professionell zu machen, den sie liebt? Profis können Privates vom Beruflichen trennen.* Sie schrieb ein paar Zeilen an die E-Mail-Anschrift in der Anzeige und fügte ihre Bewerbung hinzu. Sie entschuldigte sich, dass sie im Moment leider kein Foto zur Hand hätte. Pascal sollte nicht direkt erkennen, wer die Bewerberin war. Das hätte alles zunichte machen können. Das Haus war überschaubar, so wie sie es sich wünschte. Dass sie nur vegan kochen wollte, würde sie schon noch rechtzeitig erwähnen. Die Anzeige wirkte wie ein Hilferuf. Darauf setzte sie. *Wenn sie erst einmal den Fuß in der Tür hatte, würden Luis und Pascal ihr bestimmt eine Chance geben.* Sie verbrachte den restlichen Tag damit, ihr Zimmer aufzuräumen und ihre Garderobe zu sortieren. Sie strich mit einem tiefen Seufzer über den

Stapel bordeauxroter Kochjacken, die sie heiß und innig liebte. In diesem edlen Rot fühlte sie sich wie eine Sterneköchin. Ihr fielen die besten Rezepte ein, als katapultiere sie der Stoff in eine andere Gedankenwelt. Wer weiß, vielleicht war sie schneller in Lohn und Brot, als sie gedacht hatte und konnte ihrer Mutter endlich beweisen, dass sie den richtigen Weg eingeschlagen hatte.

42

»Liebe Frau Walther, Ihre Bewerbung hat uns gefallen.« Nach diesem Satz folgte ein Emoticon mit einem zwinkernden Auge, das Vivi in einer geschäftlichen Sache überraschte. »Mit einer engagierten Köchin, die unser Team mit frischen Ideen bereichert, wollen wir uns auf jeden Fall unterhalten«, hieß es in der Mail weiter. »Bitte setzen Sie sich mit uns so schnell wie möglich in Verbindung, damit wir einen Termin ausmachen können.« Vivi geriet aus dem Häuschen, als habe sie im Lotto gewonnen. Sie wusste, es würde für sie irgendwann wieder besser laufen. Aber noch hatte sie keinen Vertrag in der Tasche. Sie wählte die angegebene Telefonnummer. Es meldete sich eine junge Frau, die ihr am nächsten Vormittag einen Termin anbot.

»Herr Schmitz erwartet Sie um 11.00 Uhr in seinem Büro, wenn Sie dann können?«

»Das passt sehr gut, das passt ganz ausgezeichnet.«

Als sie das Telefonat beendet hatte, fühlte sie sich, als ob sie einen Energy Drink zu sich genommen hätte. *Jetzt geht es aufwärts.* Sie überlegte, was sie anziehen sollte. Von ihrer Urlaubs-Bräune war nichts mehr zu sehen. Sie suchte im Bad nach einer Tönung für ihre Haare und fand sie versteckt in der untersten Schublade des Badezimmerschranks. Sie liebte dieses Blauschwarz, das sie eleganter erscheinen ließ als sie war. Vivi setzte auf die trendige Jeans, die sie in Barcelona gekauft hatte. Sie konnte bei ihrer Figur anziehen, was sie wollte und bevorzugte enge Hosen. »Sie können nicht nein sagen, wenn sie dich sehen« lachte Vivi ihr Spiegelbild an. Sie entschied sich, ihre Ohrstecker mit dem roten Steinen anzulegen und den schicken schwarzen Blazer von Sir Oliver anzuziehen, den sie bei besonderen Anlässen trug und ihre hochhackigsten Stiefeletten. Darin wirkte sie wie jemand, der wusste, was er wollte. Und sie wusste, was sie wollte: die vegane Kochwelt bereichern.

43

Vivi wachte früh auf. Der Wecker hätte erst in einer halben Stunde geklingelt. Sie streckte und räkelte sich, um wach zu werden. Sie war allein zu Haus, was sie vor diesem wichtigen Termin unendlich genoss. Sie hatte ihrer Mutter nichts von dem Vorstellungsgespräch gesagt. Es sollte ihr Geheimnis bleiben, bis alles in trockenen Tüchern war. Sie fuhr mit der Linie 15 bis zum Rudolfplatz. Da sie zu früh war, wollte sie in aller Ruhe bis zum Lokal laufen. In der Brabanter Straße gab es eine Reihe von Restaurants. Auch das vegane Restaurant »Well Being«, bei dem sie sich schon vor Monaten vergeblich beworben hatte. Als sie an der Ecke Lütticher Straße auf den Tattoo Laden »Art & Body« stieß, musste sie an Laura und ihre gemeinsame Wette denken, die sie verloren hatte. Sie hatten seit ihrer Rückkehr kein Wort mehr darüber verloren. Aber sie wusste, dass Laura den Wettumschlag eingesteckt hatte. Der Safe war bei ihrer Abreise leer gewesen. *Hatte Laura ihre Wette vergessen oder wollte sie Rücksicht auf ihre Gefühle nehmen, um die wiederbelebte Freundschaft nicht zu gefährden?* Plötzlich stand sie vor dem »Salzfässchen«. Von außen sah das Lokal eher nach einer Kneipe aus. Vivi zögerte. Sie hatte ein flaues Gefühl und kam sich vor wie ein Prüfling, bei dem es in den nächsten Minuten um alles oder nichts ging. *Diesmal musste es klappen - es musste!* Vivi zog an der Tür und trat ein. Ein paar Gäste tranken an Stehtischen ein Kölsch. Vivi sah sich um. Das Restaurant war spärlich beleuchtet. Aber die eingedeckten Tische wirkten einladend und charmant. Sie trat an die Theke, nickte der jungen Frau zur Begrüßung zu und nannte ihren Namen.

»Frau Walther. Herr Schmitz erwartet Sie. Einen Moment. Ich bring' Sie hin.«

Vivi folgte ihr. Die junge Frau öffnete eine Tür, auf der Büro stand und gab Vivi ein Zeichen einzutreten.

Sie betrat mit zittrigen Knien den Raum.

»Guten Tag, Herr Schmitz, mein Name ist Vivian Walther.«

Pascal schaute verdattert auf, *die Stimme kannte er doch*, dann machte er fast einen Luftsprung. Er stürmte auf Vivi zu und umarmte sie.

»Mein Schatz, du Spinnerin, lass den Quatsch mit Herrn Schmitz. Schön, dich zu sehen.«

Vivi atmete auf. *Die erste Hürde war genommen.*

»Jetzt weiß ich, warum es kein Bild gab. Dein Vorname Vivian hat mich auch nicht direkt auf die richtige Spur gesetzt. Du bist mir eine. Wie geht es dir?«

»Gut, außer dass ich keinen Job habe und dir?«

»Auch gut, außer dass ich dringend einen Koch suche.«

»Dann bin ich hier ja richtig«, antwortete Vivi schon etwas selbstbewusster und zuversichtlicher.

»Willst du dich nicht setzen? Darf ich dir einen Kaffee anbieten?«

Er zeigte auf eine Sesselgruppe.

»Ich freu mich erstmal, dich wieder zu sehen. Ich mochte euch beide. Es kommt mir so vor, als wäre unsere Reise ewig her. War doch wirklich schön auf dem Schiff, oder?«

»Schon, natürlich, auf jeden Fall.«

Das Gespräch geriet ins Stocken. Vivi traute sich nicht zu fragen, wo Luis war und wie es ihm ging. Aber sie glaubte, sich vage zu erinnern, dass sich Pascal um das Tagesgeschäft kümmerte. Im Grunde war sie erleichtert, dass sie ihm und nicht Luis gegenübersaß. *Sie hätte nicht gewusst, was sie getan hätte. Wahrscheinlich wäre alles peinlich geworden, sie hätten sich gestritten wie beim letzten Mal, und das Ganze wäre eskaliert.*

»Ich habe mich beworben, weil ihr einen Beilagenkoch braucht«, führte Vivi das Gespräch in einem sachlichen Ton fort.

»So ist es, der ist uns ziemlich abrupt abhanden gekommen.«

»Ach, deshalb sofort.«

»Genau.«

»Ich würde das sehr gerne machen mit den Beilagen.«

Vivi gab sich alle Mühe, ihre Stimme fest und professionell klingen zu lassen, dabei fühlte sie sich in diesem Moment total unbehaglich in ihrer Haut. Sie stellte sich vor, Luis würde jeden Moment hereinkommen und seine Hütte zur No-Go-Area für Veganer erklären.

»Wir suchen einen Koch, der sich gut mit Gemüsevarianten auskennt und sie auf hohem Niveau zubereiten kann. Wir sind auch für unsere ausgefallenen Gemüsekompositionen bekannt. Wir können mehr als Erbsen und Möhren. Das wäre doch dein Ding.«

Pascal sah Vivi mit eindringlichem Blick an.

»Ich koche mit Leidenschaft, Pascal, das kannst du mir glauben!«

Vivi holte tief Luft. Sie sah Pascal unentschlossen an.

»Aber Pascal, du weißt, ich bin Veganerin. Das bedeutet, dass ich nur vegan koche.«

»Da ist sie wieder, deine unerbittliche Seite, du vegane Überzeugungstäterin.«

Pascal konnte sich ein Schmunzeln nicht verkneifen. Aber sofort wurde er wieder ernst.

»Da sehe ich Probleme. Wir brauchen nun mal alles, Vivi. Bratkartoffeln, Reis, Nudeln, Gemüse, Salate, und im Notfall muss auch mal ein Fleischgericht zubereitet werden.«

»Also Fleischgerichte werde ich auf gar keinen Fall zubereiten können. Und was die anderen Sachen angeht. Wenn man gut disponiert und alles an Produkten da hat, was Sahne, Käse, Quark und so ersetzt, geht das doch alles auch vegan. Nudeln ohne Ei sind gar kein Problem.«

Vivis entschlossener Blick, der ihre innere Überzeugung widerspiegelte, war Pascal nicht neu. Er drückte so etwas aus wie: Seht ihr nicht, dass ihr es anders machen müsst, weil ihr es anders machen könnt? Pascal wusste, was es heißt, anderen Menschen neue Perspektiven vermitteln zu müssen, die ihnen fremd waren. Er hatte sehr viele Gespräche über seine Art der Sexualität und seinen

Lebensstil geführt. Vivi spürte, dass sie auf einem schmalen Grat wanderte.

»Bitte Pascal. Ich will ehrlich sein. Die Jobs für vegane Köche liegen nicht auf der Straße, das kannst du mir glauben. Ich hätte nie gedacht, wie schwer es zurzeit immer noch ist, als vegane Köchin eine Arbeit zu finden. Ich könnte doch einfach alles Grüne machen. Ich bereite Kartoffeln, Nudeln ohne Ei, was auch immer vor, und wenn es tierisch wird, steige ich aus. Die Dressings kriegen wir doch auch vegan hin. Eure Gäste werden begeistert sein.«

»Vivi, das wird schwierig. Ich sagte ja, etwas Flexibilität muss da sein. Du wirst doch ein Gratin mit Käse überbacken können und wegen ein bisschen Butter keine Krise kriegen.«

»Kann ich, will ich aber nicht. Aber ich könnte es mit einem selbst gemachten Hefeschmelz überbacken oder einem veganen Pizzaschmelz.«

»Ne, Vivi, das bringt Komplikationen. Wir müssen zusätzlich andere Sachen einkaufen. Die Produkte sind teurer, nicht wahr? Wir müssen unsere Preise halten. Und unsere Gäste kommen in der Regel nicht, um vegan zu essen.«

»Ich weiß, sie kommen wegen der ach so delikaten Bratwürste und dem Sauerbraten und den Steaks und Schnitzeln. Aber vegan ist nicht immer teurer. Das stimmt so nicht.«

Vivi beobachtete, wie sich Pascals Stirn in Falten legte. Sie hätte noch so viel sagen können, aber sie schwieg.

»Bei mir persönlich rennst du ja offene Türen ein, mittlerweile esse ich ganz häufig vegan, und es sieht dazu noch gut auf dem Teller aus, aber... Luis...«

»... ist da anders, willst du sagen.«

»Genau, ich darf gar nicht an seine Kampfgrilltruppe denken. Wir haben ja schon auf dem Schiff darüber gesprochen. Die Devise heißt: Fleisch so oft es geht und reichlich. Ich geh' da Luis zuliebe hin, wegen der Kundenpflege. Obwohl, kultiviert essen in unserem Lokal wollen die sowieso nicht alle, das kann ich dir flüstern.«

»Bitte keine weiteren Details. ›All you can eat‹ finde ich abartig.«

»Vivi, ich versteh dich ja so gut. Ich komm da oft selbst an meine Schmerzgrenze. Ich kann dieses Männerdinggequatsche nicht mehr hören. Wenn die in den Schweinebauch beißen, dreht sich selbst mir der Magen um. Aber die glauben an so was wie Männerbratwurst. Wenn die vegan grillen hören, kriegen die 'nen Lachkrampf.«

»Dann bist du also auf meiner Seite? Wann soll ich anfangen?«, reagierte Vivi offensiv auf Pascals Geständnis.

»Langsam, Vivi, langsam. Da wird Luis auch noch ein Wörtchen mitreden wollen. Ich weiß, er denkt immer noch an dich, obwohl er das vehement abstreiten würde. Doch eine Zusammenarbeit..., ich weiß nicht.«

Plötzlich hatte Vivi wieder Bilder vor Augen, die ihr einen wohligen Schauer über den Rücken schickten. *Die Nacht an Bord war wunderschön gewesen. Er war sanft und fordernd gewesen. Er hatte nur diesen einen blöden Makel, der diese Kluft zwischen ihnen aufriss, er aß Fleisch, zuviel, zu oft und völlig unnötig.* Vivi riss sich aus ihren Träumereien. Sie wollte nicht länger arbeitslos sein, ihrer Mutter auf der Tasche liegen und von der Hand in den Mund leben. Wenn sie ihr beweisen wollte, dass sie auf eigenen Füßen stehen konnte, musste sie eine Entscheidung fällen. Aber die Vorstellung, Eier, Käse, Yoghurt und Quark zu verarbeiten, brachte sie an ihre Grenzen. Sie sah Pascal an. *Bitte versteh mich, ich brauche den Job!* Sie wollte noch ein letztes Mal pokern.

»Ich mache alle Beilagen und die gesamte grüne Küche, aber ich brate nichts Tierisches. Es macht mir auch gar nichts aus, die Spülmaschine zu füllen, zu putzen oder mich um die Disposition zu kümmern. Ich brauch' den Job, Pascal. Bitte.«

Pascal stand auf und lief ein paar Schritte mit der Kaffeetasse in der Hand hin und her. *Vivi war bestimmt professionell, aber unkompliziert konnte man sie beim besten Willen nicht nennen.*

»Gut, Pascal, machen wir uns nicht weiter irgendwelchen Stress. Ich verlasse die Stadt, gehe nach Asien, wo viel vegan gekocht wird, oder ich frag mal auf einem Kreuzfahrtschiff nach, ob die nicht endlich eine rein vegane Abteilung einrichten wollen. Ich bin ganz sicher, es würde so manchen Passagier freuen.«

Vivi stand auf und schob sich ihren Shopper über die Schulter. Sie streckte Pascal die Hand entgegen. Die heruntergezogenen Mundwinkel, die ins Leere starrenden Augen und die leicht gebückte Körperhaltung hätten Steine zum Erweichen gebracht. Sie wusste, sie pokerte hoch. Aber es war einen Versuch wert. Sie wusste, dass Pascal sie mochte.

»Vivi, bitte, setz dich doch. Also Fleischgerichte müsstest du nicht zubereiten, da würde ich ein Auge zudrücken. Obwohl unsere Köche Allrounder sein müssen. Aber etwas flexibel müsstest du schon sein, wenn du den Job willst. Du kennst unsere Karte. Ich rede mit Luis und mit Bruno, unserem Chefkoch. Ich lege ein gutes Wort für dich ein. Wo ein Wille ist, ist auch ein Weg. Wir brauchen sofort Unterstützung in der Küche. Und du einen Job. Wir machen daraus, wie heißt es so schön, eine ›Win-win-Situation‹.«

Vivi wäre Pascal am liebsten um den Hals gefallen.

»Du wirst es nicht bereuen Pascal. Ich danke dir.«

Vivi stand zu ihren Überzeugungen und Neigungen, das gefiel ihm. Als Exoten sollten sie zusammen halten, fand er. Er brachte Vivi zur Tür. Sie küsste ihn zum Abschied auf beide Wangen und drückte ihn. Jetzt musste er nur noch Luis überzeugen. Der Zeitdruck war sein bester Verbündeter. Pascal wusste allerdings nicht, worauf er sich da eingelassen hatte.

44

Pascal und Luis saßen in der hintersten Ecke des »Salzfässchens« und diskutierten die neue Lage. Das Gespräch begann, wie Pascal es erwartet hatte.

»Pascal, was hast du dir dabei gedacht?«

»Ich habe gedacht, ich geb' ihr eine Chance. Wir kennen sie.«

»Eben.«

»Wir kennen sie, wir mögen sie, nicht wahr, mein Lieber, sie ist sofort einsetzbar und sie hat mir versprochen, dass wir nichts bereuen.«

»Du bist so naiv, Pascal. Du weißt nicht, wie Frauen sind, entschuldige.«

»Das ist doch Unsinn. Ich weiß nicht, wie Frauen im Bett sind, aber ansonsten bin ich ein Frauenversteher. Sie lieben mich.«

»Ja, weil du so ein Mädchen bist und sie mit dir über alles reden können.«

»Jetzt schießt du übers Ziel hinaus, Luis.«

Pascal gab den Beleidigten. Aber er konnte Luis nicht ernsthaft böse sein. Sein Freund und Chef sah müde aus. Die Gästeflaute lag ihm im Magen, und das war nicht gut für einen Restaurantchef, der ein überzeugender Gastgeber sein wollte.

»Wenn ich nicht so viel um die Ohren hätte und der Platz am Herd nicht dringend besetzt werden müsste, würde ich weiter suchen, aber Bruno braucht Hilfe.«

»Das heißt also, ja, wir stellen sie ein, Luis?«

»Das heißt, wir stellen sie auf Probe ein, und du wirst dich dafür einsetzen, dass alles klappt, denn dafür bezahle ich dich.«

»Vermisst du sie nicht ein bisschen?«

»Vielleicht ein bisschen. Aber sie ist zu verbissen, zu dickköpfig.«

»Ich bin sicher, da ist noch mehr. Ihr habt euch doch auf der Reise so gut verstanden.«

»Ja, ja, ja. Natürlich habe ich die schöne Zeit mit ihr nicht von meiner Festplatte gelöscht. Aber miteinander reisen ist ganz was anderes, als zusammenzuarbeiten. Im Laden muss alles laufen. Gäste springen schnell ab, wenn sie enttäuscht oder verärgert sind. Also, ich verlasse mich auf dich.«

Pascal eilte sofort in sein Büro, um Vivi am Telefon die gute Botschaft zu verkünden.

»Vivi, bügel die Kochjacke. Du kannst bei uns anfangen.«

»Wirklich? Was hat Luis gesagt?«

Vivis Stimme überschlug sich vor Aufregung.

»Auf Probe hat er gesagt. Kannst du vorbeikommen und den Vertrag unterzeichnen? Am besten sofort.«

»Ich bin in einer halben Stunde da.«

Vivi fühlte das pulsierende Adrenalin in ihren Adern. Sie packte ihren Shopper und schaute nach, wann die nächste Straßenbahn fuhr. Sie glaubte fest daran, dass jetzt ihr neues Leben begann. Ihre Mutter würde Augen machen.

45

»Bitte unterschreib hier und hier.«

Pascal hatte die Linien mit einem roten Kreuz versehen.

»Hast du alles durchgelesen? Dein Einstiegsgehalt ist tariflich geregelt.«

»Ich bin einverstanden. Ich will loslegen, Pascal.«

»Komm, dann stell ich dir jetzt Bruno vor. Dann könnt ihr euch gleich etwas beschnuppern.«

Vivi schüttelte eine raue Hand, die Schnitte und Wunden aufwies und konnte Brunos Gesichtsausdruck nicht deuten, als Pascal ihm sagte, dass sie die Neue war, die sich zunächst ausschließlich um die Beilagen kümmern würde. En passant erwähnte er, dass sie Veganerin sei. Bruno stutzte und sah sie nur kopfschüttelnd an. Aber dann zeigte er ihr alles, was für die Abläufe wichtig war. Sein Tonfall ließ keinen Zweifel daran, wer in der Küche der Boss war. Vivi hörte ihm aufmerksam zu, stellte ein paar Fragen, die er sachlich beantwortete und versuchte sich ein Bild von ihrem neuen Kollegen zu machen. Köche sind speziell, das hatte sie bereits in ihrer Ausbildung erfahren. Sie verstanden sich als Individualisten, und sie wussten, dass sie im Restaurant eine bedeutende Stellung innehatten. Der Koch prägt das Image des Hauses. Er hatte die Hoheit über den Geschmack. Sie war sich sicher, dass Bruno ein solcher Koch mit solchen Gedanken war.

Eigentlich war dagegen auch nichts zu sagen. Sie sah sich um und registrierte ihren Arbeitsplatz gleich neben der Fläche für die Fleischverarbeitung. Sie glaubte die Würste zu riechen, die Bruno aus dem Kühlschrank nahm, um eine Bestellung auszuführen. Aber Vivi wusste, dass frische Würste nicht riechen. Vivi schaute woanders hin, um ihren Ekel zu bändigen. *Sie würde sich wahnsinnig zusammenreißen müssen.* Sie erinnerte sich an den Geruch schmorenden Fleisches in ihrer Kindheit. Kochen ist nicht zimmern und nicht streichen. Kochen hatte so viel mit Sinnlichkeit zu tun, mit Gerüchen und mit Geschmacksproben. *Aber sie musste ein Profi sein, sie wollte ein Profi sein. Sie hatte sich beworben, und Pascal hatte ihr vertraut und sich für sie stark gemacht.* Als sie sich die Werkzeuge für die Gemüseküche ansah, hörte sie hinter sich eine Stimme, die ihr schon intime Dinge wie »Öffne dich und lass dich gehen« ins Ohr geflüstert hatte.

»Bruno, wie sieht es aus? Fährst du morgen zum Großmarkt oder ist noch genug Ware vorrätig?«

Vivi drehte sich langsam um und setzte ein selbstbewusstes Gesicht auf.

»Willkommen an Bord, Vivi. Auf gute Zusammenarbeit.«

Luis Stimme war sachlich und freundlich. Sie schüttelten sich die Hände wie gute Bekannte. Nur ihre Blicke sprachen für einen Moment eine andere Sprache. Bruno wunderte sich über den persönlichen Ton.

»Chef, ihr duzt euch. Kennt ihr euch schon länger?«

»Tja Bruno, Pascal und ich haben Vivi auf unserer Kreuzfahrt kennengelernt. Durch Zufall hat sie dann unsere Anzeige gesehen und sich bei uns beworben. Die Welt ist eben klein.«

Vivi lächelte Bruno an, der aber keine Miene verzog, sondern sich sofort wieder auf die Arbeit an der Wurst konzentrierte. Sie verabschiedete sich von Bruno und verließ zusammen mit Luis die Küche.

»Du wirst dich an Bruno gewöhnen«, sagte Luis, als sie an der Eingangstür des Restaurants standen, »etwas wortkarg, aber er ist ein Profi. Du kannst bestimmt von ihm lernen, wenn du willst.«

»Natürlich will ich das. Und danke, dass du mir die Chance gibst, obwohl ich Veganerin bin.«

»Pascal hat mich davon überzeugt, dass du deinen Job professionell machen wirst. Doch eine Sache interessiert mich noch. Du bist Köchin und Veganerin. Wie passt das zusammen, schließlich wird ja in der Kochausbildung alles gelehrt?«

»Tja, ich war nicht schon immer eine Veganerin.«

Luis zog überrascht die Augenbrauen hoch.

»Nein, erst zum Ende meiner Ausbildung hab' ich mich dazu entschieden. Ich war nie die große Fleischesserin. Das einzige was ich besonders mochte, war das Krüstchengulasch meiner Mutter. Nachdem ich aber nach meiner Ausbildung eine Schlachterei besucht und die Doku ›Meet your Meat‹ gesehen hatte, war mir der Appetit vergangen. Ich konnte auch kein Fleisch mehr verarbeiten. Zu dem Zeitpunkt war mir aber nicht klar, wie schwer es würde, nur vegan kochen zu wollen und davon zu leben. Deshalb, Luis, danke ich dir noch einmal für die Chance, die du mir gibst. Ich werde mein Bestes geben. Ich werde euch, ich werde dich nicht enttäuschen!«

So etwas sagt man ja in solchen Situationen. Aber ihr wahrer Gedanke war ein anderer. *Meine besten Zutaten haben nicht gelebt und nicht gefühlt. Wenn ich diese zubereitet habe, sind sie trotzdem schmackhaft, machen satt und sehen gut aus. Gleich morgen würde sie eine Liste mit veganen Milch- und Sahneprodukten zusammenstellen. Luis und Pascal würden staunen, wie einfach alles zu verändern war.*

»Das höre ich gerne, Vivi«, antwortete Luis zögerlich, »aber bevor wir vor lauter Höflichkeitsfloskeln noch steifer werden, was hältst du davon, wenn wir nachher in der ›Frieda‹ etwas trinken gehen, so gegen 23 Uhr, sozusagen als Auftakt zu unserer Arbeitsbeziehung? – Wir sind uns ja nicht ganz fremd.«

»Wenn es nicht zu spät wird, bin ich dabei. Ich will nicht gleich am ersten Arbeitstag müde sein. Wo ist das denn genau?«

»Hier direkt links in der Antwerpener Straße. Hat eine grüne Leuchtreklame. Gegenüber ist eine Galerie. Kannst du nicht verfehlen.«

»Dann bis heute Abend.«

Vivi betrat die Straße mit gemischten Gefühlen. Sie war erstaunt darüber, wie fremd ihr ein Mensch in wenigen Wochen werden konnte. Jetzt war Luis ihr Boss, kein Urlaubsflirt mehr, obwohl ihr Kopfkino in Bewegung gekommen war. Sie musste sich anstrengen, wenn sie Teil des Teams werden wollte. Sie hatte trotzdem vor dem Date mehr Bammel als vor allem, was sie in der Küche erwarten würde, auch wenn die Fleischpfannen für sie in den Sperrmüll gehörten.

46

Luis ging mit vollem Elan in sein Lokal zurück. Er hatte immer noch eine Menge für Vivi übrig. Sie war mehr für ihn als ein Urlaubsflirt. Er geriet ins Träumen, wenn er an ihre erste Begegnung dachte. Doch jetzt war Konzentration gefragt. Er musste die finanziellen Probleme in den Griff bekommen. Er setzte sich an den Computer und kalkulierte und kalkulierte. Nach drei Stunden quälten ihn Kopfschmerzen und seine Schulterblätter waren so verspannt, dass schon die leichteste Berührung schmerzte. Er hatte den ganzen Tag noch keinen Bissen zu sich genommen, obwohl er an der Quelle saß. Der Blick auf seine aktuellen Kontoauszüge hatte ihm den Appetit gründlich verdorben. Er hatte ein paar Kisten eines exklusiven Weines eingekauft und die Köche hatten die Fleischvorräte aufgestockt, daneben hatte er qualitätvolle Öle und außergewöhnliche Gewürze geordert. Der Dispokredit war so gut wie ausgeschöpft, eigentlich ein Tabu für ihn. Aber es ging nicht anders. Die Bank musste ihm noch einmal aus der Patsche helfen.

47

Vivi zog den schwarzen Kurzblazer aus. Das ärmellose weiße Top mit der Raffung am Busen war die richtige Wahl für »Frieda«. Seit der Kreuzfahrt, nein, eigentlich seit sie Luis kennengelernt hatte, legte sie mehr Wert auf ihr Outfit. Es war warm, fast stickig. Im Lokal war keines der Fenster zur Straße geöffnet, was die intime Wohnzimmeratmosphäre noch unterstrich. Eine Viertelstunde später als verabredet betrat Luis die Bar. Er sah im schummrigen Licht nicht so müde wie am Nachmittag aus. Mit jedem Schritt, den er näher kam, steigerte sich Vivis Pulsschlag. Er trug ein graues Jackett und darunter ein weißes Oberhemd, was ihn schick und lässig zugleich erscheinen ließ. Seine schwarze Jeans saß eng. Vivi verbot sich auf die

Zone zu schauen, die sie plötzlich brennend interessierte. *Was war sie für ihn? Seit dem Nachmittag die Angestellte. Eine unverbindliche Bekanntschaft? Der Ex-Urlaubsflirt? Was wollte sie für ihn sein? Die Liebhaberin und Freundin? Was war mit dieser Maxi?* Vivi konnte nicht mehr an Neapel denken, ohne ihr Gesicht vor sich zu sehen. Luis umarmte sie und gab ihr einen Kuss auf die Wange.

»Entschuldige meine Verspätung, aber du kennst ja unser Geschäft.«

»Das macht nichts. Ist ja nett hier.«

»Ich habe mit vielem gerechnet, aber nicht damit, dass wir uns unter diesen Umständen wieder sehen«, eröffnete Luis das Gespräch, »ausgerechnet du und ich in meinem Restaurant, zwei Menschen aus so unterschiedlichen Welten.«

Vivi wusste sofort, worauf er anspielte und sie spürte, wie sich ihr messianischer Eifer einen Weg nach draußen bahnen wollte, wie Wut, die sich entladen musste. Aber sie riss sich zusammen.

»Ich hatte das auch nicht erwartet. Aber vielleicht ist es Fügung.«

Vivi konnte nicht anders. Sie sah jetzt nicht ihren Chef vor sich, sondern den Liebhaber.

»Ihr Frauen glaubt an die abenteuerlichsten Dinge. Nennen wir es einfach Zufall.«

Luis lächelte.

»Vivi, darf ich dir ein Kölsch bestellen?«

»Gerne. Aber ist das hier nicht so was wie ein britischer Pub. Toll die Tapeten. Mal was anderes.«

»Ja, aber die wissen, wie wichtig uns das Kölsch ist. Aber wenn du ein Guiness willst oder was anderes, einen Cocktail?«

»Kölsch ist in Ordnung. – Ich will morgen fit sein, du weißt, ich habe da einen strengen Boss«, fügte Vivi scherzhaft hinzu.

Vivi und Luis plauderten über Urlaubsorte, die sie gerne noch bereisen würden. Vivi berichtete von den Fehden mit ihrer Mutter und dass sie dringend eine eigene Bude und ein eigenes Auto bräuchte, aber die Wohnungssituation in Köln nicht gerade rosig für Geringverdiener war. Luis blieb zunächst wortkarg. Er erzählte etwas über sein Restaurant. Er erläuterte seine Philosophie. Nicht zu modern werden, die Rheinländer schätzten Gemütlichkeit, aber Qualität bieten, ohne mit Mondpreisen zu verprellen. Von seinen aktuellen Problemen erwähnte Luis nichts. Das ging Vivi nichts an. Das war sein Baby. Die Ereignisse auf dem Schiff und im Flugzeug umschifften sie geschickt. Der Barkeeper unterbrach kurz das Gespräch und brachte Luis einen Drink.

»Der Barkeeper bringt dir einen Drink ohne eine Bestellung. Bist du hier Stammkunde?«

»Das kann man so sagen. Das ist einer der Besitzer. Wir kannten uns nicht, obwohl wir Nachbarn sind, bis unsere Hunde Freundschaft schlossen. Ich dachte eigentlich, der Betreiber hat den Laden nach seiner Freundin benannt oder so oder nach einer Verflossenen, aber nichts davon stimmte. Frieda heißt sein Golden Retriever. Sie versteht sich mit meinem Happy ganz ausgezeichnet.«

Vivi unterdrückte ein Gähnen.

»Ich muss jetzt wirklich los, sonst schneid ich mir morgen beim Gemüseschnibbeln und Salat machen vor Müdigkeit noch in die Finger.«

»Blut auf dem Gemüsebrett. Das wollen wir aber nicht«, sagte Luis frotzelnd, »ich bring dich zur Bahnstation. Ist ja nicht weit.«

Als die 15 ankam, hauchte Vivi Luis einen Kuss auf den Mund. Sie konnte einfach nicht anders.

»War der für den Chef oder für den Urlaubsflirt?«

»Kannst du dir aussuchen. Schlaf gut.«

Die Bahn brauste davon. Luis hoffte, dass er gut schlafen konnte. Erst der Stress im Büro, dann die Begegnung mit Vivi. Morgen würde ein anstrengender Tag werden. Er hatte einen Termin mit seinem Kreditberater, und der war ein pingeliger Zeitgenosse. Er würde alle seine Überredungskünste brauchen, damit er ihnen den Geldhahn nicht zudrehte.

48

»Ich hab' einen Job, Laura. Ich koche.«

»Seit wann?«

»Seit dieser Woche.«

Vivi drückte Laura heftig und gab ihr links und rechts einen dicken Kuss auf die Wange. Laura ließ sich erschöpft auf die Bank in der Flora fallen und streckte alle Viere von sich. Die Japaner hatten viele Sonderwünsche für ihren Kölnaufenthalt, und im Büro galt die Devise »Bei uns ist der Gast König« und »Geht nicht, gibt's nicht«. Ihr schwirrte noch der Kopf von den vielen Gesprächen, Telefonaten und Mails. Laura bemerkte, dass Vivi total aufgedreht war.

»Wer hat dich Verrückte denn eingestellt?«

»Das errätst du nie.«

»Mach es nicht so spannend. Doch ich weiß es, du arbeitest bei Maces.«

»Ja, bestimmt. So, jetzt halt dich fest. Im ›Salzfässchen‹.«

»Salzfässchen?«

Laura setzte sich kerzengerade auf und überlegte fieberhaft, wie sie jetzt reagieren sollte, ohne sich zu verraten. *Das »Salzfässchen« war der Ort, von dem sie Vivi niemals etwas erzählen wollte, auch wenn sie Freundinnen waren. Erst recht nicht, dass sie dort vor ein paar Tagen mit Genuss und in wunderbarer Gesellschaft hervorragende Chilibratwürste gegessen hatte. Sie hatte Luis wieder gesehen. Es war für sie eine besondere Begegnung gewesen, obwohl die Ereignisse der gemeinsamen Nacht noch immer im Dunklen lagen, weil sich auch Luis an nichts erinnerte.* Laura begriff, dass sie jetzt sehr, sehr vorsichtig sein musste. Sie war nicht geschickt darin, andere zu täuschen und falsche Fährten zu legen. Jede Lüge lastete ihr auf der Seele. Aber sie wusste, dass eine Lüge manchmal der einzige Ausweg war. Mit Luis und Pascal hatte sie vereinbart, dass Vivi nichts von ihrem Besuch erfahren sollte.

»Salzfässchen‹, hm?«

»Es ist Luis' Laden. Pascal hat mich eingestellt. Ich bin die neue Beilagenköchin.«

»Is' nich wahr!«

»Doch, da staunst du, was? Ich mach die Beilagen, die Salate, das ... macht Spaß. Es ist locker. Ich durfte mich in aller Ruhe einarbeiten, die Küche kennenlernen.«

»Ich hab's immer noch nicht so ganz geschnallt. Wieso landest du gerade da?«

»Es war ein Zufall, über eine Anzeige im Netz. – Pascal vertraut mir und Luis vertraut Pascal.«

»Wenn das so ist, kannst du ja happy sein.«

»Bin ich, bin ich total.«

»Kochst du denn vegan?«

»So gut wie, ich brauch' noch ein paar Zutaten, du weißt schon, für die Salate, die Pürees und Risottos, aber das ist alles gar kein Problem. Es ist nur eine Frage der Zeit.«

»Ich freu mich für dich, Vivi, wirklich. Das nenn' ich ja echt mal einen Zufall.«

»Mindestens ein Zufall, vielleicht ein Zeichen, ein Fingerzeig, dass wir doch eine Zukunft haben. Luis hat mich direkt eingeladen. So als Auftakt. Wir haben in einer Bar was getrunken. Er war sehr nett. Ich glaube er mag mich noch. Ich hab' es in seinen Augen gesehen. Laura, meine zweite Chance verbock ich nicht. – Vielleicht gewinne ich unsere Wette doch noch.«

Sie zwickte Laura heftig in die Seite.

»Aua!«

»Damit du schon einmal weißt, wie es sich anfühlt, ein Tattoo zu bekommen. Wie geht es dir denn, mein Schatz?«

»Mir geht es gut. Ich hab' auch eine Neuigkeit. Du wirst es nicht glauben, ich habe über Facebook Kontakt zu Rafael aufgenommen. Jetzt bist du platt, was?«

Vivi war wirklich überrascht.

»Wann kommt er dich besuchen?«

»Langsam, Vivi, langsam. Ja, er schlägt immer mal vor, mich zu besuchen. Aber ich will das nicht. Das kann doch nicht gehen. Er in Barcelona, ich in Köln. Vielleicht funktioniert das Ganze auch nur virtuell.«

»Laura, du spinnst, lad ihn ein!«

»Nein, ist besser so.«

»Ist ja auch deine Sache. – Komm doch mal zum Essen ins ›Salzfässchen‹. Ich lad dich ein.«

»Ich weiß noch nicht, wann ich Zeit habe, Vivi. Ich muss jetzt auch los. Hab' morgen 'nen anstrengenden Tag.«

Laura war dankbar, als sie eine halbe Stunde später zuhause eintraf. Löwenkopfkaninchen Henry mümmelte in seinem Käfig an einer Möhre. Sie tätschelte ihm den Kopf zur Begrüßung. Als sie auf ihr Handy sah, gab es wieder eine Nachricht von Rafael. Wenn sie ehrlich war, hatte sie sich schon längst an seine Mails gewöhnt.

49

»Du siehst heute so anders aus? Trägt man das jetzt?«

Bruno betrachtete argwöhnisch Vivis Gesichtsschmuck.

»Du hast dich doch nicht etwa geprügelt?«, fragte er mit geheuchelter Anteilnahme nach.

Vivi reagierte nicht. Auf ihrem Nasenrücken saß ein Bügel mit zwei weißen Pads aus Silikon, die ihre Nasenlöcher verschlossen. Sie hatte sie bei einer Firma bestellt, die sonst Kajakfahrer und andere Wassersportler ausstattete, damit kein Wasser in ihre Nasen drang.

»Als Beilagenkoch will ich mich nur mit meiner Gemüse- und Salatproduktion beschäftigen – ohne Ablenkung. Capito?«

»Was heißt das? Ich halte dich doch von nichts ab?«

»Diese Fleischgerüche lenken mich ab.«

Sie wollte sagen, dein Fleischgebrutzel stinkt mir. Mir wird schlecht, wenn ich dir beim Braten oder Grillen zuschaue. Du verletzt meine Gefühle. Aber das hätte einer wie Bruno nicht verstanden.

»Ich hab' ja schon viel erlebt«, maulte Bruno, »aber so etwas noch nicht. Ich verstehe dich richtig? Du willst nicht riechen, was wir kochen?«

»Ich will nicht riechen, was du kochst. Ich schau einfach nicht hin, mache das Gemüse und die Salate. Ist doch perfekt.«

»Du hast sie doch nicht alle«, reagierte Bruno fassungslos.

Vivi schnitt Kräuter in einem horrenden Tempo. Sie wollte eine Senfvinaigrette auf Vorrat anlegen.

»Bruno, ich muss mich jetzt auf die Arbeit konzentrieren. Wenn es an meiner Arbeit irgendwas zu meckern gibt, sag es mir. Ansonsten kann ich tun und lassen, was ich will. Ich bin dir keine Erklärungen schuldig.«

Bruno verstand überhaupt nichts mehr. Er hatte viele Fragen gestellt und irgendwie keine Antworten bekommen. Er verstand nicht, was hier abging. Ein Koch mit Nasenklemme war definitiv eine ungewöhnliche Angelegenheit. Er spürte, dass in dieser Küche etwas Komisches seinen Anfang nahm. Vivi ließ sich auf keine weitere Diskussion ein.

»Zweimal Bratkartoffeln mit Speck, einmal Möhrenpüree und ein Selleriecarpaccio«, kam von Bruno das Kommando.

Vivi nickte Bruno zu und warf die Kartoffelscheiben in die Pfanne. Sie hatte sie blanchiert, damit sie schön braun würden. Brunos Speckwürfel schob sie in einem unbeobachteten Moment außer Sichtweite. *Speck gehörte nicht in Bratkartoffeln, schon gar nicht, wenn sie neben Bratwürsten und Schnitzeln liegen würden. Was für ein hanebüchener Unsinn, Fleisch neben Fleisch anzubieten.* Vivi schwenkte die Pfanne, wie sie es gelernt hatte. Sie wollte die besten Bratkartoffeln machen, zu denen sie fähig war. Die würden auf dem Teller nicht in Fett schwimmen, wie so oft. Die würden kross und lecker schmecken, mit frischen Kräutern als

Krönung. Sie brutzelte die Kartoffeln, bis sie eine schöne Bräune hatten und warf Zwiebeln und Knoblauch dazu. Vivi sah nicht zu Bruno hinüber, der mit seinen Schnitzeln und Bratwürsten beschäftigt war. Sie hatte sich vorgenommen, im Kopf eine rote Linie zu ziehen. Das musste sie. Sonst würde sie das hier nicht überleben. Bruno arbeitete stumm, wie er es gewohnt war. Vivi war das recht. Er stellte die Teller mit den Schnitzeln und den Bratwürsten auf die Arbeitsplatte neben ihr. Vivi verteilte die Kartoffeln, arrangierte das Möhrenpüree in einem Speisering und richtete neben den Bratwürsten das Selleriecarpaccio an. Sie wusste, dass Bruno sie beobachtete. Er war der Küchenchef und sie die Neue. Sie griff sich die Teller, um sie für den Service bereit zu stellen.

»Uno Momento. Ich hatte doch gesagt, Bratkartoffeln mit Speck. Wo ist der Speck?«

»Das sind französische Bratkartoffeln.«

Vivi sagte es ruhig und gelassen, als wäre es das Selbstverständlichste von der Welt.

»Französisch, hä? Was soll der Quatsch. Die Gäste haben Bratkartoffeln mit Speck bestellt.«

»Ich habe mir die Karte genau angesehen«, rechtfertigte sich Vivi nasal, »da steht nichts von Speck.«

Sie streute noch etwas Petersilie über die Kartoffeln.

»Ich glaube, wir sollten servieren lassen. Die Gäste wollen heißes Essen, oder?«

Bruno sah Vivi mit einem knurrigen Gesichtsausdruck an.

»Wir haben immer Speck in den Bratkartoffeln. Ich mag es nicht, wenn meine Anweisungen nicht befolgt werden. Das nächste Mal machst du das, was ich dir sage, verstanden?«, zeterte Bruno los.

»Warten wir doch ab, was die Gäste sagen«, antwortete Vivi mit Unschuldsmiene, »die Bratkartoffel sehen doch toll aus mit der frischen Petersilie. Hauptsache, sie sind knusprig – und die sind knusprig.«

Vivi biss in eine Scheibe, um ihr Urteil zu untermauern. Sie reichte Bruno eine Kostprobe. Der winkte unwirsch ab und konzentrierte sich gleich auf die nächste Bestellung.

»Zweimal Chilibratwurst, ein Rumpsteak und ein Zigeunerschnitzel«, murmelte er laut vor sich hin.

Ihre Schicht ging heute bis 18.00 Uhr. Danach würde Aushilfskoch Peter kommen, ein Cousin von Bruno. Für heute hatte sie auch genug Stress. Solche Fleischmengen hatte sie zum letzten Mal in ihrer Ausbildung ertragen. Daran musste sie sich erst wieder gewöhnen. Aber Vivi wollte eines auf keinen Fall, diesen Job verlieren. Da musste sie erst einmal durch. Diesmal wollte sie nicht versagen. Sie wollte Luis nicht enttäuschen, weil sie seit dem Abend in der »Frieda« spürte, dass zwischen ihm und ihr noch immer etwas war. Sie war sich sicher, dass Luis ähnlich empfand. Sie wusste aber auch, dass sie der Spagat zwischen ihrem Verstand, der klar auf der veganen Seite des Lebens verortet war und ihrem Herz, das irgendwie immer noch für Luis zu schlagen schien, zerreißen könnte. Als sie das Lokal verlassen wollte, hörte sie Luis' Stimme.

»Vivi, willst du meinen treuen Happy kennenlernen? Komm doch in mein Büro, wir drei drehen dann zusammen eine Runde.«

»Warum nicht.«

Vivi war froh darüber, an Luis' Seite zu sein.

»Ja, wir gehen ja gleich.«

Luis kraulte Happy hinter den Ohren, was sich der Hund gerne gefallen ließ. Er sah sein Herrchen aus gutmütigen Augen seelenruhig an.

»Wird mir auch gut tun. Der Büromief macht einen ja kirre.«

Happy liebte den Platz unter dem Fenster. Von dort hatte er Herrchen gut im Blick. Wenn er nicht gerade schlief, was zu seinen Lieblingsbeschäftigungen zählte. Der Golden Retriever schnüffelte nach der Liebkosung desinteressiert an seinem Fressnapf mit Frischfleisch und legte den Kopf wieder auf die Vorderpfoten.

»Bist du krank, Happy? Das ist das Feinste vom Feinen. Da lecken sich andere Hunde die Pfote nach. Und du? Probierst nicht mal. Immer dasselbe mit dir«, meckerte Luis.

Happy gähnte, dann gab er ein paar grummelnde Geräusche von sich und grub seine Schnauze noch tiefer in seine Hundedecke.

»Bist du überhaupt ein Hund? Ich will eine Antwort, Happy.«

Luis stand auf und schob den Fressnapf noch näher an Happys Schnauze. Aber der Hund reagierte kein bisschen auf die kulinarische Verführung.

Vivi verfolgte amüsiert das Spektakel. *Der Hund ist vernünftiger als du, Luis.*

»Der Hund ist Veganer, Luis«, bemerkte sie spöttisch.

»Das hättest du wohl gerne.«

Plötzlich erhob sich Happy, trottete zu Vivi, leckte ihre Hand und legt sich ganz nah an ihre Füße.

»Jetzt verstehe ich überhaupt nichts mehr. So zutraulich ist er sonst nie, noch nicht einmal bei meinen Freunden. Im Tierheim wurde mir gesagt, er hätte große Angst vor

Fremden. Sehr wahrscheinlich wäre er früher misshandelt worden.«

»Er hat halt Menschenkenntnis.«

Vivi tätschelte zufrieden Happys Kopf.

»Vielleicht. Aber auf jeden Fall keinen Geschmack. Beim Futter zickt er immer rum. – Happy, wenn du dich nicht änderst, geb ich dich zurück. Du lebst hier im Fleischparadies und merkst es nicht. Beim nächsten Mal wird gegessen, was ich dir hinstelle. Abgemacht? Komm, gib mir eine fünf.«

Luis hielt seine Hand hin, aber Happy dachte nicht im Traum daran, seine Position zu Vivis Füßen zu verlassen. Luis griff sich angenervt die Leine.

»Komm, mein Junge! Vivi lass uns gehen, der spinnt mal wieder.«

Vivi stellte fest, dass Luis eine aufwendige Leine hatte, die auch über die Brust ging und dafür sorgte, dass der Hund sich nicht strangulieren konnte oder würgen musste. *Luis schien doch ein Tierfreund zu sein.*

»Darf ich ihn halten?«

»Natürlich, ihr scheint euch ja schon gegen mich verschworen zu haben, wenigstens wenn es ums Essen geht.«

Er gab Vivi das Geschirr in die Hand. Happy stand auf und schnupperte an Vivis Hosenbein. Endlich konnte es losgehen.

50

Bruno ließ den Fleischklopfer bestimmt zum fünfzigsten Mal auf das Schweineschnitzel fallen. Zumindest fühlte es sich für Vivi so an. Das Geräusch tat nicht nur ihren Ohren weh, es Geräusch versetzte ihren ganzen

Körper in Aufruhr. Die Bilder von »Meet your Meat« schwirrten wie ein Wirbel durch ihren Kopf und hielten sie davon ab, die Pommes in gleich große Stücke zu schneiden. Sie hatte es die ganze Zeit vermieden, Bruno anzusehen. Aber plötzlich ging das nicht mehr. Keine Sekunde länger hätte sie ihren Mund halten können.

»Hör auf, hör doch endlich auf!«

Bruno sah sie verständnislos an.

»Was willst du?«

»Du sollst aufhören, auf dieses Fleisch einzudreschen, als hätte es dir irgendetwas getan.«

»Ich hör' wohl nicht richtig. Wie bist du denn drauf? Ich mach hier meine Arbeit. Willst du mir vielleicht sagen, wie ich meine Arbeit machen soll? Das ist ein Schnitzel, und ich werde es so lange klopfen, bis es schön dünn ist. Weil es die Gäste so mögen.«

Bruno holte mit dem Fleischklopfer aus und ließ ihn wie ein Fallbeil auf das Schnitzel aufschlagen.

»So macht man das. Schau genau hin.«

Er holte wieder aus, hielt dann inne und legte das Arbeitsgerät zur Seite. Vivi sah weg.

»Bruno, du bist ja krank. Das ist doch nicht mehr normal.«

»Nicht mehr normal?«, fragte Bruno gereizt, »du willst mir sagen, dass ich nicht normal bin. Das sagt ja die Richtige.«

Bruno richtete sich auf, streckte siegessicher seine Brust hervor, dachte kurz nach, als ob er etwas auswendig gelernt hätte und legte los.

»Weißt du, warum du Veganerin geworden bist? Na, Na? Nicht weil du Tiere liebst, – nein, weil du Pflanzen hasst.«

144

Bruno sah Vivi mit einem triumphierenden Blick an. *So, jetzt hatte sie ihr Fett weg.* Vivis Backenmuskulatur arbeitete. *Sich ja keine Blöße geben. Nicht lospoltern.* Sie hatte Luis und Pascal etwas versprochen. *Auf diesen blöden Witz musste sie souverän reagieren.*

»Bruno, dein intellektueller Ausflug in die subtilen Untiefen des fein geschliffenen Humors hat mich geflasht.«

Bruno sah Vivi verständnislos an. *Das war bestimmt eine Frechheit.*

»Vivi, kümmere dich lieber um die Fritten, anstatt mich hier zu beschimpfen. Ich hoffe, du hast die Zigeunersoße schön heiß gemacht. So lauwarmes Zeug schätzen unsere Kunden nicht.«

Vivi steckte sich eine Fritte in den Mund und nickte zufrieden. Die Pommes hatten eine schöne Farbe angenommen und waren knusprig. Es tat ihr unendlich leid, die Kartoffeln zum Fleisch zu servieren. Ihr schwebte ein ganz anderes Bild vor Augen. Kartoffelecken mit einer Kerbelsoße und Seitangeschnetzeltes wäre etwas Feines. Bruno würdigte sie keines Blickes mehr. Sie arbeitete den Rest des Tages kommentarlos an den Beilagen, wie sie es Pascal versprochen hatte. Bei jedem weiteren Klopfen auf totes Tier traten Vivi fast die Tränen in die Augen. Aber die zeigte sie Bruno nicht. Er würde sie auslachen. Er würde sie für hysterisch halten. Womöglich würde er sich weigern, mit ihr zu arbeiten oder sie anschwärzen. Das hatte er in Gedanken sicher längst getan.

51

Vivi betrat den Flur. Sie wusste, dass Luis zwei Räume weiter an seinem Schreibtisch arbeitete. Wenn er nicht gestört werden wollte, schloss er die Tür. Sie hatte plötzlich unendlich Lust, ihn für einen Moment abzulenken. Vivi hob die Hand, um an die Tür zu klopfen. Sie stellte sich Luis' Gesicht vor, wie er sich freute, sie zu sehen. Nicht die Köchin, sondern die Frau, die er begehrte, die er durch einen wunderbaren Zufall in Köln wieder getroffen hatte. Vivi hörte Stimmen und hielt inne.

»Ich hab' Geld investiert, Luis. Ist doch völlig normal, dass ich hier auftauche.«

Vivi kannte die weibliche Stimme nicht. Sie drückte ihr Ohr fester an die Tür.

»Ich hab' dir gesagt, dass es zwischen uns aus ist.«

Luis' Ton war aggressiv. Es entstand eine Pause. Vivi atmete flach, um nichts zu verpassen.

»Warum tust du das? Ich versteh dich nicht. Reiz mich nicht. Mit meiner Bank und dir ist noch lange nicht Schluss«, reagierte die Frau laut und wütend, »ich habe dir Geld geliehen, also will ich über die Geschäftspolitik informiert werden und auch in dem einen oder anderen Fall mitreden.«

Die Lautstärke schien Happy zu irritieren. Der sonst so schweigsame Hund begann zu bellen, immer lauter und aggressiver.

»Sag deinem Köter, er soll ruhig sein. Er mag mich nicht, ich weiß.«

»Happy, aus!«, befahl Luis sehr bestimmt.

Sofort trat Ruhe ein.

»Du hast einen Vorwand gesucht, um hierher zu kommen«, führte Luis das Gespräch fort.

»Das stimmt nicht.«

»Es stimmt, du hättest ja auch anrufen können.«

»Hör mal zu, mein Freund, so redest du nicht mit mir! Du musst dich mal hören am Telefon. Du bist mittlerweile so was von kurz angebunden. Du beherrschst es, jemanden abzuwimmeln. Abgesehen davon, seit wann muss ich anrufen, wenn ich dich sehen will?«

Die Frauenstimme klang jetzt mehr gekränkt als wütend. Sekunden später sprach Luis wieder ganz ruhig.

»Ich versteh dein geschäftliches Interesse. Der Laden läuft, aber die Konkurrenz ist groß. Der Gästeschwund hält seit Wochen an, aber die Kosten bleiben. Die Geschäftsleute aus der direkten Nachbarschaft kommen regelmäßig, aber die Laufkundschaft schrumpft mehr und mehr....«

»Wieso denn das? Das Belgische Viertel ist doch nach wie vor hip und in aller Munde?«, unterbrach ihn die Besucherin ungeduldig.

»Stimmt. Aber die Konkurrenz wächst eben. Es haben nicht weit von hier zwei neue Läden aufgemacht, was Thailändisches und ein Sushi-Shop. Vielleicht habe ich einen Fehler gemacht und ignoriert, dass sich die Geschmäcker möglicherweise schneller ändern als uns allen lieb ist. Wir überlegen jetzt, wie wir die Umsätze steigern können, was wir zum Beispiel auch im Marketing machen können.«

Vivi wollte gehen, denn keiner sagte noch ein Wort. Aber sie konnte nicht.

»Luis, für mich ist es noch nicht vorbei. Weder mit unserer privaten noch mit unserer geschäftlichen Beziehung. Wir müssen reden! Lass uns essen gehen und alles in Ruhe besprechen. Heute Abend bei dem kleinen Italiener in Lindenthal, zu dem wir früher so gerne gegangen sind. Damals, als deine Liebe zu mir noch größer war.«

Vivi verstand nicht, was Luis antwortete. Sie war kurz davor, die Tür aufzureißen. Die Frauenstimme hatte etwas Süßlich-Säuselndes, was sie kirre machte. So sprach keine Bankerin. So sprach nur eine, die Vivi schon einmal getroffen hatte, die sie allerdings aus gegebenem Anlass aus ihren Erinnerungen gestrichen hatte.

52

Als die Tür aufging, fühlte sich Vivi ertappt wie ein Kind beim verbotenen Naschen. Sie räusperte sich, als hätte sie etwas Wichtiges zu sagen.

»Äh, Entschuldigung, ich muss ...«

Maxi grüßte sie flüchtig, ohne sie zu erkennen und stolzierte auf ihren High Heels an ihr vorbei. Vivi sah ihr hinterher, wie sie in ihrem Designerkleid mit wiegenden Hüften aus ihrem Blickfeld verschwand. Sie sah an sich herunter, auf ihre Arbeitsschuhe, die weißen Clogs mit den vielen Macken, ihre Jeans zog Fäden am Saum und ihre bordeauxrote Kochjacke war mit Flecken übersät. Sie kam sich vor wie Aschenputtel.

»Hi, Vivi, alles klar? Wir könnten heute bei ›Frieda‹ was trinken gehen, wenn du willst, die bauen heute besondere Cocktails. Wird allerdings etwas später.«

»Luis, wir können gar nichts«, reagierte Vivi verärgert, »du hast doch längst eine Verabredung. Also, tu nicht so, du ...«

Vivi bremste sich. Sie kannte sich zu gut. Sie durfte nicht vollends die Fassung verlieren.

»Was soll das denn jetzt, Vivi?«

»Ich habe durch Zufall eurer Gespräch gehört. Mir machst du nichts vor, Luis, im Büro regelt man Geldgeschäfte, beim Essen geht es um was ganz anderes. Jedenfalls in meiner Welt.«

»Drehst du jetzt völlig ab? Deine Fantasie spielt dir Streiche, es ist rein geschäftlich.«

Sie glaubte Luis kein Wort, sondern blitzte ihn verächtlich an.

»Luis, vielleicht ein anderes Mal.«

Vivi steckte sich Ohropax in die Ohrmuschel, um Brunos Hämmern auszublenden und enterte die Küche. Von Bruno war weit und breit nichts zu sehen. Sie dachte an Luis' letzten Kuss und schloss vor Sehnsucht für einen Moment die Augen. Sie wusste, welchen kleinen Italiener Maxi meinte. Es gab nur einen, auf den die Beschreibung piccolo passte. Vivi spürte einen Stich mitten ins Herz.

53

»Schädigst du nicht deine Geschmacksnerven, wenn du rauchst? Ich dachte, du hättest aufgehört.«

Maxi durfte Bruno solche Fragen stellen. Er mochte sie. Sie kannten sich seit Jahren.

»Ich weiß, was du meinst. Was glaubst du, warum ich hier vor der Tür stehe wie bestellt und nicht abgeholt. Ich will nicht unbedingt, dass die Bosse was mitkriegen. Aber ich komm einfach nicht von dem Scheißzeug los, hab' es sogar schon mit Hypnose versucht. Und die neue Köchin geht mir so auf die Nerven. Irgendwie muss ich mich abreagieren, sonst gehe ich der noch an die Gurgel.«

Maxi spitzte die Ohren wie ein Luchs. *Neue Köchin? Wer sollte das denn sein?* Sie wusste, dass Bruno auf sie stand, und es war immer gut, verlässliche Quellen zu haben.

»Bruno, gibst du mir auch eine? So aus Solidarität.«

54

»Es war köstlich wie immer. Deine Involtini auch?«

Luis wischte sich etwas Soße aus dem Mundwinkel. Er war müde und angespannt. Er lächelte seine Ex so gewinnbringend wie möglich an. Maxi sollte nichts von seiner wahren Seelenlage mitbekommen. Aber es strengte ihn an. Glücklicherweise fehlte ihr jede Sensibilität für andere. Ihr Ego war zu mächtig, um bei anderen Gefühle und Gedanken wahrzunehmen. Er fragte sich, was er je an ihr gefunden hatte. Er ärgerte sich im Nachhinein über ihr privates Darlehen, um das »Salzfässchen« zu renovieren. Am liebsten hätte er ihr einen Scheck auf den Tisch gelegt. Aber die Lage ließ das nicht zu. Im Gegenteil. Jetzt musste er gute Miene zum bösen Spiel machen.

»Luis, ich hab' es vermisst, hier mit dir zu sitzen, Rotwein zu trinken und den Tag ausklingen zu lassen.«

Maxi legte ihre Hand auf Luis' Arm und blickte ihn mit sehnsuchtsvollen Augen an.

»Ich fand es auch schön. Hatte ganz vergessen, wie gut die hier kochen. War eine gute Idee von dir. Jetzt lass uns aufbrechen.«

»Das klingt eher nach ›Ich bin froh, dass ich es hinter mir habe‹.«

»Was soll jetzt diese blöde Bemerkung. Ich bin müde, Maxi. Ich muss morgen früh raus.«

»Für wie dämlich hältst du mich eigentlich?«

»Ich weiß jetzt nicht, was du meinst.«

»Dann helf ich dir auf die Sprünge, mein Liebster. Meinst du, ich weiß nicht, dass jetzt deine Geliebte bei dir kocht.«

»Hä, Geliebte, was soll denn der Quatsch?«

»Im Gegensatz zu dir kann ich noch zwei und zwei zusammenzählen. Wie Bruno mir erzählte, habt ihr zwei euch auf dem Schiff kennengelernt. Gab es da nicht die Köchin aus Köln, die du mir in Neapel als Zufallsbekanntschaft verkaufen wolltest? Die hat in deinem Restaurant weder zu kochen noch sonst was! Verstehst du mich? «

»Du siehst Gespenster. Und was geht es dich an, wer bei mir kocht? Wir sind nur noch Geschäftspartner, nicht mehr. Begreif das endlich!«

»Das geht mich 'ne Menge an, weil ich die dreißigtausend nämlich wiedersehen will. Das wird ganz schwer, wenn Bruno geht.«

»Was redest du für einen Müll?«

»Du hast keine Ahnung, was in deinem Laden abgeht. Bruno ist kurz davor, die Brocken hinzuschmeißen. Und wenn du glaubst, dass ich deine Geliebte durchfüttere, hast du dich geschnitten. Die ruiniert dich noch. Die macht veganen Terror, und du kriegst es nicht mal mit. Hast du Tofu auf den Augen?«

Luis hatte keine Lust, auf diese provokative Frage zu reagieren.

»Ich schlage vor, wir gehen, Maxi. Du hörst von mir wegen deines Darlehens. Ich bring dich nach Hause.«

»Danke, ich bestell mir ein Taxi.«

Luis stand schweigend auf. Er war zu ausgelaugt, um sich weiter zu streiten. Er brauchte dringend Schlaf. Das Gespräch mit seinem Kreditberater am nächsten Tag würde nicht einfach werden. Er hatte sich Argumente zurechtgelegt. Aber was hieß das schon. Seine Rücklagen waren aufgebraucht. Überzeugen musste er und um Vertrauen werben. Er würde seine ganzen Überredungskünste brauchen, um sich Luft zu verschaffen. Vor der Tür sagten weder Luis noch Maxi ein Wort zum Abschied.

55

Luis hatte keine fünf Stunden geschlafen. Er hatte das kalte Wasser minutenlang über seinen Körper prasseln lassen, um sich zu beweisen, dass er hart zu sich selbst sein konnte. Er musste bei Manfred Kaspers in der Sparkasse cool und souverän auftreten. Sein dunkelblauer Anzug und das strahlend weiße Hemd standen ihm ausgezeichnet. Auf Maxis modischen Geschmack konnte er sich immer verlassen. Luis wollte sich nicht ausmalen, was ohne einen weiteren Kredit passieren könnte. Er wusste, dass es immer schwieriger wurde, in der Branche zu bestehen. Zum ersten Mal die Härte des Geschäfts am eigenen Leib zu erleben, war trotzdem wie ein Schock für ihn, so ähnlich, wie von Krankheiten zu hören, die immer andere haben, bis es einen selber trifft. Er machte sich früher als sonst auf den Weg in sein Restaurant, denn er durfte auf gar keinen Fall zu spät in der Bank eintreffen. Er hatte gerade alle notwendigen Unterlagen für das Bankenge-spräch in seinem Aktenkoffer verstaut, als er nebenan Pascal hörte. Es widersprach seiner Mentalität, aber er musste jetzt den Boss raushängen lassen. Ihn beunruhigte das Gefühl, die Kontrolle über seinen Laden zu verlieren. Freunde hin, Freunde her. Der Boss war er.

»Hast du mir was zu sagen, Pascal?«, fragte Luis barsch, als Pascal sein Büro betrat.

»Was meinst du?«

Pascal wusste wirklich nicht, worauf Luis hinaus wollte.

»Ich spreche von unserer neuen Errungenschaft in der Küche. Ich dachte, ich spreche mit dir, bevor ich Bruno frage, was los ist.«

»Ich weiß gar nicht, was du meinst, Luis. Es ist alles paletti. Du weißt doch, am Herd brutzeln Individualisten. Die kabbeln sich mal. Ich hab's im Griff. Ist mein Job.«

»Pascal, ich kenn dich. Ich weiß, dass du Vivi magst. Ich mag sie ja auch. Mir hat aber ein Vögelchen zugezwitschert, dass es bei ihr – wie soll ich sagen – etwas an Anpassungsbereitschaft mangelt.«

»Luis, alles im grünen Bereich. Vivi hat mir versichert, dass sie Profi ist. Sie ist doch ein schlaues Mädchen.«

»Sie ist vor allem eigensinnig. Die hat dich um den Finger gewickelt, Pascal. Ich will, dass es in der Küche läuft. Patzer, Beschwerden, interne Streitereien sind Gift für unser Restaurant. Die aktuelle Flaute macht mir genug zu schaffen, ich brauche keine weiteren Baustellen.«

Pascal wollte gerade etwas erwidern, als laute Stimmen über den Flur zu ihnen herüberdrangen.

»Verdammt noch mal, was ist denn hier passiert? Nichts steht mehr da, wo ich es hingestellt habe. Wo ist die Sahne hingekommen? Die Butter ist auch verschwunden.«

Bruno baute sich vor Vivi auf wie ein Bulldozer.

»Ich hasse nichts mehr, als Zutaten zu suchen. Kannst du mir sagen, was im Kühlraum passiert ist? Schieb es ja nicht auf die Heinzelmännchen.«

»Ich hab' Ordnung gemacht. Ich brauche da eine klare Linie, eine Trennlinie, dort das tote Tier und alles, was das Tier so hergibt, wenn man es ausbeutet und in gebührendem Abstand meine Pflanzenwelt, aus denen die wunderbaren Beilagen entstehen.

»So ein Blödsinn, Ordnung, Trennlinie. Ihr veganen Trullas seid doch völlig hysterisch. Das Fass ist voll, ne, wirklich, mir reicht's.«

Bruno wurde immer lauter. Er schniefte und hätte sicher Porzellan an die Wand geworfen, wäre welches greifbar gewesen.

»Jetzt ist Schluss, Madame. Ich bin kein Hanswurst, mit dem man alles machen kann.«

Vivi schaute Bruno an, als wüsste sie nicht, was ihn so verärgert hatte. Das machte ihn noch wütender. *Zu Hanswurst würde ihr schon etwas einfallen, aber sie musste ihr vorlautes Mundwerk im Zaum halten.*

»Ich weiß jetzt wirklich nicht, worüber du dich so aufregst. Ich habe alles neu sortiert. Jeder hat sozusagen sein Reich, und wir kommen uns nicht in die Quere«, versuchte sie die Wogen zu glätten.

»Du kommst mir ganz gewaltig in die Quere. Du überschreitest deine Kompetenzen. Ich mach das nicht länger mit. Aus - Basta!«

Luis würde sich bei der Bank verspäten, aber jetzt war der Boss gefragt. Er stürmte in die Küche und schaute seine beiden Köche wütend an.

»Was ist hier los? Ich denk hier wird gekocht.«

»Ich fass hier keinen Topf mehr an. Nicht wenn die neben mir steht und einen auf Beilagenköchin macht. Die spinnt total. Die bringt hier alles durcheinander. Die kocht, was sie will.«

Bruno warf Vivi vernichtende Blicke zu. Vivi holte Luft, um etwas zu erwidern. Sie hatte nicht mit diesen Eruptionen gerechnet. Luis' Blick verhieß nichts Gutes. Sie hielt den Mund.

»Boss, ich möchte es mal so sagen. Wenn ich hier in Zukunft für ordentliche Schnitzel und delikate Bratwürste auf dem Teller sorgen soll, dann muss jetzt ganz dringend einer auf den Tisch hauen. Ich fürchte, Pascal ist das nicht. Wenn das nicht anders wird, bin ich weg. Mein Cousin auch.«

Luis hatte keine Ahnung, was genau passiert war. Aber so hatte er Bruno noch nie erlebt. Er war ein Koch, der zuverlässig und routiniert arbeitete. Es hatte nie Ärger mit ihm gegeben. Die Gäste waren von ihm als Koch begeistert.

»Bruno, sie haben das Kommando. Ich glaub', es sind schon Gäste da. Kümmern sie sich auch um die Beilagen. Alles Weitere besprechen wir später. – Vivian, ich finde, wir sollten uns nebenan weiter unterhalten.«

Luis hatte Vivian gesagt, nicht Vivi. Sie folgte ihm in gebührendem Abstand. Sie dachte fieberhaft nach, wie sie ihr Handeln begründen wollte. Sie war so ungeschickt in Diplomatie. Luis schloss die Tür seines Büros. Pascal hatte am kleinen Konferenztisch Platz genommen und drehte ein Wasserglas in seiner rechten Hand hin und her. Er lächelte unsicher. Er hasste dicke Luft. Die machte alle immer so unentspannt. Wenn man sich den Tag schon mit Arbeit verderben musste, sollte sie wenigstens Spaß machen. Luis lehnte mit verschränkten Armen vor der Brust und einem grimmigen Blick an seinem Schreibtisch. Er schien von allem genug zu haben. So hatte Pascal seinen Freund noch nie gesehen. Es stand ihm nicht, fand er. Es machte ihn um Jahre älter. Luis sah vor allem dann gut aus, wenn er den Sonnyboy gab, der alles im Griff hatte. Dann strahlte er diesen unbändigen Charme aus, dem sich niemand entziehen konnte. Pascal sah Vivi mit einem vorwurfsvollen Blick an. *Wir hatten doch unseren Deal*, hätte er sie gerne erinnert. Aber Vivi blickte verlegen zu Boden, wie ein Schulmädchen, das zum Rektor gerufen wurde. Pascal sagte nichts, sondern überließ Luis das Reden.

»Vivi, du bist gerade erst ein paar Wochen hier und hast es schon geschafft, den besten Koch, den ich je hatte, so gut wie zu vergraulen. Wir sind zwar nicht vor Gericht, aber kannst du bitte was zu deiner Verteidigung sagen.«

»Wieso Verteidigung? Ich mach meinen Job.«

Vivi reagierte trotzig, vermied es aber respektlos zu klingen.

»Aha, was hat es dann damit auf sich, dass Bruno die Zutaten nicht findet? Das darf doch wohl nicht wahr sein. Wird die Küche zum Kindergarten?«

»Ich hab' ein bisschen Ordnung gemacht, ich koche schließlich die Beilagen, da möchte ich mich vorher nicht durch Fleischberge und anderes wühlen müssen. Ich hab' meine Zutaten schön weit weg deponiert. So kommen wir Köche uns nicht in die Quere. Wenn es denn schon keinen eigenen Kühlschrank für mich gibt. Außerdem kocht Bruno ohne Handschuhe. Der fasst sein Fleisch an und dann meinen Salat, den ich weiter verarbeiten muss. Das gefällt mir nicht, Luis. Davon krieg ich schlechte Laune.«

»Ach, schlechte Laune kriegst du davon. Das tut mir jetzt aber leid. Wirklich. Ich weiß zwar nicht, was in deinem Arbeitsvertrag genau steht, Vivi. Aber sicher nicht, den Chefkoch so zu verärgern, dass er die Arbeit hinschmeißen möchte. Ich habe den Eindruck, dass du deine Kompetenzen überschreitest. Machen wir's kurz. Ich kündige dir mit sofortiger Wirkung. Du bist in der Probezeit, also, alles kein Problem. Quertreiber mit veganer

156

Ideologie kann ich mir nicht leisten. Das steckt doch dahinter, nicht wahr? Du führst neue Sitten in der Küche ein, kochst nicht das, was auf der Speisekarte steht, weil dir Fleischesser und Fleischbrutzler ein Gräuel sind. Sicher findest du in einem veganen Laden irgendwo eine Anstellung, die dich glücklich macht. Hier ist jedenfalls Schluss für dich, auch wenn es mir leid tut. Aber ich habe Wichtigeres zu tun, als das Duell zweier Köche zu schlichten.«

Vivi wollte etwas sagen, unterbrach sich aber selbst. Hilfe suchend sah sie Pascal an

»Ich kann dir nicht helfen, Vivi«, meldete sich Pascal mit heiserer Stimme zu Wort und räusperte sich verlegen, »unsere Verabredung hatte anders gelautet. Du hast mich ... enttäuscht. Sogar sehr.«

Pascal taten seine Worte leid. Aber er musste auch mal hart sein und Schelte austeilen. Vivi hatte sich eigensinnig und dumm verhalten.

»Du hast dir mit deiner Totalverweigerung selbst geschadet. Jetzt musst du leider in die außerparlamentarische Opposition, wenn ich es mal so sagen darf«, versuchte Pascal die Situation, trotz des ganzen Stresses, zu entspannen.

»Dann kocht doch eure Nullachtfünfzehn-Küche ohne mich weiter. Ihr seid Ignoranten, ohne Sinn für Neues. Offenheit, Leute, die Fähigkeit auch mal was anders zu machen, geht euch völlig ab. Ich schaff's auch woanders«, konterte Vivi selbstbewusst.

Vivi glaubte selbst nicht an das, was sie sagte. Aber es hörte sich verdammt gut an. Angriff war die beste Verteidigung. Sie war fertig mit den beiden. Sie musste schnellstens raus aus dem Büro, bevor sie der unerfreuliche Streit zum Heulen brachte. Sie musste Laura einen Notruf schicken. Alleine würde sie den Abend nicht durchstehen. Aber das zeigte sie ihren Peinigern nicht. Vivi hastete in die Küche, um ihre Sachen zu holen. Sie würdigte Bruno keines Blickes. *Diesen Raum, in dem dieser Mensch sein Unwesen trieb, würde sie nie mehr betreten.* Luis sah ihr konsterniert nach. Seine Gefühle für sie durften jetzt keine Rolle mehr spielen. Es ging ums Geschäft, ums Überleben. Pascal überholte sie an der Tür. Er wollte sie so nicht gehen lassen.

»Vivi. Du kennst doch das kölsche Grundgesetz: ›Et hätt noch emmer joot jejange‹. Also Kopf hoch!«

Vivi blieb abrupt stehen.

»Du kommst mir mit dem kölschen Grundgesetz. Da bist du bei mir richtig, das kenn ich aus dem ff. Ihr Neandertaler arbeitet nach dem Prinzip ›Kenne mer nit, bruche mer nit, fott domet‹. Dabei würde euch das Motto ›Et bliev nix wie et wor‹ viel besser tun! Ihr Banausen. Ihr seht mich nie wieder.«

56

Vivi redete sich in Rage. Laura kannte diesen Zustand. Sie machte erst gar keine Anstalten, sie zu unterbrechen.

»Hmmm,... ah, ja, ... hmmm, ... verstehe.«

Vivi goss in einem gnadenlosen Redeschwall alles über sie aus. Als sie fertig war, sah sie Laura mit dem Blick an, den Laura so gut kannte. Er besagte: »Du bist doch auf meiner Seite? Ich habe nichts falsch gemacht, nicht wahr? Ich bin die Gute und die anderen, na ja...«

Laura schwieg immer noch und sah Vivi mitleidig an.

»Vivi, du lernst einfach nichts dazu. Dein verbissener veganer Trip wird dich noch ins Unglück führen. Du musst lockerer werden.«

Vivi schaute, als hätte Laura chinesisch gesprochen. Was sie sagte, war nicht das, was sie erwartet hatte. Laura war ihre Freundin, ihre beste. *Fiel sie ihr schon wieder in den Rücken?*

»Worüber wunderst du dich eigentlich? Statt froh zu sein, endlich wieder kochen zu dürfen, für Geld, mischst du die Bude auf. Dabei haben die dir einen Gefallen getan. Ohne Pascal wärst du gar nicht am Herd gelandet. Ist dir klar, dass du ihm eins vors Schienbein gegeben hast? Na ja, und dass Luis dir die Papiere in die Hand drückt, kann dich jetzt nicht wirklich überraschen. Der mag Fleisch. Ich muss sagen, die Fleischgerichte im »Salzfässchen« schmecken. Gute Qualität. Da gibt es nichts zu meckern.«

Laura atmete tief durch. *So, jetzt war es raus.* So blöd es sich anhörte, sie war erleichtert, dass sie sich Vivi gegenüber geoutet hatte.

»Wie bitte? Du hast schon dort gegessen?«

»Hab' ich.«

»Fleisch?«

»Klar!«

»Als ich dich eingeladen habe, um für uns etwas Veganes zu kochen, hast du nach Ausreden gesucht.«

»Stimmt.«

»Du hast dort Fleisch gegessen? Hinter meinem Rücken?«

»Ja!«

»Was soll das - ›klar‹, ›stimmt‹, ›ja‹. Geht es noch kürzer, du Verräterin?«

»Vivi, dass du es so siehst, überrascht mich nicht im Mindesten. Aber weißt du was, du bist nicht mein Beichtvater, obwohl ich mich gerade so fühle, als müsste ich Abbitte leisten. Ich habe es genossen, die Chilibratwurst war delikat. Die würzen die genau richtig, nicht zu scharf und nicht zu flach.«

»Ich kotze gleich.«

»Bitteschön, aber nicht, solange ich noch da bin.«

»Ich wiederhole: Verräterin. Wir wollten die Welt mal besser machen, Tiere schützen, ihnen den Respekt entgegen bringen, der ihnen gebührt. Was tust du? Schmeißt hin, ohne mir ein Wort zu sagen.«

»Jetzt weißt du es ja. Ganz ehrlich, irgendwie geht es mir jetzt besser. Mir war lange nicht bewusst, dass ich nur deshalb so verbissen bei der Stange geblieben bin, um dir zu gefallen. Wenn wir zusammen waren, fühlte ich mich immer unter Druck gesetzt, vegan zu essen. Sogar wenn du nicht dabei warst und ich mal ein Stück Fleisch gegessen hatte, plagte mich das schlechte Gewissen. Aber damit ist jetzt Schluss. Ich fäll meine eigenen Entscheidungen darüber, wie ich leben will. Dafür brauch' ich dich nicht.«

Laura war selbst von ihrer harten Reaktion überrascht. *War das nicht doch zu heftig einer Freundin gegenüber? Verhielt sie sich nicht ungerecht? Ging es nur um diese Sache oder spielte im Hinterkopf Luis doch noch eine Rolle?*

In diesem Moment stand plötzlich Vivis Mutter in der Tür.

»Was ist denn hier los? Warum streitet ihr? Ich dachte, ihr hättet euch wieder vertragen.«

»Vivi hat gerade ihren neuen Job geschmissen«, antwortete Laura vorschnell.

160

Bevor Vivi was sagen konnte, ging ihre Mutter zum Angriff über.

»Wieso denn das? Was ist denn schon wieder vorgefallen?«

»Die haben mich gemobbt«, reagierte Vivi kleinlaut.

»Was heißt das? Die stellen dich doch nicht ein, um dich dann zu mobben.«

»Na ja, die ließen mir keine Luft zum Atmen. Sie hatten kein Verständnis, dass ich als Veganerin nicht alles mitmache.«

»Aha, daher weht der Wind. Du hast dir mit deinem veganen Fanatismus wieder alles kaputtgemacht. Wieder einen Job verloren. Gratulation.«

»Was willst du? Einerseits wirfst du mir vor, ich hätte keinen Ehrgeiz und keine Linie. Da wäre Ben ja schon ehrgeiziger gewesen. Jetzt habe ich eine klare Vorstellung: ›Ich will vegan kochen‹, und das passt dir auch nicht.«

Marga schlug wortlos die Tür hinter sich zu. Vivi hatte Tränen in den Augen. Das Theater mit ihrer Mutter kannte sie seit Jahren. Immer wurde sie an ihrem begabten Bruder gemessen, diesem liebenswerten Wunderkind gemessen. Jetzt fiel ihr auch noch Laura in den Rücken. So kannte sie ihre Freundin nicht. So direkt. Sie könnte auch schonungslos sagen. Damit konnte sie in diesem Moment nicht umgehen.

»Jetzt weiß ich auch, warum du auf dem Schiff das Bisonfilet so leichten Herzens gegessen hast. Jetzt wird mir alles klar. Du hast nur so getan, als wolltest du mir einen Gefallen tun. Du hast mich betrogen.«

»Jetzt schlägt's aber dreizehn, Vivi. Du bearbeitest mich mit deiner veganen Philosophie, seitdem wir uns kennen. Ich bemühe mich, es dir recht zu machen. Ich habe mich wirklich bemüht, ich wollte es ausprobieren. Es ist nicht so, dass ich die Idee, vegan zu leben, schlecht finde. Ich esse ja hin und wieder vegan oder vegetarisch, vielleicht sogar überwiegend. Ja, das ist dein Verdienst. Aber jeder muss für sich herausfinden, ob er das sieben Tage lang vierundzwanzig Stunden durchhält. Ich lass mich deshalb nicht von dir niedermachen, Vivi.«

»Ich kann nicht glauben, was du sagst, Laura. Du verrätst unsere Idee. Ich bin total enttäuscht von dir, du bist so schwach, Laura. Ich kann dir nicht mehr vertrauen. Ich will nichts mehr mit dir zu tun haben.«

Laura sah Vivi mitleidig an.

»Du hast dich verrannt, Vivi. Ich hoffe, du findest irgendwann aus deinem Labyrinth wieder heraus. Nicht wegen mir. Wegen dir.«

Laura nahm ihre Jacke und ihre Handtasche und ließ Vivi alleine zurück.

5. Kapitel
Des einen Not ist des anderen Brot

57

»Ich weiß nicht, was passiert ist«, sagte Luis zu dem Sanitäter.

Er konnte vor Schmerzen kaum sprechen.

»Mein Arm war... «

Seine Stimme spielte nicht mehr mit. In seinem Kopf ging alles drunter und drüber. Er wusste noch, er wollte landen, als die Gleitschirmkappe aus welchen Gründen auch immer zusammenklappte. Er hatte solche Situationen schon viele Male durchlebt und seinen Flugstil angepasst, wenn es Turbulenzen gab. Aber diesmal hatte er das nicht geschafft. Er hatte sich topfit gefühlt an diesem Abend, wollte den Kopf mal für zwei Stunden frei kriegen und alles aus der Vogelperspektive betrachten. Dann wären seine ökonomischen Probleme nur halb so schlimm, hatte er gedacht. Die Erinnerung kam zurück. Er konnte den rechten Arm nicht mehr richtig bewegen, nur für einen kurzen Moment. Dadurch war er abgelenkt und reagierte nicht richtig, um mit der Turbulenz umzugehen, die völlig unerwartet aufgetreten war. Dann ging alles ganz schnell. So etwas hatte er noch nie erlebt. Er war ein kompetenter und sicherer Flieger. Er war doch nicht lebensmüde. Er hatte vor dem Start alles so gründlich gecheckt wie immer, denn mangelnde Sorgfalt konnte sich ein Gleitschirmflieger nicht leisten. Er schloss für einen Moment die Augen, als die Bahre in den Krankenwagen geschoben wurde und sich die Schmerzen im linken Knie noch verschlimmerten.

Er konnte von Glück reden, dass ein Kollege aus dem Club in seiner Nähe war und der Krankenwagen in weniger als einer Viertelstunde am Hang stand.

»Wir bringen Sie in die Uniklinik, das ist wohl das Beste. Atmen Sie ganz ruhig. Sie bekommen eine Infusion.«

Luis versuchte, sich zu beruhigen, indem er einen Punkt an der Decke des Krankenwagens fixierte. Wenn es einmal schief lief, kam eins zum anderen, dachte er. Erst der Stress mit dem Restaurant, jetzt das. Er fühlte sich wie durch den Fleischwolf gedreht. Er hoffte, dass es ihm erging wie mancher Katze, die von hohen Fenstersimsen springen. Es passiert ihnen nichts Schlimmes.

»Rufen Sie bitte meinen Geschäftspartner an, die Karte ist in meiner Hosentasche«, konnte Luis gerade noch flüstern, bevor ihm schwarz vor Augen wurde.

58

»Was sagen Sie? Abgestürzt? Das kann doch nicht sein. Uni-Klinik. Und Sie wissen wirklich nichts Genaueres? Hat er innere Verletzungen?«

Pascal hörte der ruhigen Stimme des Arztes zu, der den Transport begleitet hatte. Die spärlichen Informationen versetzten ihn eher in Panik, als ihn zu beruhigen. Er ließ sich auf den Bürostuhl fallen, weil ihm der Schreck in die Knochen gefahren war. Es fiel ihm schwer, einen klaren Gedanken zu fassen. *Was ist, wenn das Schlimmste eintritt? Aber das hätte der Arzt doch nicht verschwiegen? So einer weiß doch, wann es zu Ende geht.* Pascal saß wie versteinert da. Es war sicher unrealistisch, zu glauben, dass Luis bald wiederkam. Er musste jetzt die Stellung halten. Das war er Luis schuldig.

59

Pascal hetzte durch den Eingang der Uni-Klinik. Er fühlte sich schon elend, wenn er nur daran dachte, ein Krankenhaus zu betreten. Er wusste, wie unsinnig das war. Sowieso war Krankenhaus das falsche Wort für ihn, Gesundheitshaus wäre zutreffender. Würde Patienten und Besuchern viel mehr Mut machen. Er dachte an eine Postkarte auf seinem Küchenbuffet. »Hinfallen, aufstehen, Krönchen richten, weitermachen« stand da in großen gelben Lettern. Genau das war jetzt angesagt. Er fühlte sich irgendwie am Boden. Er hatte Angst davor zu hören, dass Luis etwas ganz Furchtbares passiert war. Dass er für immer im Rollstuhl sitzen würde. Er rannte mehr durch das Foyer als zu gehen und sprang in den Fahrstuhl. Allein wie es hier roch. Die vielen Menschen, denen es nicht gut ging. Überall Bakterien und Viren. Er ekelte sich bei dem Gedanken an Desinfektionsmittel und Bettpfannen. Dann noch mit völlig fremden Menschen auf einem Zimmer zu schlafen, hätte ihn umgebracht. *Reiß dich zusammen, Junge. Es handelt sich hier um deinen Freund Luis, der dich jetzt braucht.* Er klopfte behutsam an und öffnete fast lautlos die Tür des Krankenzimmers. Luis lag im vorderen Bett und begrüßte Pascal mit einem verkrampften Lächeln, das aber ob seiner Schmerzen sofort wieder verstarb. Pascal drückte dem Freund die Hand.

»Dieses Hotel hier gefällt mir nicht. Ist doch sonst nicht dein Niveau. Du siehst scheiße aus, mein Lieber. Sei froh, dass nur ich hier steh und keine von deinen Freundinnen.«

Pascal wollte lustig klingen, aber es kam schief rüber. Luis sagte noch immer nichts, sondern verzog gerade mal die Mundwinkel. Er blickte Pascal dankbar an. Das

Sprechen fiel ihm schwer. Die Worte kamen stockend, weil ihm die Schmerzmittel zusetzten. Er sah sehr blass aus. Er konnte seine Augen nur mühsam offen halten. Sein rechter Arm hing an einer Fusion. Pascal hatte plötzlich große Angst um seinen Freund. Sie waren viel zusammen, auch privat. Sie kannten sich gut und konnten sich vertrauen, was wertvoll war. Er schätzte Luis, seine Energie und Professionalität, die Lässigkeit, mit der er das Geschäft führte. Als Selfmadetyp strahlte er Erfolg aus. Pascal verstand, was Frauen an ihm fanden. Auch er mochte sein dichtes gewelltes Haar, seine kantigen Wangenknochen und seine braunen Augen. Kräuselte sich sein Haar im Nacken zu stark, ließ er sich sofort den Nacken rasieren. Er war ein gepflegter Mann. Sein Äußeres war ihm wichtig. Pascal hatte das immer angezogen, dass er ein wenig eitel war. *Gut, dass Luis jetzt keinen Spiegel vor Augen hatte. Der Anblick seiner eingefallenen Wangen und der aschfahlen Gesichtsfarbe hätten ihm den Rest gegeben.*

»Pascal, sag etwas. Was starrst du mich so an, ich lebe noch«, brachte Luis mühsam über die Lippen, »es ist nicht so schlimm, wie es aussieht. Ich habe wahnsinniges Glück gehabt. Die Kniescheibe links ist lädiert, eine Rippe angebrochen, aber es gibt keine inneren Verletzungen. Ich kann mich bei meinem Herrgott bedanken oder bei irgendeinem Schutzengel, weiß der Geier. Wahrscheinlich bin ich weich gefallen. Ich war schon auf dem Weg nach unten, nur ging es dann schneller, als mir lieb war.«

»Warum ist das überhaupt passiert?«

»Ich bin selber perplex und kann es mir nicht erklären. Mein Arm hat mir irgendwie nicht gehorcht, als ich den Schirm steuern wollte. Aber ist jetzt auch egal.«

Luis brach ab. Das Sprechen fiel ihm immer schwerer.

»Hast du meine Eltern informiert?«

»Das werde ich nachher machen. Ich wollte erst einmal sehen, wie es dir geht, damit ich auch weiß, was ich ihnen sagen soll. Aber ich mache es selbstverständlich.«

Luis versuchte, sich etwas aufzurichten, was nicht gelang.

»Was ist im Laden los? Ist Bruno da? Läuft alles?«

»Ich kümmere mich schon um alles. Werd' erstmal gesund.«

Es entstand eine Pause, und Pascal spürte, dass Luis noch etwas anderes auf der Seele brannte.

»Ich bin voll gepumpt mit Schmerzmitteln«, murmelte Luis mit geschlossenen Augen, »ich falle mindestens vier Wochen oder länger aus mit der Reha, wegen des Knies. Es ist so eine Scheiße.«

»Ja, weil Fliegen was für Vögel ist, nichts für Menschen. Habe ich immer gesagt. Jetzt haben wir den Salat.«

»Apropos Salat, kriegt Bruno erst mal alles alleine hin, zusammen mit seinem Cousin?«

»Der macht drei Kreuze, dass Vivi weg ist. Der ist wie ausgewechselt, der ist wieder der Alte. Ich soll dich von ihm grüßen. Und zusammen mit Peter klappt das schon, obwohl der ja, wie du weißt, nicht die hellste Kerze auf der Torte ist.«

Trotz der Schmerzen musste Luis schmunzeln.

Pascal erwähnte mit keinem Wort, dass sich Bruno beschwert hatte, weil ihm alles zuviel wurde. Disponieren, einkaufen und kochen. Bruno hatte auch keinen Zweifel daran gelassen, dass für Vivi nur ein männlicher Ersatz in Frage kam. Pascal würde das doch sicher am besten verstehen, hatte er anzüglich hinzugefügt.

»Ich geh' dann jetzt«, flüsterte Pascal mitfühlend.

60

Pascal studierte die Online-Stellengesuche im Raum Köln. Bruno wollte einen Jungkoch mit gering ausgeprägten Ambitionen, der ohne Widerspruch das tat, was man ihm sagte, das aber ordentlich. Wie sollte er anhand der paar Gesuche so jemanden finden? Wäre ja auch ziemlich dämlich, in ein Gesuch zu schreiben, dass man nicht ambitioniert ist, sondern dass der Lohn auch ohne Feuereifer auf dem Konto landen soll. Na ja, ganz so hatte es Bruno nicht formuliert, aber Pascal wusste schon, worauf Bruno hinauswollte. Er suchte einen Untergebenen, der brav seinen Job erledigte. Bruno wollte Ruhe in der Küche. Köche waren gefragt. Caterer, Pflegeeinrichtungen und Betriebskantinen suchten händeringend. Pascal hatte die Lage völlig unterschätzt. Er wollte nicht irgendwen einstellen. Es musste schon stimmen. Eine Personalagentur einzuspannen, die auf gastronomisches Personal spezialisiert war, kam im Moment nicht in Frage. Zu teuer. Dafür hatte er keine Zeit und keine Nerven. Pascal notierte sich drei Telefonnummern von suchenden Männern. Hatte aber seine Zweifel. *Warum suchen die bei den Angeboten? Die können doch aus dem Vollen schöpfen. Da ist was faul, da ist was oberfaul. Das hat seinen Grund. Die sind bestimmt schon mehrmals gestrandet, weil sie den Anforderungen nicht genügt haben.* Das klingelnde Handy versetzte ihn für einen Moment in Panik. Noch mehr schlechte Nachrichten würde er nicht verkraften. Er hatte in den letzten Tagen nicht einen Gedanken an Vivi verschwendet. Er war sauer auf sie gewesen. Jetzt, wo ihr Bild auf dem Display erschien, wurde ihm bewusst, dass sie ihm irgendwie doch fehlte.

»Hallo, Vivi!«

»Hallo, Pascal! Ich hoffe, ich störe nicht.«

Pascal verstand ihr kleinlautes Geflüster kaum. Die eigensinnige und kämpferische Vivi, Pascal scheute sich, sie radikal zu nennen, hatte das Rollenfach gewechselt. Sie tat ihm leid, auch wenn er es nicht gut gefunden hatte, wie sie andere durch ihr Verhalten vor den Kopf stieß. Das hatten weder Luis noch er verdient.

»Ich wollte mal hören, ob irgendetwas mit Luis' Nummer nicht stimmt. Ich kann ihn nicht erreichen. Würde es dir etwas ausmachen, ihn zu bitten, mich anzurufen?«

»Warum willst du ihn denn erreichen, nach deinem letzten Abgang?«, fragte Pascal verblüfft.

»Ich will ihm nur sagen, dass mir das Ganze leid tut. Wir könnten doch trotz allem Freunde bleiben. Aber das will ich natürlich mit ihm selbst besprechen.«

»Das ist schwierig. Luis hatte einen Unfall, er liegt im Krankenhaus. Der Vogel ist abgestürzt.«

»Meine Güte, was sagst du, ist es schlimm? – Ich meine, ich hoffe....er wird doch wieder gesund?«

Ihre Stimme überschlug sich vor Aufregung.

»Beruhige dich, wird er, seine Kniescheibe musste operiert werden, und er hat sich einiges geprellt. Aber das wird wieder.«

»Ich weiß nicht, was ich sagen soll. Ich – es tut mir alles so leid, meinst du, ich kann Luis besuchen?«

»Ich weiß nicht, ob das eine so gute Idee ist. Vielleicht wartest du noch einige Tage, er schläft viel, er braucht viel Ruhe. Die Schmerzmittel machen ihm zu schaffen.«

Vivi sagte nichts mehr. Die Nachricht hatte ihr offenbar die Sprache verschlagen. Pascal hatte selbst mehr als einen Tag gebraucht, bis er sich gefangen hatte. Doch jetzt einfach den Hörer aufzulegen, erschien ihm nicht richtig.

Er vermisste Vivi. Ihre Wortsalven, bei denen sie manchmal Wörter verschluckte, wenn sie aufgeregt war, ihre burschikose Art, die man ihrem frechen Kurzhaarschnitt schon ansah, unter dem sich allerdings ein Dickschädel verbarg, mit dem sie anderen das Leben schwer machte. Ein Gespräch unter Freunden würde ihm gut tun.

»Was treibst du so, du Kratzbürste? War ein heißer Abgang neulich.«

»Kennst du das, wenn man nicht anders kann, weil man weiß, dass man das Richtige will? Ich bin doch kein schlechter Mensch, oder?«

»Ich weiß, was du meinst, Vivi. Aber, was du gemacht hast, war unklug. Den Laden einfach aufzumischen, das schafft nur jemand Widerspenstiges wie du, wirklich.«

»Ich bin nicht widerspenstig, ich bin eben anders und handle danach. Habt ihr schon jemand Neues?«

Vivi piepste jetzt wie ein schüchterner Vogel. Es passte nicht zu ihr, fand Pascal.

»Noch nicht, aber ich bin guter Dinge.«

»Bestimmt, ich drück dir die Daumen, dass du schnell jemanden findest. Ich meine jemanden, der zu Bruno passt.«

»Was machst du jetzt? Du musst doch Geld für deine eigene Bude verdienen und für ein Auto?«

»Keine Ahnung, ich bin nicht sicher, ob ich in Köln was finde. Vielleicht sollte ich was Eigenes machen, hier oder woanders. Weißt du, Barcelona hat mir sehr gut gefallen. Dort gibt es über 150 vegane Restaurants, steht jedenfalls im Netz. Aber ich will nicht von Köln weg. Noch nicht.«

»Sehr zuversichtlich klingst du nicht.«

»Ich weiß. Vielleicht jobbe ich auch am Flughafen, die suchen ständig Bodenpersonal für den Check-in. Da geht's

vor allem um Höflichkeit und ein paar technische Details.
Das krieg ich hin.«

»Du glaubst, dass dich das wirklich glücklich macht?«

»Nein, aber Hauptsache der Rubel rollt. Ich bin pleite.
Ich muss Flocken ranholen.«

Pascal dachte über ein »Was wäre wenn« nach. Doch
noch war es zu früh, darüber am Telefon zu sprechen.

»Was hältst du davon, im ›Frieda‹ einen Drink zu nehmen, heute Abend spät, wenn ich das ›Salzfässchen‹
zugemacht habe.«

»Gern, aber geht es auch woanders? Ich hab' meine
Gründe.«

»Gut, dann im ›Little Link‹ in der Maastrichter Strasse,
um 23.00 Uhr?«

»Wunderbar, muss ja nicht früh raus am nächsten Tag.
Bis nachher.«

Pascal beendete nachdenklich das Gespräch. Er war
sich keineswegs sicher, ob ein Wiederaufleben ihrer
Geschäftsbeziehungen eine so gute Idee war. *Er musste
verrückt sein, den Gedanken überhaupt zu denken.*

61

»Also, Vivi, sollen wir zusammen einen neuen Anlauf
nehmen?«

Pascal war froh, dass es in der gemütlichen Bar zu dieser späten Stunde wochentags relativ ruhig war. Es gab
kaum Zuhörer.

»Aber ich verbiege mich nicht. Weißt du ja.«

»Du bist arbeitslos. Ich reich dir die Hand«, konterte
Pascal.

Er war auf sie angewiesen, wenn er das Küchenchaos schnell beheben wollte. Und er musste sich dann nicht an einen neuen Koch gewöhnen. Aber Vivi durfte nicht merken, dass der Druck so groß war, sonst würde sie Oberwasser gewinnen.

»Aber ich werde nicht mit tierischen Produkten kochen. Ich bin die Pflanzenfee. Ich weiß, dass es anders besser geht«.

»Jetzt halt' mal die Luft an. Du bist eine arbeitslose Köchin, die im ständigen Clinch mit ihrer Mutter liegt und endlich auf eigenen Beinen stehen will und das nicht hinkriegt, weil sie überall aneckt. Du bist das widerspenstigste Biest, das ich kenne. Ein süßes Biest, das muss auch ich sagen, obwohl du nicht in mein Beuteschema passt. Was hat dich nur so kompromisslos gemacht?«

»Das ist allein meine Sache. Ich komme nicht um jeden Preis.«

»Geht das ganze Theater schon wieder los. Ich glaube, wir lassen das Ganze.«

Pascal nippte an seinem dritten Kölsch. Er liebte das frische obergärige Getränk aus den kleinen Stangen. Vivis Gesellschaft tat ihm gut, und er ihr umgekehrt sicher auch. Aber so ging es nicht.

»Deine Art zu kochen, ist ja nicht das einzige Problem. Da ist ja noch Bruno. Ihr könnt nicht miteinander. Die Sache ist zu verzwickt.«

Vivi trank Wasser mit Ingwer. Sie wollte einen klaren Kopf behalten.

»Ich werde die erste vegane Köchin sein, die ohne Job alt wird, verarmt und einsam«, kokettierte sie.

»Du armes Kind. Es trieft, Vivi. Jetzt mal im Ernst. Ich frage dich nur noch einmal. Bist du bereit, dich etwas zurückzunehmen? Ich will nämlich kein Theater mehr erleben. Wenn ja, wird mir schon etwas einfallen, Bruno mit ins Boot zu bekommen.«

»Wie willst du das anstellen?«

»Wir machen eine Mediation. Kennst du bestimmt aus deinem Studium. Diese Streitschlichtungsgespräche gibt es auch schon an Schulen.«

»Ich weiß nicht, ob das funktioniert.«

»Bruno, du und ich, wir setzen uns an einen Tisch und finden einen Weg zusammen zu arbeiten.«

»Das macht der niemals. Der ist verbohrt.«

»Und du, was bist du? Kannst du dir das denn vorstellen? Entscheidend ist, dass ihr freiwillig dabei seid und es konstruktiv lösen wollt, wie Erwachsene.«

»Weiß Bruno davon?«

»Noch nicht.«

Pascal zog sein Smartphone aus dem Jackett und wählte Brunos Nummer.

»Der fällt doch jetzt aus dem Bett, weißt du nicht, wie spät es ist?«

»Bruno, ich wusste, dass du noch auf bist. Hier spricht Pascal.« Er war von seiner Idee wie euphorisiert. Das fünfte Kölsch hatte seine Zunge noch mehr gelockert.

»Sag mal, Bruno, wenn wir ein klärendes Gespräch führen, wärest du eventuell bereit, wieder mit Vivi zusammen zu arbeiten, du weißt, die ›vegane Schnepfe‹?«, blödelte Pascal und zwinkerte Vivi zu.

Vivi hätte zu gerne gehört, was Bruno sagte. Pascals Gesicht verriet nichts.

»Jeder hat eine zweite Chance verdient. Wir lösen euren Streit in Nullkommanichts durch eine Mediation. – Nein, nicht Meditation, Mediation, wir reden, treffen dann eine Vereinbarung, alles ganz ruhig, und alle sind glücklich.«

Pascal grinste zufrieden.

»Er will es sich überlegen. Er ist nicht so schlimm wie du meinst.«

»Ich mache diese Mediation mit, wenn er auch dazu bereit ist. Luis zuliebe, euch zuliebe.«

»Aber auch dir zuliebe, Vivi. Vergiss nicht: Du hast im Moment keinen Job. Und noch eins: Eine Mediation kann nur dann gelingen, wenn alle kompromissbereit sind. Alle.«

Vivi küsste Pascal spontan auf die Wange. *Ich muss jetzt diese letzte Chance wahrnehmen. Es liegt auch an mir. Laura hat nicht in allem Unrecht.*

62

»Es wird nicht wehtun, und es ist in einer Stunde vorbei. Ihr werdet aufwachen wie nach einer Narkose, und alles ist wieder gut«, warb Pascal euphorisch für die Streitschlichtung.

Pascal ignorierte, dass seine beiden Streithähne so kompromissbereit wirkten wie zwei Löwen am Wasserloch, denen klar war, dass die Pfütze nur für einen reichte. Er hatte nie verstanden, warum ihn immer alle als Harmoniefuzzi dissten. Ihm lag daran zu beweisen, dass Harmonie etwas Gutes bewirken konnte.

»Also, ihr Lieben, ich bin ja kein ausgebildeter Streitschlichter. Aber als Geschäftsführer muss ich Menschen führen – im Sinne des Geschäfts. Das geht nur, wenn alle gut zusammenarbeiten. Streit lenkt vom eigentlichen Geschäft ab, und das können wir zurzeit gar nicht gebrauchen.«

Pascal fixierte die beiden, vermisste allerdings ein zustimmendes Kopfnicken oder etwas Ähnliches.

»Warum es Streit gegeben hat, ist klar, nicht wahr? Das müssen wir nicht groß diskutieren«, brach Vivi das Schweigen.

»Wir müssen überhaupt nicht diskutieren«, brummte Bruno bockbeinig, »ich koch das, was auf der Speisekarte steht, fertig.«

Pascal blickte frustriert von einem zum anderen.

»Ihr seid unfähig, wirklich, das Wort Kompromissbereitschaft scheint in eurer Welt gar nicht vorzukommen. Ich häng meinen Optimismus an den Nagel. Wir stecken in einer Sackgasse.«

»Ich steh in keiner Sackgasse«, insistierte Bruno, »ich geh' jetzt kochen, Schnitzel und Bratwurst in allen Variationen mit lecker Möhrenkartoffelstampf. Das steht auf der Karte.«

Vivi fühlte sich unwohl in ihrer Haut. Sie war davon überzeugt, dass sie mit ihrer Philosophie auf dem richtigen Weg war. Aber was bringt der richtige Weg, wenn man nie ans Ziel kommt? Sie hatte Freunde wie Pascal oder Laura verärgert, von einer Beziehung mit Luis war sie Lichtjahre entfernt und ihre veganen Kochkünste konnte sie auch nicht an die Gäste bringen. Ihr kam in den Kopf, dass sie Bruno vielleicht mit ihrer Kompromisslosigkeit überforderte. Sie lächelte wie auf Knopfdruck und strich Bruno kameradschaftlich über den Arm. Ihr Nachbar, der gerne cholerisch reagierte, schaute sie ganz verdutzt an. Damit hatte er nicht gerechnet. *Wieso war sie plötzlich so nett zu ihm?*

»Pascal, ich kann Bruno ja ein bisschen verstehen. Er ist der alte Hase, ich das Küken, das seine ganzen Kochkünste infrage stellt, was ich an sich nicht tue. Bruno, ich will dir nicht dein Terrain streitig machen. Ich habe nur eine andere Philosophie. Vielleicht bin ich zu ungeduldig und komme nicht so richtig rüber. Also ›Peace‹, wie du zu sagen pflegst, Pascal.«

Pascal und Bruno sahen Vivi erstaunt an, als wäre sie die neue Protagonistin der Friedensbewegung. Brunos verkniffene Gesichtszüge entspannten sich.

»Bruno, du bist und bleibst doch der Chef.«

»Gut, Vivi – vielleicht bin ich ja manchmal auch zu hitzköpfig, weißt du, es ist eben mein bayerisches Temperament. Darfst du mir nicht übel nehmen. Wir finden schon einen Weg.«

Pascal strahlte, als hätte er einen Lottogewinn erzielt. Seine Mediation schien zu funktionieren.

»Gut, wie geht es weiter? Ich finde es toll, dass ihr euch zusammenraufen wollt.«

»Bruno nimmt Rücksicht auf meine Kochkünste und meine Philosophie, und ich nehme Rücksicht auf seine. Ich bereite meinen Teil vegan zu, das andere ist seine Sache. Pascal, du sorgst dafür, dass ich meine veganen Zutaten bekomme. – Nicht wahr, Herr Geschäftsführer?«

»Wenn es denn sein muss. Aber das ist mir die Sache wert. Das Geschäft muss weiter gehen.«

»Gut, Vivi«, schlug Bruno ganz zahme Töne an, was bei seinem Organ nicht ganz einfach war, »ich bin einverstanden. Aber alle Wünsche deinerseits oder Änderungen werden nicht in einer ›Nacht-und-Nebel-Aktion‹ umgesetzt, sondern mit mir abgestimmt, ok?«

»Ich verspreche es.«

Bruno nickte. Pascal klatschte in die Hände.

»Wenn Luis aus der Klinik wiederkommt, wird er Augen machen. Ran an die Buletten oder auch Pastinaken, ihr zwei. In drei Stunden kommen die ersten Gäste.«

63

Betty legte die Post auf Pascals Schreibtisch. Das Einschreiben der Sparkasse KölnBonn war unübersehbar. Eingeschriebene Bankbriefe bedeuten selten etwas Gutes. Pascal wusste das, denn er hatte schon in einer gearbeitet. Er riss den Brief mit dem Daumen auf.

»Sehr geehrter Herr Kerner, nach unserem letzten persönlichen Gespräch und Prüfung aller aktuellen Unterlagen müssen wir Sie leider davon in Kenntnis setzen, dass eine erneute Aufstockung des Kreditrahmens, der zurzeit bereits 80.000 Euro beträgt, nicht möglich ist. Ferner müssen wir Sie darauf hinweisen, dass Sie mit Ihren monatlichen Zahlungen im Rückstand sind. Sollte....... Wenn... Letztmalig.... drei Monate..., fällig stellen.«

Pascal bekam einen Schweißausbruch. Zitternd legte er den Brief zur Seite. Die Hütte brannte. Obwohl er der Geschäftsführer war, hatte sich Luis immer selbst um die finanziellen Sachen gekümmert. Dass sie Gästeschwund hatten, war ihm nicht entgangen. Aber dass es so schlimm aussah, war ihm nicht bewusst gewesen. *Warum hatte ihm Luis keinen reinen Wein eingeschenkt? Sie waren doch Freunde und Kollegen.* Pascal unterdrückte einen Anflug leichter Panik. Wie konnte er optimistisch bleiben, wenn die Banken so schwarz malten? Er musste sofort mit Luis über diese prekäre Lage reden. Ein vertrautes Geräusch ließ Pascal aufhorchen. Happy hätte er beinahe vergessen. Er öffnete vorsichtig die Tür von Luis' Büro, um den Vierbeiner nicht zu verletzen. Der Golden Retriever sprang mit wedelndem Schwanz an ihm hoch, als hätten sie sich seit Wochen nicht gesehen.

»Ist ja gut. Braver Hund. Nein, ich hab' dich doch nicht vergessen. Wir gehen ja gleich, Happy.«

Er streichelte ihm sanft über den Rücken.

»Nach dem Spaziergang legt mir dein Herrchen die Karten auf den Tisch. Frag mich, wieso er das nicht schon längst gemacht hat.«

Pascal wollte das Büro gerade verlassen, als Vivi gut gelaunt hereinstürmte.

»Was machst du denn hier, deine Arbeit beginnt doch erst in zwei Stunden?«, begrüßte Pascal sie geistesabwesend.

»Na klar, aber ich bin heute voller Energie. Der Neuanfang beflügelt mich.«

»Gehst du mal mit Happy eine Runde? Ich hab' was Wichtiges zu erledigen.«

»Natürlich, mache ich gerne, Pascal. Wir sind längst Freunde geworden.«

Happy sprang an Vivis Hosenbein hoch und wedelte mit der Rute.

64

»Pascal, jetzt sei nicht sauer, ... ja, ich habe ein richtig dickes Problem. Ich sag es mal so....«, druckste Luis herum, »ich bin nicht mehr liquide und die Bank stellt sich unglaublich an, mir einen neuen Kredit zu bewilligen. Ich weiß auch nicht, da geht es dir einmal schlecht, und schon zickt der Geldgeber rum.«

»Papperlapapp. Nach dem Schreiben weiß ich, dass es schon länger Probleme gibt. Was hast du dir nur dabei gedacht? Wir sind Freunde, Luis. Ich leite das Restaurant für dich. Wenn es nichts mehr zu leiten gibt, sollte ich das wissen, findest du nicht?«

Pascal zog den unbequemen Besucherstuhl näher ans Bett, um leiser sprechen zu können. Der Mittvierziger mit Ellenbogenbruch im Nachbarbett vertiefte sich wieder in seinen Reader. Jedenfalls tat er so.

»Luis, was heißt das jetzt alles konkret? Du weißt, auch ich brauch' mein Gehalt. Ist es wirklich so schlimm, wie es sich anhört?«

Pascal sah Luis aus besorgten Augen an. Die Blässe in Luis' Gesicht war nicht nur dem Licht im Raum geschuldet. Er hatte abgenommen. Darüber konnte auch seine leuchtend rote Pyjamajacke nicht hinwegtäuschen.

»Noch schlimmer, ich habe das unterschätzt, verdrängt, was auch immer. Wir fahren jetzt seit sechs Monaten ein Minus ein. So schlecht lief es noch nie. Ich habe ein paar Anschaffungen gemacht, teure Produkte auf Vorrat gekauft. Es ist immer was. Dann die Renovierung des Innenhofes. Das waren nur Kleinigkeiten, um den Außenbereich etwas attraktiver zu machen. Aber es hat natürlich Kosten verursacht. Jedenfalls müssen wir in den nächsten drei Monaten in die Gewinnzone kommen, sonst gehen die Lichter aus.«

Pascal hatte schweigend zugehört.

»Du machst mir Angst, Luis. Ich fühl mich gerade völlig überfordert. Ruf die Bank an!«

»Ich war doch da. Das Ergebnis hältst du in Händen. Die spielen nicht mehr mit. Geh du hin. Sag denen, was passiert ist. Vielleicht zieht die Mitleidsschiene. Ich brauch' dringend Flüssiges. Lass deinen Charme spielen. Du weißt schon, was ich meine.«

»Bravo, jetzt soll ich mich um deine Finanzen kümmern. Vorher wolltest du immer alle Fäden selbst in der Hand behalten.«

Pascal reagierte für seine Verhältnisse echt verärgert. Aber im selben Moment tat Luis ihm wieder leid. Er war ans Bett gefesselt, und das würde noch eine Zeitlang so bleiben.

»Ich bin mir nicht sicher, ob ich das kann, Luis. Aber wenn die Hütte so brennt, mach ich das, klar, du kannst dich auf mich verlassen.«

»Du hast doch mal in einer Bank gearbeitet.«

»Genau, ich weiß, was die manchmal für Erbsenzähler sind. Die essen bei McDonalds oder sonst wo, die haben keinen Schimmer, was so ein Laden mit Qualität für Grundkosten hat, bevor ein Gast überhaupt eine Bestellung aufgegeben hat. Aber man muss auch ehrlich sein. Die haben Verpflichtungen ihren Kunden gegenüber. Sie können kein Geld verschenken.«

»Sag ihnen, mach ihnen klar, dass wir es schaffen werden. Sag ihnen von mir aus, dass sie das meinem Vater nicht antun können, der war schließlich jahrelang ein Top-Kunde. Schaffst du das?«

»Brauch' ich irgendwelche Unterlagen?«

»Liegen in meinem Büro im rechten Schreibtischschrank. Hier ist der Schlüssel.«

Luis reichte Pascal seinen Schlüsselbund.

»Ich kann nichts versprechen, Luis, aber ich kann gut argumentieren, und einem Kranken werden die doch nicht nochmals vors Schienbein treten – hoffe ich jedenfalls.«

»Hast du schon nach dem Koch Ausschau gehalten? Bruno kann nicht alles alleine machen, Tages- und Abendgeschäft. Der ist irgendwann platt. Die Qualität darf nicht leiden, sonst springen noch die letzten Gäste ab.«

»Ich habe noch niemanden gefunden«, flunkerte Pascal mit fester Stimme, »aber ich bin dran.«

»Sag mal, hast du was von Vivi gehört? Alles ist blöd gelaufen. Aber so verbohrt wie sie ist, eckt sie immer wieder an.«

»Warum fragst du nach Vivi? Ist da noch was? Soll ich versuchen, sie zu erreichen, damit sie dich mal besuchen kommt?«

»Nein, auf gar keinen Fall!«, kam es wie aus der Pistole geschossen, »ich will nicht, dass sie mich so sieht.«

»Gute Besserung, mein Freund. Mach dir keine Sorgen. Das Wichtigste ist, dass du wieder auf die Beine kommst.«

Luis hatte nichts mehr geantwortet. Er war eingenickt. Als Pascal die Krankenzimmertür hinter sich ins Schloss fallen ließ, fiel seine Selbstbeherrschung zusammen wie ein Kartenhaus. Er konnte nicht sagen, ob es die Angst um Luis war oder die Angst vor der alleinigen Verantwortung, die jetzt auf seinen Schultern lastete. Er wusste, dass Angst ein schlechter Ratgeber war und verdrängte das ungute Gefühl. Drei Monate waren nicht viel Zeit, um das Ruder herumzureißen. Mit der Bank brauchte er erst gar nicht zu verhandeln. Der Brief war eindeutig. Doch damit wollte er Luis nicht belasten. Er brauchte eine neue Strategie, um mehr Kunden zu gewinnen oder mehr Geld, um die Zeit zu überbrücken. *Aber woher nehmen, wenn nicht stehlen?*

65

»Wie geht es Luis?«, begrüßte Vivi Pascal, als er das Lokal betrat, »wann kommt er wieder?«

Pascal atmete tief durch. Er suchte nach Worten.

»Was ist los? Warum antwortest du nicht? Geht es ihm schlechter?«

»Neiiiin, bitte, es geht Luis besser. Du verstehst da was falsch, Vivi, es geht besser, er macht Physiotherapie, aber so etwas ist langwierig. Er kann das Bein nur eingeschränkt bewegen.«

Pascal zögerte fortzufahren. *Sollte er Vivi über die finanzielle Lage informieren? Es könnte demotivierend sein. Helfen konnte sie bei der Bewältigung der Probleme sicher nicht, geschweige denn ihnen finanziell unter die Arme greifen.* Aber er sah sie als Freundin an, und er brauchte jemanden, der ihm den Rücken stärkte.

»Vivi, nimm Platz. Ich möchte dir etwas anvertrauen.«

Vivi setzte sich auf die vordere Stuhlkante.

»Es ist, es ist so... uns bleiben die Gäste weg, immer mehr, das geht schon länger so. Kurz und knapp: Wenn sich in den nächsten drei Monaten nichts ändert, ist das ›Salzfässchen‹ Geschichte. Ende. Finito.«

»Geschichte? Wieso das denn? Wieso hast du mir das nicht früher gesagt?«

»Ganz einfach, ich wusste es auch nicht. Luis hat es mir heute im Krankenhaus erzählt. Quatsch, es war eher eine Beichte. Vivi, aber du behältst es für dich, ja? Kein Flurfunk, keine Gerüchte. Auch nichts zu Laura. Ich will nicht, dass unser kleines Problem die Runde macht.«

»Du kannst mir vertrauen, Pascal. Ich schweige wie ein Grab.«

»Danke Vivi, dass du mir zugehört hast. Und bitte: Frieden. Ich kann jetzt keine weiteren Probleme gebrauchen.«

»Dann leg' ich mal los. Mein Freund in der Küche wartet sicher schon. Und Pascal, das wird schon wieder.«

Pascal fühlte sich nach dem Gespräch eher schlechter als besser. Er bestellte sich ein Kölsch. Für Whisky war es einfach noch zu früh. Das tat er sonst nie. Alkohol war während der Arbeit für alle tabu. Kellnerin Betty sah, dass Pascal das Kölsch in einem Rutsch austrank. Aber sie sagte nichts. Sie merkte intuitiv, dass irgendetwas nicht stimmte.

66

Bruno trank den restlichen Kaffee, obwohl er längst kalt war. Er warf die dreckige Kochjacke in die Box mit der Schmutzwäsche und zog sich eine saubere an. Für das Chaos in der Küche würde er sicher noch eine Stunde brauchen. Es war schon fast Mitternacht. Die Zusammenarbeit mit Vivi war an diesem Tag ausgesprochen harmonisch verlaufen. Wenn er Glück hatte, saß Pascal noch am Schreibtisch. Bruno mochte seinen Chef, aber er war ein zu weicher Typ, fand er, der fachliche Ahnung hatte, dem es aber gelegentlich an Durchsetzungskraft fehlte. Die Tür zu Pascals Büro war einen Spalt breit geöffnet. Bruno wollte gerade anklopfen, als ihn ein Schluchzen davon abhielt. Er schob die Tür vorsichtig ein Stück weiter auf und sah seinen Boss heulend am Schreibtisch sitzen. Er sichtete irgendetwas am Computer und machte sich Notizen. Pascal schluchzte und schnäuzte sich die Nase. Happy legte ihm immer wieder seine Pfote aufs Knie, als wollte er Pascal trösten. Bruno traute sich kaum zu atmen.

Er hoffte, dass Pascal ihn nicht bemerkt hatte. Mit weinenden Männern hatte er nichts am Hut. Ihm reichten schon die Tränen weinender Frauen, zuhause und am Herd. Er hatte nicht mal geweint, als seine Mutter gestorben war. Jedenfalls hatte er öffentlich keine Träne verdrückt. Er wartete noch einen Moment, bis er nichts mehr hörte. Er würde sich nichts anmerken lassen, wenn sie sich am nächsten Tag über den Weg liefen. Die Frage, warum sein Lohn zum ersten Mal nicht auf seinem Konto eingegangen war, wollte er am nächsten Tag klären. Es musste sich um ein Versehen handeln.

67

Vivi klopfte an die Tür und öffnete sie zaghaft.

»Guten Morgen, Pascal, kann ich dich mal sprechen?«

Pascal sah aus wie aus dem Ei gepellt, dunkelblauer Anzug, weißes Hemd, elegante hellbraune Schuhe und eine getönte Tagescreme, die jede Spur von Übernächtigung übertünchte und einen tollen Teint hervorzauberte.

»Worum geht's, Vivi, ich hab' im Moment alle Hände voll zu tun. Hat es Zeit?«

»Es geht um die Küche und die Speisekarte.«

»Nein, nicht schon wieder. Sag nicht, dass du dich schon wieder mit Bruno in der Wolle hast. Das halte ich nicht aus!«

»Pascal, ganz ruhig. Mit Bruno ist alles in bester Ordnung. Ich hab' kaum geschlafen heut' Nacht, hab' mir Gedanken gemacht. Ich glaube, ich habe eine Idee, nein, die Idee gefunden, wie das Restaurant wieder in Schwung gebracht werden kann.«

Pascal sah Vivi genervt an. *Jetzt dreht sie wieder durch.*

»Und wie, bitteschön?«

»Wir werden ein Hybrid-Restaurant aus dem 'Salzfässchen' machen. Kennst du doch von den neuen Autos. Bei uns gibt es in Zukunft vegane Küche und traditionelle Küche gleichberechtigt nebeneinander.«

Pascal holte tief Luft, aber bevor er Vivi unterbrechen konnte, sprudelte es weiter aus ihr heraus.

»Lass mich bitte ausreden. Danach kannst du immer noch abwinken. Oder mich rauswerfen, wenn du mich für crazy hältst.«

»Gut ‚Miss Crazy, ich gebe dir fünf Minuten.«

»Warum das eine gegen das andere ausspielen? Entweder gibt es reine vegane Restaurants, die für Fleischesser keinen Reiz haben oder normale, in denen Veganer mit der Rohkostplatte abgespeist werden. Das ist wenigstens die Erfahrung, die ich bei meinen Bewerbungen gemacht habe. Wie häufig hast du bestimmt Paare erlebt, wo er Fleisch haben wollte und sie etwas Veganes. Einige sind dann bestimmt gegangen, weil sie nicht fündig geworden sind.«

Pascal hörte Vivi mittlerweile hochkonzentriert zu.

»Wir bieten in Zukunft beiden Gruppen eine umfangreiche Karte. Wir sprechen damit alle Gäste an. Ihr braucht neue Kunden, andere Kunden, eine andere Zielgruppe, und die findet ihr in dieser Stadt. Nur in der Großstadt ist so etwas möglich. Das ist die Chance für uns. Wir gründen eine vegane Abteilung wie im Supermarkt. Hast du mal die Prospekte der Discounter und Supermärkte durchforstet? Die vegane Offensive ist unübersehbar. Das machen die doch nicht, ohne an Kunden zu glauben. Wir machen das auch, wir machen es ihnen nach. Das ist die Lösung. Wir holen alle an einen Tisch. Gleichberechtigt! Wir werden die Trendsetter......Und jetzt bist du dran.«

Pascal sah Vivi zweifelnd an. *War das die Lösung? Das alles klang so einfach. So simpel. Konnte man so in kurzer Zeit das Ruder herumreißen?*

»Hallo, jemand da? – Hallo.«

»Vivi, ist ja gut, dräng mich nicht so. Ich muss nachdenken.«

68

»Hallo, Chefkoch«, grüßte Pascal Bruno gut gelaunt. Er klopfte ihm kollegial auf die Schulter, obwohl er diese kumpelhaften Attitüden sonst eher mied.

»Morgen, Chef.«

Bruno verstand gar nichts mehr. Aber in zarte Seelen zu blicken, gehörte nicht zu seinen Stärken. Pascals Augen leuchteten, als hätte er sich was geworfen.

»Hast du Zeit, Bruno, wir müssen uns unterhalten.«

Bruno war unendlich erleichtert. Pascal schien sich gefangen zu haben.

»Das trifft sich gut, ich hab' da auch was. Mein Lohn ist noch nicht eingegangen. Ich brauche das Geld.«

»Ich weiß, Bruno. Das kommt nicht wieder vor.«

Bruno mochte klare Entscheidungen. Er erkannte den weinenden Mann der vergangenen Nacht nicht wieder.

»Bruno, wir stellen das Lokal neu auf. Wir müssen uns neu erfinden, uns von der Konkurrenz abheben. Wir brauchen neue Kunden. Ich weiß auch wie. Wir bekommen eine vegane Abteilung dazu, darum kümmert sich dann Vivi.«

»Pascal, was tust du mir da an? Das ist doch niemals auf deinem Mist gewachsen. Da hat doch die vegane .... Tussi ihre Hände im Spiel.«

»Bruno, wir hatten doch Frieden geschlossen, oder? Ja, sie hat mich erst auf die Idee gebracht. Ich will ehrlich sein. Es gibt einen Grund dafür, dass du noch keinen Lohn bekommen hast. Wir haben kein Geld mehr. Wenn wir in drei Monaten unseren Umsatz und natürlich auch den Gewinn nicht nachhaltig steigern, gehen hier die Lichter aus. Wir alle stehen dann auf der Straße. Vivis Vorschlag kann uns alle retten.«

Bruno schwieg. Mit dieser Katastrophennachricht hatte er nicht gerechnet.

»Bruno, mal ehrlich, nicht alles, was neu und anders ist, ist schrecklich. Das muss gehen. Es kann nicht so schwer sein. Wir richten die Küche so ein, dass es geht. Du musst nur ja sagen. Ich brauche dich, Vivi und dich«, fügte Pascal aufmunternd an.

Brunos Blick signalisierte, dass er noch nicht überzeugt war. Pascal redete weiter auf ihn ein.

»Wir benötigen mehr Umsatz und zwar schnell. Die Branche ist ein Haifischbecken. Wir wollen doch nicht untergehen. Schon wegen Luis nicht. Der braucht dringend gute Nachrichten. Bruno, was ist? Ein alter Hase wie du, der hat doch schon alles erreicht. Ich setze auf dich als erfahrenen Küchenchef, und auf Vivi als die vegane Newcomerin.«

Pascal war ganz high vom Reden. Bruno dachte an die vergangene Nacht, an den Kummer, der Pascal geplagt haben musste, er dachte an Luis, den er mochte und lange kannte. Er wollte den Job nicht wechseln, das »Salzfässchen« war zu seinem zweiten Zuhause geworden. Es musste erfolgreich bleiben.

»Gib deinem Herzen einen Ruck, sei großzügig. Wir werden ein eingeschworenes Team. Ich hab' so ein gutes Gefühl.«

»Ich bin dabei, aber nur drei Monate. Wir sehen, ob es klappt, wenn nicht, kehren wir in meine Welt zurück.«

Begeisterung klang anders.

»Bruno, ich bin stolz auf dich. Ich könnte vor Glück weinen.«

»Bitte nicht.« *Nicht schon wieder.*

69

»Bruno hat allem zugestimmt?«

Damit hatte Vivi nicht gerechnet.

»Die reine Lehre ist Unsinn, Vivi. Das habe ich ihm klargemacht. Wir brauchen mehr Gäste. Wir können es hinbekommen. Ich habe die ganze Nacht nachgedacht und die Vergangenheit Revue passieren lassen. Ich weiß noch genau, wie lang es gedauert hat, bis die Vegetarier zu ihrem Recht kamen. Sie wurden anfangs bemitleidet und beleidigt. ›Ihr seid selber schuld, wenn ihr nichts zu essen findet, so wie ihr drauf seid.‹ Der Satz klingt mir noch in den Ohren. Heute stehen im Brauhaus vegetarische Gerichte auf der Karte, als wäre es immer schon so gewesen. Im Brauhaus, verstehst du? Wir starten jetzt in unserem Hybrid-Restaurant unsere vegane Offensive. Danke Vivi.«

»Da gibt es noch ein Problem.«

»Vivi, ich will nichts von Problemen hören. Jetzt kommst du zum Zug und schon sprichst du wieder von Problemen.«

»Veganer wünschen Distanz zu anderen Gästen. Die meisten wollen ihr Essen genießen und dabei nicht das Zerkleinern von Schnitzeln und Bratwürsten auf dem Teller nebenan erleben. Ich kann das alles sehr gut nachvollziehen.«

»Wenn das alles ist. Dafür habe ich die Lösung. Wir nutzen die frühere abgetrennte Raucher-Lounge, die jetzt für geschlossene Gesellschaften vorgesehen ist. Die haben wir ja schon vor zwei Jahren rauchfrei gemacht. Das sind vielleicht 25 Plätze, wenn alle ein bisschen zusammen rücken. Wir hübschen das alles an, ein paar Pflanzen, ein paar schöne Fotos und du kochst so, wie du es immer wolltest. – Noch Probleme? Nein, danke, dann an die Arbeit.«

Das klang ultimativ.

Als beide die Küche betraten, brütete Bruno noch immer über der Einkaufsliste. Aushilfskoch Peter ging seinem Onkel zur Hand und räumte lautstark Töpfe und Teller an ihren Platz.

»Bruno, hier kommt die neue Co-Pilotin. Es ist alles geklärt. Kommt, reicht euch jetzt die Hand. Ich will ein Zeichen. Wir gehen neue Wege.«

Vivi erwartete irgendeinen Spruch, eine Beleidigung, irgendeine Provokation. Bruno kam auf sie zu und reichte ihr die Hand. Ein strahlender Pascal legte seine Hand auf die der anderen.

»Damit ist alles besiegelt«, betonte er theatralisch.

»Hier ist die aktuelle Einkaufsliste«, sagte Bruno ganz sachlich.

»Ein paar vegane Grundnahrungsmittel sind drauf. Ich kenn' mich da nicht so genau aus. Ich weiß ja nicht, was fehlt, weil ich nicht weiß, was du kochen willst, also bitte.«

»Wir müssen uns beeilen«, drängte Pascal, »die vegane Speisekarte muss auch noch geschrieben werden. Vielleicht schaffen wir das heute Abend noch. Morgen muss es losgehen. Die Uhr läuft.«

»Die Gäste werden Augen machen«, murmelte Bruno mit einem Unterton, als habe er ein mulmiges Gefühl.

Vivi ging nicht weiter darauf ein.

»Also, ran an die Töpfe, Leute. Ich bin so aufgeregt.«

70

»Wir brauchen Stuhlhussen, unbedingt, etwas, was den Raum heller und freundlicher macht. Ich könnte Laura fragen, ob sie ihr Nähmaschinchen anwirft. Falls sie wieder mit mir sprechen sollte. Aber Stoffe brauchen wir auf jeden Fall. Mindestens ein Einkauf bei Ikea muss drin sein.«

»Gut, dann steuere ich den Etat dafür aus meiner eigenen Tasche bei. Ich kann Luis nicht fragen. Wir wollen unser kleines Geheimnis doch für uns behalten.«

»Ich bin so überrascht, dass dich der Veganismus gepackt hat, Pascal.«

»Na ja, ich habe dir doch gesagt, dass ich mittlerweile ganz gerne vegan esse. Laura soll auch Servietten nähen. Ganz schlicht, ganz simpel. Vielleicht mit unserem Logo dem stilisierten Salzfässchen. Das sieht schick aus. Ich ruf gleich noch Leander an, der dekoriert im Kaufhof, der hat bestimmt ein paar nette Salatköpfe oder irgendwelches Gemüse zum Dekorieren im Angebot. Das schwatz ich dem ab, wir leihen es, wenn er es braucht, geht es zurück.«

»Leander, wie du das sagst, Pascal, etwa dein Leander«, überrumpelte Vivi Pascal.

»Wenn du schon so fragst. Ja, seit einigen Monaten mein Lebensabschnittspartner. Er wird dir sympathisch sein, er ist nämlich auch Veganer.«

»Aha, jetzt verstehe ich auch, warum du auf den veganen Trip gekommen bist. Gefällt mir. Er kann gerne etwas besorgen. Aber es darf nicht kitschig werden, kein Kitsch bitte, sonst kommt mir das nicht auf den Tisch oder an die Wand. Es darf nicht billig aussehen. Was hältst du von ein paar Fotos berühmter Veganer?«

»Aber nicht nur Attila Hildmann, Vivi. Ich weiß, du stehst auf den.«

»In Ordnung, dann nehmen wir noch Johnny Depp und Josita Hartanto. Über andere denke ich noch nach.«

»Einverstanden. Wann bekomm ich deine Menüvorschläge? Ich meine, zehn müssten für den Anfang reichen. Zwei Vorspeisen, sechs Hauptgerichte, zwei Nachspeisen.«

»Ich lege direkt los.«

»Das wollte ich hören. Vivi, ganz wichtig: bitte kalkuliere so, dass wir Gewinn machen. Ja? Ich will dich als Köchin nicht bevormunden, aber es muss sich rechnen. Ganz schnell.«

»Ich weiß, Pascal. Wir Veganer geben für gutes Essen gern etwas mehr aus. Du wirst schon sehen. Viel und billig, das ist nicht unser Stil. Qualitätvoll, nachhaltig, regional. Dafür stehen wir.«

Vivi setzte sich an Pascals Schreibtisch und schrieb die Speisekarte am Computer. »Chili sin Carne« war gut, um den Geschmack der neuen Kunden anzutesten, nicht zu exotisch, eher ein Klassiker. »Polenta-Couscous-Knödel« mit »Cajun-Bohnen« war ein Rezept von »Sebastian Copien«, das sie schon mehrmals ausprobiert hatte. Der Clou war die »Cajun-Würze«. Sie sprach eher die Geschmackslüstlinge an, die mehr wollten. Sie wünschte sich von Pascal grünes oder gelbes Papier. Das Neue sollte auffallen und munter auftreten. Sie wollte allen beweisen, dass veganes Essen eine lustvolle Angelegenheit sein konnte. Von Verzicht konnte gar keine Rede sein.

71

»Ich soll dir beim Kochen zur Hand gehen? Womöglich Tofu zubereiten, der nach nichts, einfach nach nichts schmeckt? Ne, mein Schatz. Ich bin jetzt schon satt.«

»Bruno, schau nicht so gequält. Jetzt übertreibst du. Du kannst nicht vegan kochen. Das ist es. «

»Ich kann alles kochen, ich bin der Chefkoch.«

»Wenn das so ist, dann kannst du mir doch helfen. Im Lokal sitzen schon einige Veganer. Die Werbung hat gewirkt. Du hast doch im Moment nichts zu tun.«

Vivi reichte Bruno das Tofu-Rezept, das sie in ihrem Smartphone gespeichert hatte.

»Den Tofu habe ich schon vorbereitet. Er nimmt schon seit Stunden ein Bad in der Marinade. Du wirst staunen. Ich hab' aus allem, was wir so da hatten an Soßen und Gewürzen, etwas gemixt. Mach du jetzt bitte weiter.«

Bruno überflog das Rezept. Er säuberte die Frühlingszwiebeln und die Physalis. Er schnitt den Tofu in mundgerechte Stücke und steckte die Zutaten in bunter Folge auf einen Spieß. Vivi sah ihm von der Seite aufmunternd zu.

»Sieht toll aus, oder? Ich bin wirklich gespannt, ob du den Garpunkt erwischst.«

Bruno mixte die Kräuter für den Bratreis. Er sah nicht wie jemand aus, dem das Wasser im Mund zusammen lief.

Vivi stellte sich vor, was in ihm vorging. Er war mindestens ein Vierteljahrhundert im Business, hatte wahrscheinlich zig Küchen von innen gesehen, viele Kollegen und Chefs kennengelernt, tausende Schnitzel und Steaks gebraten. Aber heute neben ihr erlebte er eine Premiere. Sie hatte ein Kunststück vollbracht. Sie war stolz. Es würde ihn Überwindung kosten, die weißen Würfel zu probieren. Obst im Hauptgang war Bruno sicher so suspekt wie Schneestiefel im Sommer. Der Chefkoch schichtete den Kräuterreis in einem Ring und drapierte zwei Tofu-Spieße übereinander.

»Lass uns probieren. Bon Appetit!«, wünschte Vivi.

»Wünsch ich dir auch.«

Bruno kaute. Er sagte lange nichts.

»Das ist sehr speziell, Vivi.«

»Sagen wir, es ist speziell für dich, weil du es nicht gewohnt bist. – Ich hoffe so sehr, dass wir jetzt nicht nur überzeugte Veganer ins Lokal locken, sondern dass auch andere Gäste mit der neuen Karte auf den veganen Geschmack kommen.«

Bruno nahm den zweiten Spieß in die Hand und schob den Tofu auf den Teller. Sein lustloser Blick hätte ihren Adrenalinspiegel noch vor Tagen in die Höhe katapultiert. *Sie würde ihn kriegen. Sie würde alle kriegen.*

»Rufen wir Betty, es kann serviert werden. Du wirst sehen, die Gäste werden begeistert sein.«

72

Vivi öffnete leise die Haustür, um ihre Mutter nicht zu wecken. Sie schlüpfte in bequemere Schuhe. Ihr Nacken schmerzte, und ihre Augen brannten. Aber ihre innere

Befriedigung über den Tag war jede Anstrengung wert gewesen. Drei Monate würden darüber entscheiden, ob sie als vegane Köchin weiter am Herd stehen würde oder nicht. Sie musste der Welt verkünden, dass Köln um eine vegane Location reicher war. Sie drückte die Powertaste an ihrem Laptop. Sie mussten trommeln. Sie trank einen letzten Kaffee mit Mandelmilch, um bloß nicht müder zu werden und rief sich ihre Facebook-Seite auf.

»Veganer aufgepasst. Das ›Salzfässchen‹ kann auch vegan. Tofuspieße mit Kräuterreis und andere Leckereien für den veganen Gaumen. Lasst euch überraschen, was Vivi für euch zaubert.«

Noch vor Tagen hätte sie nicht davon zu träumen gewagt, dass jemand auf ihre veganen Kochkünste setzen würde. Sie hätte Luis so gerne davon erzählt. Sie hätte so gerne von Pascals Mut berichtet. Aber das durfte sie nicht. Luis war so weit weg. Und daran war sie selbst schuld. Dabei hätte ihr eine Schulter zum Anlehnen jetzt sehr gut getan. Denn bei aller Euphorie blieb die Frage offen, ob ihr Plan aufging. Ihre Hand klickte wie ferngesteuert seine Nummer bei WhatsApp an.

»Lieber Luis, ich muss dir etwas erzählen, was mir so wichtig ist. Pascal und ich haben eine vegane Karte kreiert, ja du liest richtig, und reg dich bitte nicht auf. Denn schließlich geht es um deinen Laden, der ins Trudeln geraten ist.«

Vivi atmete tief durch, xte alles bis zur Anrede weg.

»...wie geht es dir? Ich bin wahnsinnig froh, dass dir nichts Schlimmeres passiert ist. Umarm dich. Gute Besserung.«

Sie fügte ein küssendes Smiley an. Er wollte nicht, dass sie ihn besuchte. Das war vielleicht auch gut so, obwohl sie am liebsten gleich aufgebrochen wäre. Aber sie war sich sicher, dass sie nicht lügen könnte, wenn sie ihm Aug' in Aug' gegenüber saß. Vivi durchforstete zur Ablenkung ihre Kontakte. Sie hatte seit Tagen nichts von Rafael gehört. Sie waren seit Barcelona in Kontakt geblieben. Sie klickte auf ihren Messenger und schrieb dem hübschen Spanier, dass sie nun in Köln vegan kochen würde und er eingeladen sei, die deutsche Küche kennen zu lernen. Sie konnte die erfreuliche Nachricht einfach nicht für sich behalten. Köln würde ihm sicher gefallen, und sie hätte immer ein Bett frei, behauptete sie kess. Vivi fügte noch ein paar motivierende Symbole wie das Glas Rotwein hinzu. Dann schickte sie die Nachricht ab. Sie hatte das beruhigende Gefühl, dass sich in ihrem Leben einiges zum Positiven wandte. Sie wusste, dass sehr viel Arbeit auf sie zukam, aber sie hatte alle Chancen. Dafür würde sie jede kurze Nacht in Kauf nehmen. Gerne auch für die Liebe. Ihr fehlte körperliche Nähe. Sie vermisste Berührungen und Luis' heftige Küsse, die sie schwindelig machten. Die nächsten Stunden schlief sie wie ein Stein. Als ihre Mutter am Morgen das Haus verließ, wachte sie früher auf als sie wollte. Ihr Adrenalin pulsierte nach dem ersten Augenaufschlag.

73

»Ich war nicht tatenlos, mein Schatz. Heute Abend hast du viele Gäste. Meine Kumpel sind im Anmarsch«, verkündete Pascal stolz.

Er zog Vivi an sich und drehte sie einmal um sich selbst.

»In einer halben Stunde sind die Speisekarten fertig. Ich hab' es gemacht, wie du es dir gewünscht hast, die

Schrift ist verspielt und alles leuchtet in Gelb. Grün kam mir dann doch zu klischeehaft vor.«

»Danke, Pascal. Wie viele Gäste erwartest du?«

»Genau kann ich es dir nicht sagen, 15, wenn wir Glück haben. Die kleinen Plaudertaschen werden begeistert sein und die gute Nachricht in die Stadt tragen.«

»Du hast ihnen gesagt, dass sie in erster Linie Veganes probieren sollen?«

»Nein, ich hab' nur gesagt, dass sie Hunger mitbringen sollen. Dafür gehen die Getränke aufs Haus. Vivi, gib dein Bestes. Ich hab' gesagt, dass wir eine neue Spitzenköchin im Haus haben. Du würdest sie alle umhauen.«

74

Vivi war froh, als der Abend vorbei war. Auf den Tellern war kaum etwas liegen geblieben. Sie wertete das als gutes Zeichen. Aber die völlige Entspannung wollte sich einfach noch nicht einstellen. Sie wusste immer noch nicht, wie alles angekommen war. Einige von Pascals Gästen hatten die Vorspeise, das Gemüse-Carpaccio mit Limetten-Vinaigrette, nicht ganz aufgegessen. Aber das musste nichts heißen. Manchen Menschen waren drei Gänge zuviel. Beim Hauptgang war ihr die Zeit davon gelaufen, aber niemand hatte sich beschwert, dass es mit Verspätung weiter ging. Ihr war handwerkliche Sauberkeit und ein Arrangement für das Auge wichtiger als Schnelligkeit. Wenn sie mehr Routine hatte, würde sie besser werden. Nach dem Hauptgang hatte sie aus Neugierde kurz in die Lounge geschaut. Aber die Jungs waren so in ihre Gespräche vertieft, dass sie nicht erkennen konnte, ob es ihnen geschmeckt hatte.

»Vivi, kommst du mal, bitte.«

Pascals Stimme klang nüchtern und sachlich, als er die Küche betrat, so dass sie weiche Knie bekam. Sie suchte seinen Blick, aber er war schon wieder verschwunden. Sie wechselte die Kochjacke, die voller Flecken war. Du hast nichts zu verlieren, sagte sich Vivi. *Tritt jetzt bitte nicht so auf wie eine Auszubildende, die ein harsches Urteil ihres Ausbilders erwartet! Du bist eine ausgebildete Köchin. Du gehst jetzt erhobenen Hauptes da rein!*

»Guten Abend«, sagte Vivi schüchtern.

Ihr Herz trommelte. *So fühlen sich wohl Herzrhythmusstörungen an.*

»Darf ich vorstellen«, sagte Pascal so förmlich wie ein Butler bei der Ankündigung neuer Gäste, »unsere neue Köchin, Vivian Walther. Sie hat das alles heute gezaubert.«

Vivi hatte das Gefühl, dass hunderte Augen auf sie gerichtet waren und sie die Blicke wie Pfeile durchbohrten. Sie wäre am liebsten geflohen. Dann klatschte der erste, es folgte der zweite, und auf einem Mal applaudierten alle. Ein paar pfiffen durch die Zähne wie im Konzert. Vivi wurde rot wie ein Backfisch, was sie hasste.

»Danke, danke, vielen Dank, ich freue mich, dass es euch, äh, Ihnen, geschmeckt hat. Sie machen mir Mut, den veganen Geschmack weiter zu entwickeln, wirklich. Ich wünsche Ihnen noch einen schönen Abend.«

Pascal lächelte Vivi aufmunternd zu. Ihr Herz hüpfte plötzlich ganz rhythmisch. Sie schwebte zurück in die Küche. Sie vermisste einen Menschen heute Abend. *Luis wäre stolz auf sie gewesen.*

75

»Das hättest du mir auch zwischendurch mal sagen können, Pascal, dass es allen so gut geschmeckt hat, du kleiner Teufel, ich war so gespannt, als ich zu euch kam, mir ist fast das Herz in die Hose gerutscht, weil du so ernst warst.«

»Sorry, sorry, my dear, ich dachte, so ein bisschen muss ich dich necken, dann freust du dich nachher um so mehr. Ich muss sagen ›Chapeau‹, ich ziehe den Hut vor dir, oder in unserem Geschäft muss ich wohl eher sagen, die Kochmütze.«

»Pascal, red' nicht so geschwollen daher. Spann mich nicht auf die Folter. Was haben deine Freunde denn genau gesagt?«

»Dein Gemüse-Tofu-Auflauf ist sehr gut aufgenommen worden. Deine Erdbeercreme mit süßem Basilikumpesto hat alle begeistert. Obwohl diese süß-herzhafte Variante nicht jedermanns Sache ist. Wir haben heute einen tollen Umsatz gemacht.«

Vivi hätte vor Glück die ganze Welt umarmen können oder wenigstens Luis. Stattdessen gab sie erst Pascal einen Kuss auf die Wange und umarmte dann einen sprachlosen Bruno.

»Vivi, ich habe alle gebeten, bei Facebook Kommentare zu schreiben. Jeder mit seinen eigenen Worten, damit es authentisch klingt.«

»Seh' ich genauso. Aber Pascal, wenn Luis von nichts weiß und auf Facebook geht, fliegen wir doch auf. Ich hab' da ein komisches Gefühl.«

»Da wird es keine Probleme geben, Luis schreibt mal 'ne Mail, aber Social Media ist für ihn Terra incognita. Den

Facebook Account habe ich für ihn eingerichtet, und ich verwalte ihn auch. – Ach so, ich schicke morgen ein paar Schüler durchs Veddel. Die sollen Flyer verteilen. Die meisten hier in der Gegend wissen ja noch nichts von unserer neuen Küche.«

Bruno hatte schweigend zugehört. Dass Luis über die neue Küchenoffensive nicht informiert war, hörte er zum ersten Mal. Es verwunderte ihn schon, denn letztendlich war Luis immer noch der Chef.

»Ich bin stolz auf euch. Danke, dass alles geklappt hat und dass ihr so gut zusammengearbeitet habt. Gute Nacht. Bis morgen.«

Pascal verließ fröhlich pfeifend die Küche. Vivi nahm ihren Spiralblock und notierte sich die Feinheiten der Rezepte der vergangenen Nacht. Bruno hantierte mit den Pfannen und Töpfen in einer Lautstärke, die fast unerträglich war. Er arbeitete seit fast zehn Jahren in diesem Restaurant. *Nicht ein einziges Mal ist er draußen den Gästen vorgestellt worden. Nicht ein einziges Mal. Geschweige, dass er mal Applaus bekommen hätte. Pascal hatte fast einen Freudentanz aufgeführt, alles wegen dieser veganen....... Eine solche Behandlung hatte er nicht verdient.*

»Danke Bruno für deine Unterstützung. Du hast mir sehr geholfen.«

Bruno reagierte kaum und murmelte etwas Unverständliches vor sich hin. Vivi inspizierte ihr Handy. Luis hatte ihre WhatsApp nicht beantwortet. Sie suchte nach Gründen. Vielleicht hatte er kein Netz, was sie nicht wirklich glaubte, vielleicht konnte er den Akku nicht aufladen, was auch nicht sehr wahrscheinlich war. Bestimmt war er noch sauer auf sie, weil sie für so viel Unruhe gesorgt hatte.

Dabei hatte der gestrige Abend gezeigt, dass es sinnvoll war, neue Wege zu gehen.

76

»Wie läuft es, Pascal? Warst du bei der Bank? Was haben die gesagt? Ich wird' noch verrückt hier. Diese Rumliegerei ist einfach nichts für mich.«

Luis schob die Bettdecke verärgert zur Seite.

»Was macht denn dein Knie, geht's besser?«

»Ja, schon, aber die Schmerzen sind immer noch stark. Ich hoffe, die haben bei der OP alles richtig gemacht. Manchmal kriegt man so komische Gedanken. Aber lenk' nicht ab. Ich will Infos.«

»Ich habe noch einmal den Brief der Bank gelesen. Der ist eindeutig. Die werden nicht länger mitspielen. Wir können nur über unser Angebot neue Kunden gewinnen. Daher haben wir die Karte etwas variiert«, verkündete Pascal und hoffte, damit wäre alles gesagt.

»Was heißt das genau?«

»Es gibt zwei neue Spezialwürste, Pusztawürstchen, klingt doch gut, oder? Was ganz Scharfes. Bruno hat eine spezielle Paprikasoße dazu entwickelt, angeblich nach einem Rezept eines ungarischen Kochs, den er näher kennt. Der Bierumsatz wird ansteigen, glaub mir. Genau das brauchen wir. Dann kauft Bruno jetzt Coburger Würstchen ein, kennt da jemanden in Bayern. Ich hab' sie probiert. Nicht schlecht. Wir kombinieren zwei, vielleicht drei Sorten, wenn das jemand wünscht. Wir wollen flexibler werden, individuelle Vorlieben mehr berücksichtigen.«

»Wie erfahren die Leute davon? Es gehen ja nicht alle an der Speisekarte vorbei.«

»Ich habe einen Flyer geschrieben, sieht gut aus.«

»Kann ich mal sehen?«

»Sorry, hab' ich im Eifer des Gefechts vergessen. Entspann dich doch. Alles ist im grünen Bereich. Wir setzen auf kleine Veränderungen, die auffallen. Alte Kunden müssen aber auch Vertrautes finden.«

»Müssen wir nicht stärker im Netz präsent sein? Du weißt schon, dieser ganze Social Media-Kram.«

»Wir kümmern uns, das kommt noch. Ein Schritt nach dem anderen. Was denkst du, wie lange wirst du noch bleiben müssen?«

»Ich werde verlegt, die Klinik hat eine spezielle Physiotherapie, spezialisiert auf Knieverletzungen. Zwei, vielleicht drei Wochen, länger bleibe ich definitiv nicht. Ihr braucht mich doch.«

»Sicher, Luis, natürlich. Aber mach erst einmal alles, was für deine Gesundheit nötig ist. Zu früh wieder einzusteigen, kann ein Fehler sein. Wir sind fleißig, glaube mir. Da legt keiner die Hände in den Schoß.«

»Weiß ich«, murmelte Luis.

»Eh ich es vergesse, ich soll dich von Vivi grüßen. Sie wünscht dir gute Besserung.«

»Danke, hast du sie getroffen?«

»Ne, wir haben telefoniert.«

»Wollte sie mich nicht besuchen?«

»Doch, aber du willst ja nicht.«

»Wie geht es ihr denn?«

»Ganz gut, glaube ich. Details weiß ich jetzt auch nicht. Hab' ja im Moment keine Zeit für Dates, wie du dir denken kannst.«

»Ja, sicher.«

»Ich breche jetzt auf, die Arbeit ruft.«

»Gut, danke für deinen Besuch und bring mir den Flyer mit, und halt mich auf dem Laufenden, ja und grüß Bruno.....und Vivi.«

»Mach ich.«

Pascal schloss mit einem mulmigen Gefühl die Tür hinter sich. »Es war richtig, was du getan hast«, beruhigte er sich. Einen Kranken durfte man nicht zusätzlich belasten. Er hatte nicht erwartet, dass ihm Lügen so schwer fallen würde. Im Grunde hatte er doch gar nicht gelogen. Er hatte nur nicht alles erzählt. Luis war selbst schuld daran. Er erwartete, dass sie etwas änderten, wusste aber nicht genau was und lehnte eine moderne Art zu kochen, um neue Esser zu gewinnen, ab. Sie waren die Mutigen. Die ersten Gäste hatten sie schon überzeugt.

77

Vivi studierte ihre Rezeptsammlung, als der vertraute Ton eine WhatsApp-Nachricht ankündigte. Laura und sie waren am nächsten Tag zu einem »Friedens-Frühstück« verabredet. Vielleicht wollte sie absagen oder hatte noch etwas auf dem Herzen. Doch es war die lang ersehnte Nachricht von Luis.

»Hey Vivi, danke für deine Wünsche. Das wird wieder. Tut mir leid, dass wir uns im Streit getrennt haben. Über Besuch freue ich mich immer. Kuss Luis«

Die Nachricht ging Vivi runter wie bestes italienisches Olivenöl. Luis wollte sie sehen. Vivi fragte sich, was sie ihm bei einem Besuch sagen sollte. Dass er die Hoheit über sein Restaurant verloren hatte, obwohl das nur zur

Hälfte stimmte? Dass sie froh waren, ihn aus den Füßen zu haben, um das vegane Experiment zu wagen? Dass veganes Essen einfach die Zukunft ist, so wie sie es immer prophezeit hatte? Er würde aus dem Hemd springen, wenn springen mit seiner lädierten Kniescheibe überhaupt möglich war. Sie stellte sich vor, wie sie das Krankenhaus betrat und die Tür zu Luis' Krankenzimmer öffnete, wie sie ihn in die Arme nahm und sie sich küssten. Er würde spüren, dass etwas zwischen ihnen stand. Einem kranken, hilflosen Freund etwas vorzuspielen, würde sie nicht schaffen. Luis würde ihr niemals verzeihen, dass dort, wo sie Hausverbot hatte, vegane Speisen entstanden – ohne seine Zustimmung. Vivi tippte in Windeseile ihre Antwort.

»Hey Luis, schön zu hören, dass es dir besser geht. Ich schaffe es im Moment nicht, vorbei zu kommen. Ich habe Besuch, um den ich mich kümmern muss. Gute Besserung, bis ganz bald, Küsschen deine Vivi.«

Etwas anderes fiel ihr auf die Schnelle nicht ein. Eine neue Nachricht lenkte Vivi von ihren Grübeleien ab, sie war von Rafael. »Hola, Vivi. Du hast mich neugierig gemacht. Ich komme in zwei Tagen nach Köln. Schickst du mir deine Adresse. Ich freue mich auf dich. Und auf Laura, falls sie mich sehen will.«

Vivis Augen strahlten, als sie antwortete.

»Ich freue mich auch, dass du kommst. Wir sprechen uns heute Abend. Bussi«

78

Vivi öffnete behutsam die Tür und steckte vorsichtig den Kopf ins Zimmer. Tom saß auf seinem Bett inmitten von Farbstiften und malte auf einem riesigen Block ein Bild. Er war so vertieft, dass er Vivi nicht bemerkte. Sie räusperte sich leise. Tom zuckte zusammen. Als er dann sah, wer sein Gast war, versuchte er aufzuspringen, was ihm aber nicht gelang. Vivi konnte gerade noch verhindern, dass er aus dem Bett fiel. Er strahlte, als wollte er mit den Sonnenstrahlen, die in sein Zimmer fielen, in Konkurrenz treten.

»Vivi, ich hab' dich sooooo vermisst.«

»Lass dich mal knutschen.«

Tom legte überglücklich seinen Zeichenblock zur Seite, denn jetzt war ja seine beste Freundin da. Nichts anderes war noch wichtig.

»Wo ist denn Laura? Warum ist sie nicht mitgekommen? Will sie mich nicht mehr besuchen?«

»Doch mein kleiner Freund. Sie hatte heute keine Zeit. Was hast du denn gemalt? Darf ich das sehen?«

Tom öffnete seinen Block und zeigte stolz auf die Sonne, die er gezeichnet hatte. Er sei aber noch lange nicht fertig, betonte er. Als Schwester Beate das Zimmer betrat, nahm er Vivis Hand und verkündete munter, dass er jetzt Besuch habe. Schwester Beate strich ihm liebevoll über den Kopf.

»Vivi, schön, dass Sie gekommen sind. Seine Mutter hat nämlich im Moment nicht viel Zeit. Sie muss viele Überstunden machen. Alles hängt an ihr. Sie wissen ja, wie das bei Alleinerziehenden ist.«

»Was halten Sie davon, wenn ich mit ihm einen kleinen Spaziergang mache? Nur ganz kurz, die frische Luft und diese sommerlichen Temperaturen werden ihm gut tun.«

»Ja, gerne. Heute fühlt er sich ganz wohl. Aber man weiß nie, wie lange das anhält. Es gibt mittlerweile mehr schlimme als gute Tage, leider. Sie wissen, die Krankheit ist tückisch. – Es geht aber nur im Rollstuhl. Wenn Ihnen das nichts ausmacht?«, sagte Schwester Beate sehr leise.

»Warum soll mir das was ausmachen! – Tom, jetzt machen wir dich ausgehfein und dann geht's ab in die Sonne. Du nimmst mich doch mit, oder?«

Tom nickte und suchte sein Lieblingssweatshirt mit der Kapuze. Schwester Beate zog den kleinen Patienten routiniert in kürzester Zeit um, und beide setzten ihn in einen Rollstuhl. Auf dem Weg zum Aufzug wanderten Toms Augen neugierig von rechts nach links. Alle Schwestern schienen den aufgeweckten Jungen zu kennen und lächelten ihm aufmunternd zu. Als ein Arzt an ihnen vorbei kam, meinte er lachend: »Eine so nette Begleitung hätte ich auch gerne. »Das ist meine Freundin«, verriet ihm Tom mit Stolz in der Stimme.

Vivi genoss mit ihrem Schützling den angenehmen Sommertag. Sie blieben vor einem Blumenbeet stehen und atmeten tief den lieblichen Duft des Flieders ein, den ein leichter Wind in ihre Richtung lenkte. Das Leben konnte so einfach sein. In diesem Moment wäre Vivi nie auf die Idee gekommen, dass ihr nur wenige Minuten später eine Herausforderung bevorstand, die sie auf eine besondere Probe stellen sollte. Als sie um die Ecke bogen, war Tom plötzlich ganz aus dem Häuschen.

»Da hinten will ich einen Big Mac essen. Komm, Vivi! «

Vivi verschlug es erst einmal die Sprache. Wenn sie das geahnt hätte, wäre sie einen anderen Weg gegangen. Ihr war klar, dass sie keinen Vortrag über ihre Philosophie und über gesunde Ernährung halten konnte.

»Ich glaube, der hat geschlossen.«

»Glaub' ich nicht. Komm Vivi, ich will dahin, bitte.«

Vivi durchsuchte ihr Ausreden-Archiv für solche Fälle.

»Aber dann hast du heute Abend keinen Hunger mehr. Und Schwester Beate ist böse mit mir, mit uns.«

»Vivi, ich will dahin, der ist so lecker, bitte.«

Unter innerem Protest schlug Vivi den Weg zur Fast Food Station ein. Als sie vor der Tür standen, verließ gerade eine Gruppe Schüler das Schnellrestaurant, jeder mit einem Riesenburger in der Hand. Die Ausrede »Burger sind out« musste Vivi nun auch von der Liste streichen. Sie stand unschlüssig vor dem Eingang. Seitdem sie Veganerin war, hatte sie sich geschworen, nie wieder einen Fuß über die Schwelle einer Fast Food-Kette zu setzen. Sie unternahm einen letzten Versuch.

»Aber ich kann jetzt noch nichts essen. Ich hab' keinen Hunger. Alleine essen ist doch langweilig, oder?«

»Vivi, bekomme ich meinen Big Mac?«

Tom sah Vivi mit einem flehenden Blick an. *Was hatte Schwester Beate gesagt? »Es gibt mittlerweile mehr schlimme als gute Tage.« Durfte sie einem kranken Jungen, der vor wenigen Minuten ohne ein Wort zu sagen, sehnsüchtig den spielenden Kindern beim Kicken im Park zugeschaut hatte, diesen Wunsch abschlagen?* Vivi betrat schweren Herzens das Restaurant und bestellte für Tom einen Big Mac mit allem, was dazu gehörte. Das war für sie schlimmer, als eine ganze Woche zu fasten. Sie hatte das Gefühl, neben sich zu stehen und zuzuschauen, wie sie fremdgesteuert ihre Prinzipien verriet. Tom biss heißhungrig in den Burger, was natürlich nicht ohne Folgen für seine Hände und für sein Sweatshirt blieb. Er hielt Vivi den Burger zum Reinbeißen hin, was sie lachend ablehnte. Tom sprach mit vollem Mund:

»Vivi, ich hab' dich ganz doll lieb. – Und ich sage auch nichts Schwester Beate.«

Vivi fand es plötzlich gar nicht mehr so schlimm, dass sie dieses Mal über ihren Schatten gesprungen war.

79

Pascal sah sich am Morgen hochzufrieden die Abrechnungen des vergangenen Tages an. Wenn es so weiter ging, gab es Licht am Ende des Tunnels. Ja, wenn. Bruno werkelte hörbar in der Küche, und Betty deckte die Tische ein. Vivi würde erst am Nachmittag eintreffen. Sie hatte einen Kontrolltermin bei ihrer Frauenärztin und war entschuldigt.

»Hereinspaziert!«, rief Pascal beschwingt, als es an der Tür klopfte.

Seine Miene verfinsterte sich abrupt. Mrs. Rare hatte ihm gerade noch gefehlt.

»Hallo, Maxi, Luis ist nicht da, und ich bin im Stress.«

»Ich weiß, dass Luis nicht da ist, ich versuche ihn nämlich seit Tagen zu erreichen. Wo ist er?«

»Weiß ich nicht.«

»Ich lass' mich von dir nicht abwimmeln. Du als sein bester Freund weißt nicht, wo er ist? Lüg mich nicht an! Ist der mit seiner ›Liebes-Köchin‹ abgehauen?«

Pascal wühlte in seinen Unterlagen. *Gott sei Dank kam Vivi heute später.*

»Quatsch. Er macht in Scheveningen einen Kurzurlaub. Er will niemanden sehen. Mich nicht und dich auch nicht. – Sobald er zurück ist, sag ich ihm, dass er sich bei dir melden soll«, ergänzte er kurz angebunden, ohne Maxi anzusehen.

»Das soll ich dir glauben?«

»Das kannst du halten, wie du willst. Frag ihn doch selber, wenn er zurück ist. Ich muss jetzt weiterarbeiten.«

Maxi sah Pascal zweifelnd an. *Der Herr will niemanden sehen. Aha. Scheveningen war mit dem Porsche ein Katzensprung. Bin gespannt, ob er wirklich ohne Begleitung diesen so genannten Kurzurlaub angetreten hat.* Sie drehte sich auf dem Absatz um und schlug die Tür unsanft zu.

80

»Vivi, Social Media scheint gar nicht so schlecht zu sein. Wir haben acht Tischreservierungen. Seit drei Tagen läuft das Restaurant wie geschmiert. Es kommen immer mehr, die vegan essen wollen. Sie sind von der separaten veganen Lounge begeistert.«

»Hab' ich dir doch gesagt, Pascal. Wir Veganer vernetzen uns. Die Bloggerinnen, die ich kenne, haben eine große Fangemeinde. News verbreiten sich im Nu.«

»Ich hab' ja gewusst, dass du kochen kannst.«

»So, hast du das, Pascal? Hab' ich nichts von gehört, als Luis mich rausgeworfen hat.«

»Hast du mir immer noch nicht verziehen, meine Süße. Ich dachte, ich hätte alles wieder gut gemacht. Ich habe dich an den Herd zurückgeholt.«

»Ich will ein paar neue Rezeptideen in die Tat umsetzen. Dazu brauche ich bessere Produkte. Ich kenne da einen wirklich guten geräucherten Tofu. Den müssen wir aus Japan einfliegen lassen.«

»Aus Japan, ja? Wirklich? Willst du ihn nicht persönlich abholen? Ich kann dir einen Flug buchen.«

Vivi ignorierte Pascals Ironie. Sie rief eine neue Internetseite auf, auf der japanische Feinkost angeboten wurde.

»Vivi, lass es uns doch mal langsam angehen. Basisrezepte mit Pfiff, das hatten wir vereinbart. Nicht gleich die exklusiven Sachen. Du weißt, wir müssen Gewinne machen, sonst gehen hier die Lichter aus. Ich bin zuversichtlich, aber ob es wirklich klappt, wissen wir erst, wenn an jedem Tag auch nach der veganen Karte verlangt wird. Ich wünsch es mir für dich, Vivi, Ich wünsch es uns. – Vivi, hallo, Erde an Vivi, Japan ist gestorben.«

»Wie wäre es mit Tofu-Steak? Hier steht ein tolles Rezept. Könnte doch auch Luis gefallen. Der greift doch nach allem, wo Steak drauf steht. Vielleicht sollten wir den Tofu selber machen. Ist gar nicht so schwer wie alle glauben. Lässt du mich einen Kochkurs bei einem Japaner machen? In Deutschland, meine ich.«

»Gerne, wenn die Kasse klingelt, kannst du alles machen.«

Vivi war sofort Richtung Küche verschwunden.

»Bruno, die Veganer kommen. Acht Tischreservierungen, da staunst du was? Bald sind deine Würste passé.«

»Das hättest du wohl gern.«

»Ich lass' heute alle Gäste meine Tofuwurst probieren.«

»Du hast deine Lounge oder wie ihr das hochtrabend nennt, Vivi. Sieh' erst mal zu, dass die voll wird und mach' deine Gäste glücklich. Für die Normalen bin ich zuständig.«

»Die anderen wissen ja nicht, was ihnen entgeht. Die muss ich auf den Geschmack bringen, Bruno. Die Revolution beginnt in der Küche.«

81

»Darf ich Ihnen unsere neue Kreation anbieten?«

Vivi hielt dem graubärtigen Mittfünfziger das Tablett mit den Wurstschälchen vor die Nase. Die Tomatensoße mit frischen Kräutern duftete verführerisch. Als Krönung steckten Brotchips in der Wurst. Der Stammgast und seine jugendliche Begleitung griffen erfreut zu.

»Danke, ich bin ein Fan der Wurst hier, alles schmeckt gut, Chili, Salsiccia, Coburger, und die kriegt man in der Gegend hier wirklich selten.«

Der Graubärtige kaute, ohne eine Regung zu zeigen, dann verzog er sein Gesicht.

»Was essen wir hier? Das ist doch keine Currywurst. Habt ihr das Rezept geändert?«

»Die Wurst ist keine Wurst, äh, ich meine...äh... im klassischen Sinne«, versuchte Vivi stockend zu erklären, »das ist eine vegane Variante. Die ist neu.«

Der Gast schluckte ein letztes Mal, legte die Schale zurück aufs Tablett und sah Vivi verärgert an.

»Was für ein Ding ist das? Vegane Variante? Mädchen, wir mögen Fleisch. Deshalb kommen wir hierher. Wer weiß, was da drin ist. Lisa, oder schmeckt dir das etwa?«

Die junge Begleiterin nickte verunsichert.

»Ja, stimmt. Schmeckt schon anders. Aber so schlecht auch nicht, Edgar. Was ist da drin?«, fragte sie Vivi freundlich.

»Tofu, Tofu ist da drin, Gewürze, alles hausgemacht, einfach 'ne gesunde Wurst. War ja nur ein Angebot.«

Der Stammgast schaute so beleidigt, als hätte ihn jemand übers Ohr gehauen. Seine attraktive Begleitung fixierte er mit einem Blick, der sagte: »Was soll der Widerspruch?«.

»Wir sind doch keine Versuchskaninchen. Ich hoffe, dass das Schnitzel, das wir bestellt haben, aus Fleisch und nicht aus diesem... Tofu ist.«

»Entschuldigung«, stotterte Vivi, »der Nachtisch geht heute aufs Haus.«

Sie flüchtete in ihre Oase. Dabei rempelte sie den Ober an, der mit zwei Schnitzeln auf dem Weg zum Tisch des ungleichen Pärchens war.

Der Typ hatte einfach keine Ahnung, rechtfertigte sich Vivi. *Gewohnheiten klebten an manchen wie Pattex. Hoffentlich bekam seine charmante Begleitung jetzt keinen Ärger.* Vivi hoffte, dass ihr kleines Intermezzo nicht weiter aufgefallen war.

82

Als sich Vivi umdrehte, glaubte sie, eine Fata Morgana zu sehen. Sie klemmte sich das Tablett unter den Arm und eilte Richtung Küche. Sie sah wieder zu Tisch sechs mit der Fata Morgana. Es lehnten zwei Krücken mit roten Handläufen am Tisch. Luis hatte sich gesetzt und sprach mit dem Gast, der von Vivis Tofu-Überfall nicht begeistert war. Am Rahmen der Eingangstür lehnte Maxi. Das spöttische Grinsen, das ihre Mundwinkel umspielte, drückte ihre ganze Schadenfreude aus. Ein lauter Streit ließ alle aufhorchen. Die Veganerin, die in der Oase keinen Platz gefunden hatte, griff einen Stammgast an, vor dem ein Grillteller stand. Sie beschimpfte ihn wegen seiner Fleischgier, es hätte nicht viel gefehlt und sie wäre mit ihrer Gabel auf ihn losgegangen. Bevor Betty eingreifen konnte, hatte die rabiate Veganerin dem Stammgast ihr Kölsch über den Anzug geschüttet. Luis griff sich seine Gehhilfen, um Schlimmeres zu verhindern. Aber das dauerte eine Ewigkeit.

»Herr Wagner, wir übernehmen natürlich die Reinigung, und natürlich geht alles, was Sie heute verzehren, aufs Haus. Es tut mir sehr leid«, entschuldigte sich Luis mit unterdrückter Wut für den Vorfall.

Er fixierte Vivi mit einem wütenden Blick und aufeinander gepressten Lippen. Sie verdrückte sich in die Küche. Ihr war klar, dass sie ihm eine verdammt gute Erklärung auftischen musste, um ihren Kopf zu retten. *Was suchte er überhaupt hier? Die Physiotherapie konnte unmöglich beendet sein. Wo war Pascal?* Als Luis die Küche betrat, mimte Vivi die Beschäftigte.

»Hallo, Chef, schön dich zu sehen«, begrüßte Bruno Luis überschwänglich.

Er lehnte völlig entspannt an der Arbeitsplatte. Sein Blick hatte etwas Lauerndes.

»Was ist hier los?«, zeterte Luis und versuchte mit Unterstützung seiner Krücken gerade zu stehen.

Vivi sah auf den Boden und schluckte ein paar Mal. Bruno zuckte mit den Schultern, als wüsste er nicht, was Luis meinte. Maxi stöckelte zu Tür herein. Sie war wieder gestylt, als würde der Laufsteg auf sie warten. Ihre rot geschminkten Lippen signalisierten Angriffslust.

»Luis, Schatz, reg dich nicht auf, kann ich was für dich tun? Kann ich dich unterstützen?«

Vivi hätte ihr am liebsten gesagt, sie solle das verlogene Gesäusel sein lassen und die Fresse halten. Sie war im Moment aber nicht in der komfortablen Situation, sich eine solche Äußerung leisten zu können.

»Nein, danke, Maxi. Lass uns allein. Ich habe hier Verschiedenes zu klären.«

Nachdem Maxi die Tür geschlossen hatte, legte Luis erst richtig los.

»Was geht hier ab? Ich seh' eine Köchin, die ich entlassen habe, ich seh' eine Speisekarte, die ich nicht geschrieben habe und die frühere Raucherlounge hat sich wie von Geisterhand in eine Mensa für Veganer verwandelt. Ist der Chef nicht da, tanzen die Mäuse auf dem Tisch, oder was? Ich träum' ja wohl.«

In diesem Moment stürmte Pascal in die Küche.

»Luis, sag mir nicht, du hast dich selbst entlassen«, versuchte er auf die humorvolle Tour die Situation zu entspannen.

Er machte Anstalten, Luis zu umarmen. Aber der hielt den Freund mit einer Krücke auf Abstand.

»Was ist hier los, Pascal? Ich musste zwei Mal hinschauen, ob ich hier wirklich meinen eigenen Laden betrete. Stammgäste beschweren sich, dass sie als Versuchskaninchen für irgendwelche Tofu-Spielereien missbraucht werden. Du solltest den Laden retten und ihm nicht mit dem veganen Firlefanz den Todesstoß versetzen. Also? Ich wundere mich, dass du im Krankenhaus keinen Ton über die Neuigkeiten verloren hast.«

»Luis, Kranke brauchen Ruhe, die muss man schonen. Ich wollte dich nicht beunruhigen.«

»Was ich hier sehe, beunruhigt mich aber sehr.«

Luis hielt Ausschau nach einem Stuhl. Vivi schob ihm kommentarlos einen Hocker hin. Luis nahm Platz, ohne sich zu bedanken.

»Ich hätte nicht übel Lust, hier alle vor die Tür zu setzen. Ihr hintergeht mich, einen Kranken, den ihr absichtlich täuscht. Ihr ruiniert mich.«

»Moment Mal, Chef, ich bin hier angestellt und mache meine Arbeit«, warf Bruno ein und sah Vivi mit einem triumphierenden Blick an.

Jetzt wirst du sehen, wer hier den längeren Atem hat. Eine verstrahlte vegane Jungköchin oder ein alter Hase.

»Jetzt dimm dich mal runter, Luis«, ging Pascal dazwischen, »die Hütte steht ja noch. Was wir hier machen, tun wir für dich. Es musste was passieren. Brauch' ich dir doch nicht zu sagen.«

»Wir machen Fleischklassiker, Pascal. Wir sind ein Restaurant mit einer klassischen Küche und kein Gemüseladen. Die ersten Kunden beschweren sich schon.«

Luis fasste sich ans Knie. Seine Schmerzen schienen schlimmer zu werden.

»Bei mir hat sich noch keiner beschwert. Es musste etwas passieren. Ich sag nur ›Denk an den Brief deiner Bank‹. Bevor du jetzt total ausflippst, schau dir einfach die aktuellen Zahlen an. Die Einnahmen sind mit der veganen Küche gestiegen«, verteidigte sich Pascal.

»Wie, was, der Umsatz ist gestiegen? Es geht um den Gewinn. Wie sieht es mit dem aus?«

»Auch der Gewinn ist gestiegen. Bevor du dich weiter aufregst: Wir bieten was Neues, ohne das Alte abzuschreiben. Und das war Vivis Idee. Wir brauchen neue Kunden. Die sind dank Vivi und mir gekommen. Also, wo ist das Problem?«

»Das Problem ist«, insistierte Luis starrköpfig, »dass ihr keinen Ton gesagt habt. Ihr habt nichts mit mir abgesprochen. Noch ist das mein Laden. Ich hab' das Sagen.«

»Das bestreitet auch keiner. Aber ich sollte mir was einfallen lassen. Ich nehm' hier alles auf meine Kappe. Wenn du was Besseres weißt, als eine Karte zu erweitern, neue Kunden anzusprechen und im Netz darüber zu berichten, bitte sehr! Vivi hat sich richtig ins Zeug gelegt. Was machst du überhaupt hier? Wenn ich mir dein Gesicht angucke, gehörst du ins Bett.«

»Kann ich mir denken, dass euch das lieber ist.«

»Luis«, meldete sich Vivi zaghaft zu Wort, »das ist ein Hybrid-Restaurant.«

»Das ist die Winner-Application«, ergänzte Pascal, »wir bieten die konventionelle Küche und eine umfangreiche vegane Variante gleichberechtigt nebeneinander an.«

»Was für ein Ding? Ein Hybrid-Restaurant. Großkotziger geht es wohl nicht. ›Hybris-Restaurant‹ würde bei eurem Größenwahn wohl besser passen.«

Vivi wurde blass und bekam zittrige Knie. Als Größenwahnsinnige war sie noch nie beschimpft worden. Das von einem Menschen zu hören, der schon einen besonderen Stellenwert für sie hatte, machte sie wütend und traurig zugleich. Pascal ging entschieden dazwischen.

»Wenn du willst, reden wir im Büro weiter. Vielleicht überzeugt dich ein Blick in die Bücher, dass wir auf dem richtigen Weg sind. Wir brauchen noch etwas Zeit, um die Entwicklung zu stabilisieren. Ein oder zwei Monate reichen, um bekannter zu werden. Wir müssen was wagen.«

»Dann sollten wir Maxi gleich dazu holen. Die will Geld sehen«, reagierte Luis ungehalten.

»Jetzt kapier' ich. Jetzt wird mir einiges klar.«

Pascals Stimme war jetzt hart und unangenehm.

»Maxi hat gezwitschert. Deswegen ist sie hier aufgetaucht. Sie hat dich im Krankenhaus besucht, nicht wahr? Diese kleine Schlange. Hätte ich mir denken können«

»Genau, sie wäre fast nach Scheveningen gefahren, wenn sie nicht vor der Tür Bruno getroffen hätte. Sie war wenigstens ehrlich, als sie mich im Krankenhaus besuchte.«

»Das nennst du Ehrlichkeit? Mach mal die Augen auf, Luis. Denk nicht mit deinem kleinen Freund da unten. Maxi bist du doch egal, die will ihr Geld doch nur zurück für ihre nächsten Botoxbehandlungen.«

»Das Geld hat sie mir großzügigerweise geliehen, Pascal. Das schulde ich ihr. Sie kann damit machen, was sie will.«

»›Großzügigerweise geliehen‹, dass ich nicht lache. Erstens bekommt sie dafür Zinsen, und zweitens ging es ihr darum, dich von ihr abhängig zu machen. Ich dachte, das wäre dir klar.«

Vivi schwirrte der Kopf. Sie war kurz davor, die Küche schreiend zu verlassen. Luis sah Pascal wütend an.

»Pascal, das gehört nicht hierher. Das ist doch alles Unsinn. Jetzt wird hier aufgeräumt! – Vivi, unsere Wege trennen sich. Pack deine Sachen. Du kannst gehen. Das Theater, was ich eben erlebt habe, reicht mir. Dein Geld bis Ende des Monats werden wir dir überweisen. Tschüss.«

Luis stemmte sich schwerfällig aus dem Stuhl.

»So, Pascal, jetzt will ich die Bücher sehen, ich glaube dir erst einmal kein Wort. Vielleicht willst du mich ja schon wieder schonen«, merkte er mit beißender Ironie an und humpelte aus der Küche.

»Lügen haben kurze Beine. Diese Wahrheit bleibt«, meinte Bruno selbstzufrieden, als Luis und Pascal gegangen waren.

Vivi unterdrückte mit Mühe und Not ihre Tränen. Niemand sollte sehen, wie nah ihr das Ganze ging. Jetzt blieb nur noch Barcelona. Bestimmt hatte Rafael ein paar gute Tipps für sis.

83

»Pascal, ich bin stinksauer.«

»Jetzt halt mal die Luft an! Schau mal hier, was sich seit zehn Tagen tut.«

Pascal rief an seinem Laptop die Tabelle zur Entwicklung der Umsätze auf.

»Zugegeben, es sind kleine Fortschritte, aber immerhin. Dank der neuen veganen Angebote nehmen die Umsätze zu. Wenn es so weiter geht, wird die Sparkasse wieder dein Freund werden.«

»Und der Einkauf ist nicht teurer? Diese speziellen Sachen kosten doch.«

»Vivi setzt auf regionales und saisonales Gemüse, Ei- und Milch- und Sahneersatz aus dem Großhandel. Wir bieten beste Qualität, auch wenn es um den Tofu geht, kaufen aber preisgünstig ein.«

»Gut, klingt erst einmal überzeugend. Warum werden aber Fleischesser mit Tofu-Kostproben überfallen?«

»Was meinst du?«

»Vivi hat diese Tofuwurst einem Fleischesser untergejubelt. Der war gar nicht amüsiert. Der hat sich verarscht gefühlt.«

»Davon weiß ich jetzt nichts. War sicher 'ne spontane Idee.«

»Also, ich weiß nicht, Pascal. Ich kann nicht sagen, dass ich vor Begeisterung aus dem Hemd springe.«

»Das würde dir dein Knie auch übel nehmen, mein Lieber. Luis, die Kundschaft hat sich verändert. Ich habe Flyer im Viertel verteilen lassen. Gut, ein paar haben abfällig die Nase gerümpft, na und? Manche wurden neugierig. Ein paar Vegetarier und Veganer wollen einen Test machen. Ich hab' Komplimente von vielen Gästen gehört, die kommen wieder, glaub mir, und wenn wir Glück haben, posten die was im Netz. Was wir machen, traut sich nicht jeder, wir sind die, die Veganer Ernst nehmen und die alten Geschmäcker auch bedienen. Das hört sich doch ganz vernünftig an, oder?«

Luis hatte sich auf das Sofa gesetzt und sein krankes Knie hochgelegt.

»Lass uns machen. Es muss doch kein ›Entweder-Oder‹ sein, es ist ein ›Sowohl-Als-Auch‹.«

»Warum hast du nicht vorher mit mir darüber geredet? Das mit der Rücksicht ist doch vorgeschoben.«

»Diese Eitelkeiten. An sich müsstest du begeistert sein. Es geht aufwärts! Ich will nichts mehr hören. Ja, ich habe dich nicht informiert. Ich wusste, du würdest nein sagen. Wer weiß, wofür es gut war. – Bist du jetzt dabei, ja? Wenn nicht, kann ich mir schon mal einen neuen Job suchen.«

»Sei doch nicht so empfindlich. Zeig mir doch die Speisekarte, die schau ich mir mal genauer an.«

»Mach ich, aber zuerst darfst du das hier kosten. Oder darfst du noch keinen Alkohol trinken?«

»Ich soll keinen trinken, aber warum überhaupt?«

»Das ist unser erster veganer Wein.«

»Ich dachte, der ist immer vegan.«

»Dachte ich auch, ist er eigentlich auch, nur durch die Veredelung, die Klärung kommen tierische Stoffe rein. Der hier kommt gut an. Den setzen wir jetzt auf die Karte.«

»Den trink ich zuerst, und erst dann steht der auf der Karte.«

»Meine Güte, ist ja schon gut.«

Luis und Pascal stießen an.

»Auf die neuen Zeiten«, prostete Pascal seinem Freund aufmunternd zu.

»Ja, gerne, wenn sie langfristig Erfolg versprechen«, antwortete Luis immer noch skeptisch.

»Was sagst du zu dem Wein?«

»Dezente Würze und viel Frucht. Ein guter Trinkwein. Quanta costa?«

»Tolles Preis-Leistungsverhältnis. Bestimmt lassen die Spanier noch mit sich handeln.«

»Die veganen Weine sind wirklich nicht teurer? Wir müssen ja auf jeden Cent achten.«

»Wem sagst du das, mein Freund. Sie sind wirklich nicht teurer.«

Luis trank den Wein in einem Zug aus. Die entspannende Wirkung ließ nicht lange auf sich warten.

»Gut Pascal, wir können die vegane Ergänzung weiter ausprobieren – aber ohne Vivi. Ihre Verbissenheit kann ich nicht ertragen. Ich will auch nicht, dass sie noch weitere Kunden vergrault. Ich habe auch keine Lust, mich wegen ihr dauernd mit Maxi zu streiten. Ich bin auf sie angewiesen, du weißt warum.«

»Aber, das ist...«

»Kein ›aber‹ Pascal, ich bin der Boss. Ich habe mich entschieden. Ich werde ab sofort häufiger hier sein, um euch auf die Finger zu sehen.«

84

Vivi lag lustlos auf ihrem Bett und starrte an die Decke. Sie war mit ihrem Latein am Ende. Kölner Küchen brachten ihr einfach kein Glück. Sie brauchte Abstand. Sie dachte an Tom, der sie sehnsüchtig erwartete. Sie war schon viel zu lange nicht mehr bei ihm gewesen. Die Arbeit hatte sie zu sehr in Beschlag genommen. Jetzt tat es ihr fast leid, dass sie ihn so vernachlässigt hatte. Sie hatten telefoniert und jedes Mal drängelte Tom, weil er sie so sehr vermisste. Sie raffte sich auf, zog sich ganz schnell an und machte sich auf den Weg nach Düsseldorf. *Es gab Wichtigeres, als diese ganzen Streitereien im »Salzfässchen«.* Als sie das Krankenzimmer betrat, erschrak sie. Das Bett war leer, überzogen mit einer Plastikhaube. *Keine Panik, vielleicht wurde er nur in ein anderes Zimmer verlegt.* Sie trat auf den Flur und sah sich orientierungslos um. In diesem Augenblick kam Schwester Beate auf sie zu und drückte sie.

»Unser kleiner Tom ist heute Morgen eingeschlafen«, sagte sie sehr leise.

Vivi erstarrte zur Salzsäule. In ihrem Kopf ging alles durcheinander. Sie stützte sich auf die Krankenschwester, denn sie hatte Angst, ohnmächtig zu werden.

»Warum habt ihr mir nichts gesagt? Wieso gerade jetzt?«, fragte sie mit tränenerstickter Stimme.

»Diese Krankheit ist heimtückisch. Manchmal geht es ganz schnell. Toms Mutter hat seine Sachen schon mitgenommen. Es tut mir so leid, Vivian. Wir hätten Sie heute Nachmittag informiert.«

Vivi setzte sich auf einen Stuhl und legte ihr Gesicht in ihre Hände. Sie fühlte sich verloren und leer. Sie sank zusammen wie ein Häufchen Elend. Wieder hatte sie einen

Freund verloren wie damals Ben. Die alten Wunden brachen auf. Sie hatte sich so sehr gewünscht, dieses Gefühl nie wieder erleben zu müssen. Das Gefühl von Einsamkeit und Verlassensein kam mit einer solchen Wucht, dass sie nicht mehr klar denken konnte. Ihre Mutter verstand sie nicht, sie hatte Laura vergrault, Luis wollte nichts mehr von ihr wissen, Tom hatte sie für immer verlassen..... Vivi schreckte auf, als ihr jemand über den Rücken strich. Schwester Beate sah sie ermutigend an und drückte ihr eine Kinderzeichnung in die Hand.

»Das soll ich Ihnen von Tom geben. Er hat es extra noch vor zwei Tagen für Sie gemalt.«

Vivi sah sich das Bild durch ihren Tränenschleier an. Tom hatte zwei Strichmännchen gemalt. Unter dem einen stand Tom, unter dem anderen Vivi. Beide hielten sich an der Hand. Darunter stand in krakeliger Kinderschrift »Freunde«, und »Never give up«. Wie es aussah, hatte er Buchstabe für Buchstabe von seinem Shirt abgeschrieben. Rundum hatte er Sonnen gemalt. Vivi sah sich das Bild lange an, als würde es noch eine geheime Botschaft enthalten, obwohl es doch nur das Gefühl eines kleinen Jungen wiedergab. *Ja, er war ein kleiner Optimist, nie biestig, wie sie manchmal. Obwohl er allen Grund dazu gehabt hätte. Sie sollte sich ein Beispiel an ihm nehmen.*

85

Vivi war mindestens 30 Minuten vor dem »Salzfässchen« auf und ab gegangen. Ihr Puls schlug heftig wie nach einem Dauerlauf. Seit der Todesnachricht fühlte sie sich elend. Sie war durcheinander. Aber eines war ihr klarer denn je. Ihr Herz schlug immer noch für Luis. Das hatte sie trotz ihrer letzten unliebsamen Begegnung jede Sekunde gespürt. Sie musste jetzt handeln, sonst war alles für sie gelaufen. Liebe, Kochen, Köln. Es gab keinen Grund für sie, ihre Gefühle länger für sich zu behalten! Sie gab sich einen Ruck. Sie stürmte an der Kellnerin vorbei in Luis' Büro, der gerade gehen wollte.

»Luis.....«

»Vivi, es gibt nichts mehr zu besprechen.«

»Luis, ich gehe erst, wenn du mich angehört hast. Wenn dir nicht gefällt, was ich sage, kann ich ja immer noch gehen.«

Luis blieb stehen. *Besser ein Gespräch hier, als Theater im Restaurant vor allen Gästen.*

»Luis, ich.... ich liebe dich.«

So, jetzt war es raus. Sie fühlte sich erleichtert, geradezu euphorisch. *Warum habe ich ihm das nicht schon früher gesagt?* Luis sah sie total perplex an. Er hatte mit allem gerechnet, aber damit nicht. Er hatte plötzlich Pudding in den Beinen und musste sich setzen.

»Ich liebe dich, und ich vermisse dich. Umso schlimmer ist es, dass ich dich enttäuscht habe. Die Sache mit dem Testessen war ein Fehler. Ich wollte nur das Beste. Kannst du mir noch einmal verzeihen?«

Vivis überfallartige Liebeserklärung hatte ihn völlig aus der Fassung gebracht. Er nahm Vivis Hand und sah sie verunsichert an.

»Vivi,... du ... mir fehlen die Worte. Ich habe mit allem gerechnet, aber damit nicht.... Aber«, fuhr er sanft fort, »du weißt, gut gemeint, ist noch lange nicht gut gemacht.«

Vivi atmete auf. Sie drückte Luis' Hände und wäre ihm am liebsten um den Hals gefallen. *Noch schien nicht alles verloren zu sein.*

»Aber wer nichts macht, macht auch nichts falsch«, reagierte sie kleinlaut.

Luis sah ihr in die Augen. Sein Blick signalisierte ihr, dass er immer noch nicht genau zu wissen schien, woran er mit ihr war.

»Luis, ich will dich. Ich will eine gemeinsame Zukunft für uns. Wir passen doch gut zusammen. Und Streit gibt es doch in den besten Beziehungen. Wir sind doch alle nur Menschen, die auch Fehler machen.«

Luis sah Vivi schweigend an. Sie hatte ihn mit ihrer Liebesoffensive so überrumpelt, dass er immer noch keinen klaren Gedanken fassen konnte. *Was war los mit ihr? Warum kam es gerade jetzt zu diesem unerwarteten Gefühlsausbruch?*

»Vivi, ich liebe dich doch auch. Meinst du, ich habe dich nicht im Krankenhaus vermisst? Aber mit deiner Art hast du mich immer wieder zweifeln lassen. Vielleicht sollten wir das Private von dem Beruflichen trennen. Ich kenne einige Beziehungen, die besser wurden, nachdem beide nicht mehr zusammen gearbeitet haben. Ich würde dir auch helfen, eine Stelle zu finden, auch wenn es nicht einfach wird.«

Vivi zögerte mit ihrer Antwort. Sie liebte Luis, das war kein Lippenbekenntnis aus einer Laune heraus gewesen.

»Ja, in Ordnung, wenn du es so lieber willst, bin ich einverstanden.«

Die Stille im Büro war fast unheimlich. Keiner sagte ein Wort. Dann fasste sich Vivi noch einmal ein Herz.

»Aber Luis, ganz ehrlich. Ich würde auch gerne weiter für dich arbeiten. Ich brenne für meinen Beruf. Wir sind auf dem richtigen Weg. Die Umsätze sind gestiegen. Ich werde auch kooperativer sein.«

»Das hast du doch schon einmal versprochen. Oder?«

»Stimmt, ich verstehe deine Skepsis. Aber ich werde mir jetzt die größte Mühe geben. Ehrenwort. Das ist mein Temperament. Du kennst es ja. Manchmal hast du es sogar genossen.«

»Aber ich kann mir keine Flops mehr leisten. Die Bank sitzt mir im Nacken. Wir sind auf jeden Kunden angewiesen und dürfen niemanden durch irgendwelche veganen Eskapaden verlieren.«

»Luis, darf ich einen Vorschlag machen?«

»Wenn der uns rettet, gerne.«

»Von Geschäften habe ich keine Ahnung. Aber was spricht dagegen, deine Bankleute hier zum Essen einzuladen? Überzeuge sie doch von unserem neuen Konzept. Vielleicht sind sie dann kompromissbereiter?«

»Ich halte das für eine sehr gute Idee. Wir haben doch auch bessere Zahlen vorzuweisen«, sprang Pascal Vivi bei, als er in diesem Moment das Büro betrat.

Luis' Gesichtszüge hellten sich bei so viel Optimismus auf. *Was hatte er schon zu verlieren? Er konnte nur gewinnen.* Er stand umständlich auf. Sein Knie war noch lange nicht gesund.

»Abgemacht ihr beiden. Ich bin einverstanden. Vivi, wenn das mit den Bankern so klappt, bekommst du einen Jahresvertrag von mir. Solltest du mir aber wieder einen Strich durch die Rechnung machen, war es das. Endgültig! Auf jeden Fall was unsere Zusammenarbeit angeht. Einverstanden?«

Vivi konnte ihre Erleichterung nicht verbergen. Sie umarmte ihn, gab ihm einen Kuss auf den Mund und versprach mit fester Stimme: »Einverstanden, du kannst dich auf mich verlassen.«

86

»Hallo, Vivi, komm rein. Wie schön, dass du mich in meinen vier Wänden besuchst und dann so spät. Du musst müde sein. – Blumen für den Patienten, vielen Dank.«

Luis umarmte Vivi unbeholfen und gab ihr einen langen Kuss.

»Langsam, lass mich Luft holen, ich werde ja gleich ohnmächtig. Das wird dir dann später auch nicht gefallen«, unterbrach Vivi Luis' Avancen mit gespieltem Protest, »na ja, weil du heute seit langer Zeit wieder zu Hause schläfst, habe ich mir gedacht, dass ein schöner Strauß dein Wohlfühlgefühl steigern kann, neben meinem Besuch natürlich.«

Vivi sah sich um. Links in der Essecke stand ein heller rustikaler Esstisch. Das Wohnzimmer war in warmen Orangetönen eingerichtet. Die Couchgarnitur sah ausgesprochen bequem aus. Offenbar stand Luis nicht auf designte Wohnlandschaften, in denen keiner ohne Schmerzen lange sitzen konnte. Der überdimensionale Fernseher dominierte den Raum. Luis hatte das Zimmer verlassen und kam mit einer Flasche Wein zurück.

»Die Blumen sind wunderschön. Dann will ich mich mal revanchieren.«

Er hielt ihr eine Flasche veganen Wein entgegen.

Vivi nahm den Korkenzieher vom Esstisch und ließ es »ploppen«.

»Auf uns und auf unseren Neuanfang«, prostete Vivi Luis zu.

»Gerne, mein Schatz.«

»Ich habe noch eine tolle Nachricht für dich. Die Banker kommen am Wochenende! Deine Idee war brillant.«

Vivi hielt es nicht auf ihrem Platz. Sie umarmte ihren Liebsten stürmisch und küsste ihn wild. Luis zuckte zusammen, da sein Bein immer noch schmerzte.

»Sorry, das wollte ich nicht. Ich bin so glücklich. Alles wird gelingen, alles.«

»Das hoffe ich auch. So, und jetzt reden wir nicht mehr übers Geschäft. Du weißt viel mehr von mir, als ich von dir. Ich finde, ich sollte dich besser kennenlernen, Vivi.«

Vivi erzählte von dem kleinen Tom und dass sie sein Tod sehr mitgenommen hatte. Luis nahm sie gerührt in den Arm und drückte sie fest an sich. Als ihr bei der Erzählung wieder die Tränen kamen, küsste er sie sanft auf ihre Augen. Er sagte kein Wort. Er spürte, dass sie einfach vieles loswerden musste. Sie erzählte von dem Streit mit Laura, den sie beenden wollte und den Auseinandersetzungen mit ihrer Mutter, die ihr das Studium aufs Auge gedrückt hatte und nie mit ihren Leistungen zufrieden war.

»Auf jeden Fall finde ich es gut, dass deine Mutter die musische Ader in dir geweckt hat. Sonst hättest du mich nicht so mit deiner musikalischen Liebeserklärung begeistern können. Die Schönste, die ich bisher bekam.«

»Danke, lieb von dir.«

Sie kuschelte sich an seine Brust.

»Ich hab' auch mal Klavierspielen gelernt, ist allerdings schon eine Weile her. Wenn du magst, frischen wir meine Kenntnisse auf. Dann spielen wir ein Stück vierhändig.«

Vivi antwortete nicht, sondern sah ihn nur mit traurigen Augen an. Luis konnte sich keinen Reim auf ihre Reaktion machen. Aber er wartete ab.

»Das geht nicht, Luis. Das kann ich nicht.«

Luis merkte, dass er einen wunden Punkt getroffen hatte.

»Warum denn nicht? Oder willst du nicht darüber sprechen?«

Vivi war froh, dass ihr Luis so interessiert zuhörte.
Warum sollte sie sich ihm nicht anvertrauen? Sie wollte ja,
dass er sie besser verstand.

»Ich habe früher zusammen mit meinem Bruder Ben
vierhändig gespielt. Er konnte bereits mit sechs Jahren
phantastisch Klavier spielen. Mit zehn Jahren ist er an
Blutkrebs gestorben. Plötzlich. Dabei ist bei vielen gerade
jungen Patienten die Überlebenschance bei dieser Krebsart
viel größer als bei Erwachsenen. Es war ein Schock für die
ganze Familie. Zum Schluss war er nur noch müde und zu
schwach, um zu spielen. Ich habe unendlich mit ihm
gelitten. Wir waren ein Herz und eine Seele. Nie, nie gab es
Streit zwischen uns. Noch heute ertappe ich mich dabei,
wie ich in Gedanken mit ihm spreche, als stünde er neben
mir. Er war ein kluger, kleiner Kerl, der immer merkte, wie
ich mich fühlte. Sein Tod hat etwas mit mir gemacht. Ich
bin nicht mehr der entspannte Mensch, der ich früher war,
glaube ich. Ich krieg's nicht mehr hin.«

Vivi musste unterbrechen, um gegen die aufsteigenden
Tränen anzukämpfen. Es dauerte eine Weile, bis sie weiter
erzählen konnte.

»Das Unverwechselbare zwischen ihm und mir, das ich
in meiner Erinnerung bewahren will, ist unser gemeinsames Klavierspiel. Das konnte und wollte ich bisher mit
niemandem teilen, auch nicht während des Studiums.«

Luis hatte ihr aufmerksam zugehört und immer wieder
ihre Hand gedrückt, wenn ihre Erzählung ins Stocken
geraten war. Als Vivi die Tränen nicht mehr zurückhalten
konnte, strich er ihr übers Haar und nahm sie in den Arm.
Bei Luis hatte Vivi das Gefühl, dass sie endlich offen reden

konnte, ohne dass jemand über ihr Verhalten schmunzelte, so wie David es manchmal gemacht hatte. Er hatte sie oft für ihre Gefühlsduselei, wie er es nannte, kritisiert und ihr geraten, endlich mit der Sache abzuschließen. Doch sie würde niemals mit »dieser Sache« abschließen können. Ben würde immer eine Nische in ihrem Herzen haben. Vivi fühlte sich in Luis' Armen geborgen, und sie hatte das Gefühl, sich fallen lassen zu können.

»Jetzt haben wir aber genug über die Vergangenheit geredet. Morgen ist im Mediapark ein veganes Sommerfest. Mit Leckereien und auch Accessoires und so. Hast du Lust, mit mir dahin zu gehen? Dann kannst du deine Banker noch kompetenter von dem neuen Angebot überzeugen.«

»Gut, einverstanden, das Wetter ist toll. Aber ich habe dafür höchstens zwei Stunden Zeit. Pascal kommt morgen erst gegen Abend. Passt mir überhaupt nicht, aber er hat einen wichtigen Termin.«

Es war weit nach Mitternacht, als Vivi und Luis immer noch wie ein längst vertrautes Ehepaar auf dem Sofa saßen und dezente Barmusik hörten. Irgendwann schlummerten sie weinselig ein, als wäre es nie anders gewesen.

87

Vivi und Luis schlenderten mit Happy über den weitläufigen Platz, dem ein kleiner See Charme verlieh. Die Stände waren kreisrund angeordnet. Vivi versuchte Luis die veganen Käse- und Wurstalternativen schmackhaft zu machen. Sie sah sich in aller Ruhe das Programm einer veganen Partei an und unterhielt sich ausführlich mit den veganen Powerfrauen, die dieses Fest veranstalteten, über

Tierschutz und gesunde Ernährung. Luis zeigte an den Präsentationen kein besonderes Interesse. Lediglich das Gespräch mit den Powerfrauen schien ihn zu beeindrucken. Ihre drastische Schilderung der Massentierhaltung und die Bilder, die sie in einer Ausstellung präsentierten, verfehlten ihre Wirkung nicht. Er nahm sich Prospekte mit, die er zu Hause studieren wollte. Nach einer Stunde knurrte beiden der Magen.

»Wir haben genug gesehen, oder, was hältst du davon, wenn wir drüben etwas essen? Neben dem Cinedom gibt es die besten Burger und bestimmt auch ein ausreichendes Salatangebot für dich.«

»Luis, das ist ja wohl jetzt nicht dein Ernst? Hier gibt es tolle Köstlichkeiten, und du willst in den Burgerladen. Da rechts gibt es vegane Döner und auch vegane Baklava. Hol' dir Anregungen für dein Restaurant!«

»Muss das sein? Mein Vorschlag: Du isst hier, was du magst, und ich esse so einen kleinen Burger. Happy kommt mit mir, er hat bestimmt auch Hunger. Wir setzen uns auf die Bank vor der Bühne.«

Vivi hielt Happy fest an der Leine und sah Luis entschlossen an.

»Hast du eine Meise, du willst dich mit deinem Burger auf diese Bänke setzen, die die Veranstalter eines veganen Marktes aufgebaut haben? Ich mache dir einen Vorschlag. Ich spendiere jetzt Happy einen veganen Döner. Wenn der ihm schmeckt, isst du auch einen.«

Bevor Luis reagieren konnte, hatte Vivi bestellt. Einen legte sie Happy hin, in den zweiten biss sie lustvoll hinein. Luis traute seinen Augen nicht. Happy verspeiste mit großem Appetit die kleine Mahlzeit und setzte sich dann mit bettelnden Augen vor Vivi.

»Also, Luis, wie sieht's aus?«

Was sollte er schon sagen? *Jetzt war ihm sogar Happy in den Rücken gefallen.* In dem Moment, als er lustlos in den Döner beißen wollte, hörte er eine vertraute Stimme.

»Hallo, liebe Freunde, ich begrüße euch zum veganen Sommerfest. Ich bin begeistert, dass so viele gekommen sind und sich mit unserer Philosophie identifizieren. Gleich geht es mit dem Bühnenprogramm los. Ich werde euch dann unsere Hauptakteure vorstellen.«

Luis ließ vor Überraschung fast seinen Döner fallen, als er den Moderator näher in Augenschein nahm. Pascal gab den locker flockigen »Andersleben-Zeremonienmeister«. Luis ging schnurstracks zur Bühne. Als Pascal ihn erblickte, wurde er unter seiner getönten Tagescreme blass.

»Was machst du hier?«, blaffte Luis Pascal an, »ist das dein wichtiger Termin? Willst du jetzt den Beruf wechseln und in Zukunft den veganen Showmaster geben? Also....«

»Komm, lass ihn doch. Mach hier keinen Ärger. In seiner Freizeit kann Pascal machen, was er will«, unterbrach Vivi Luis' Tirade.

Pascal war froh, dass er sich erst einmal sammeln konnte.

»Gut, Luis, ich hätte es dir sagen sollen, stimmt. Aber es ist wirklich meine Freizeit. Und ich stehe hinter dem, was hier passiert.«

»Jetzt verstehe ich, warum du in letzter Zeit immer häufiger vegetarisch oder sogar vegan gegessen hast. Ist das Vivis Schuld?«

Als Pascal verneinte, fiel es Luis plötzlich wie Schuppen von den Augen.

»Nein, du hast einen neuen Freund, stimmt's? Einen Veganer!«

»Ja, mein Freund hat mir die Augen geöffnet, wie vernünftig diese Lebensweise ist. Kommt mal mit zu dem Stand dahinten. Er verkauft fair gehandelte vegane Schuhe und Accessoires.«

Bevor Luis widersprechen konnte, zog Pascal ihn mit sich.

»Hallo, Leander, darf ich dir meine Freunde vorstellen? Das ist Luis, und das ist Vivi.«

Leander begrüßte beide herzlich. Luis fixierte er länger.

»Kannst du vergessen, Hasi. Der ist so etwas von Hetero«, intervenierte Pascal.

»Oh, wie ich sehe, ist er aber ein Mitglied unserer verschworenen Gemeinschaft«, strahlte Leander Luis an.

»Gott bewahre, zu diesem Döner bin ich genötigt worden«, antwortete Luis und lächelte gequält.

»Hat dir denn die Köstlichkeit überhaupt nicht geschmeckt?«

»Na ja, der Döner war knusprig und die Soße schmackhaft. Ich hatte aber auch Hunger«, fügte er lustlos hinzu.

Vivi war zufrieden.

»Das klingt doch nicht schlecht. Was willst du mehr, Luis? Wir wollen alle, dass das Hybrid-Restaurant erfolgreich wird. Sei doch froh, dass du dafür jetzt vegane Experten an deiner Seite hast. Sogar Happy versteht das. Komm Happy, gib mir eine Fünf.«

Vivi bückte sich, und Happy drückte seine Tatze in ihre Hand. Luis verstand überhaupt nichts mehr. Ihm war das bei Happy nie gelungen. *War hier eine Verschwörung im Gange? Sollte hier die vegane Weltherrschaft ausgerufen werden...?*

88

»Meine Damen und Herren, ich hoffe, es schmeckt Ihnen bei uns.«

Luis hatte seine Serviette umständlich neben seinem Teller drapiert und sah erwartungsvoll in die Gesichter der Gäste.

»Ich darf nochmals das Glas heben und mich bedanken, dass Sie unsere Gäste sind.«

Pascal hatte ihn beknetet, gemeinsam mit den Bankern zu essen. Luis fand das viel zu aufdringlich und anbiedernd. Es sei nicht sein Stil. Nach einigem Hin und Her hatte er zugestimmt. Er hatte Bruno die Menüfolge vorkosten lassen. Er dachte, mit einem überzeugten Fleischesser sei er auf der sicheren Seite. Was dem schmeckt, schmeckt auch anderen. Bruno hatte Lob verteilt, und Lob war nicht seine starke Seite. Aber ein letzter Rest Skepsis war geblieben.

»Ich muss sagen, Herr Kerner, hab' das vegane Essen meiner Frau probiert, nicht schlecht, nicht übel und ein Hingucker, wirklich, das Auge isst ja mit. Schade, dass der Kollege Kaspers keine Zeit hatte.«

Ludwig Kiesewetter, der Leiter der Kreditabteilung, lachte ein ansteckendes, kräftiges Lachen. Er war ein wohlgenährter Boss mit sympathischen Lachfalten. Er schien bei seinen Kollegen beliebt zu sein. Luis kannte auch seine andere Seite. Er konnte den unnachgiebigen, harten Verhandler geben.

»Ich hatte das komplette vegane Menü, wirklich ausgezeichnet, wenn ich das gewusst hätte, ich hätte es schon früher mal probiert. Kompliment«, lobte sein Assistent

Andreas Winkelmann die Küche, »der Nachtisch, dieses Kokosgelee, einfach lecker.«

»Verraten Sie das Rezept oder ist das geheim?«, wollte die Begleitung des Assistenten wissen, eine Endvierzigerin mit Bob in einem aquablauen Kostüm, »ich koche nämlich für mein Leben gern.«

Luis fühlte sich wahnsinnig geschmeichelt. Er winkte Emma, die Aushilfsserviererin, heran und flüsterte ihr etwas ins Ohr.

»Wir kümmern uns darum«, sagte er, »vielen Dank, wirklich, Ihr Lob freut uns ungeheuer.«

Wenige Minuten später stand Vivi mit einem Spiegeltablett am Tisch, das mit Petit Fours bestückt war. Das war nicht üblich, aber Pascals Idee, die Handwerkerin hinter den Kulissen vorzustellen, gefiel ihm. Eine kleine Show kam bei Gästen immer gut an.

»Wir haben ein paar Kleinigkeiten zum Kaffee für Sie vorbereitet. Wenn Sie mögen.«

Luis verfolgte Vivis Rundgang aus den Augenwinkeln. Wie sie charmant von Platz zu Platz ging und die Kleinigkeiten verteilte, als wären es Schmuckstücke. Sie hatte keine Scheu. Sie bedachte jeden mit viel Aufmerksamkeit. Die Banker machten Scherze. Jemand fragte, ob er gleich drei nehmen dürfe oder ob die abgezählt seien. Als Vivi bei der Frau im aquablauen Kostüm ankam, zog sie ein DIN-A-5-Blatt aus der Jackentasche und überreichte es mit einem Gruß aus der Küche. Die Lady strahlte, nachdem sie die Zeilen überflogen hatte.

»Wie schön, vielen Dank für das Rezept, was für ein toller Service, das habe ich noch nie erlebt. Sogar mit dem Logo vom ›Salzfässchen‹. Das rahme ich mir ein. Das kriegt einen Sonderplatz in meiner Küche.«

»Viel Spaß beim Nachkochen. Worauf Sie besonders achten müssen, steht ganz am Ende«, erläuterte Vivi das Rezept.

Als sie an Luis' Platz kam, trafen sich für einen kurzen Moment ihre Blicke. Vivi hatte wieder ein prickelndes Gefühl in der Magengegend, das sie fast aus dem Konzept brachte. Wie damals, dachte sie, als sie im Fitnessstudio auf dem Schiff vom Laufband fiel und er sie aufgefangen hatte. Sie legte zwei Petit Fours auf Luis' Teller und berührte dabei sein Bein – natürlich völlig unbeabsichtigt. Dann verschwand sie in der Küche, um Nachschub zu organisieren. Sie hatte noch etwas Besonderes gezaubert. Rezepte auf Nachfrage auszudrucken, war eine gute Idee. Die Frau in dem aquablauen Kostüm hatte sich über das Souvenir aus ihren Händen unglaublich gefreut. Vivi ging es so gut wie lange nicht mehr. Zum ersten Mal fühlte sie sich richtig akzeptiert, als gehörte sie erst jetzt wirklich zum Team. Manchmal nahm das Leben eben doch eine unerwartete Wende.

89

»Ich bin stolz auf dich, Vivi. Wirklich. Du bist ein Schatz. Das gestern war großes Kino, du hast mir gezeigt, dass wir mehr können als hochwertige bürgerliche Küche. Du kannst so gut mit den Gästen umgehen, ich hol' dich jetzt immer wieder mal vom Herd weg, du hast die Banker ja richtig becirct«, kam Luis aus dem Schwärmen nicht mehr heraus, »wer weiß, vielleicht schreiben wir zwei irgendwann noch ein Kochbuch zusammen.«

»Wir zwei? Das klingt wie Musik in meinen Ohren. Gut – sehr gut.«

Der sanfte Klang in Vivis Stimme, der Erfolg des gestrigen Abends, der Druck, der ein Stück von Luis abfiel, hätte ihn fast dazu gebracht, Vivi an sich zu ziehen und sie zu küssen. Aber das Geschäftliche hatte Vorrang.

»Apropos Zukunft. Hier liegt dein Vertrag.«

»Danke, Luis. Ich unterschreibe sehr gerne und geh' dann mal an den Herd, bevor wir uns hier mit Komplimenten noch besoffen reden.«

Vivi rollte die Ärmel ihrer Kochjacke herunter und war schon im Begriff zu gehen, als Luis sie spontan in seine Arme zog und sie erst vorsichtig, dann fordernd küsste. Da war es wieder, das Kribbeln in Vivis Bauch. Es war so traumhaft wie an Deck des Kreuzfahrtschiffes, als sie vergessen hatte, dass sie sich unter freiem Himmel liebten.

»Ich glaube, du bezahlst mich fürs Kochen, oder?«

Sie löste sich vorsichtig aus seinen Armen und schob ihn halbherzig protestierend ein Stück von sich weg.

Gerade rechtzeitig, denn Pascal stürmte ins Büro.

»Ich hatte eben einen Anruf von der Sparkasse auf meinem Handy. Habt ihr denen was ins Essen gemischt?«

Pascals Frage klang so vorwurfsvoll, dass Luis erst einmal zusammenzuckte.

»Wieso?«

»Der Kiesewetter hat wie ein Restaurantkritiker geschwärmt. Er hat angedeutet, dass ihn unsere Zahlen sehr positiv stimmen. Er will einen Termin in vier Wochen mit uns. Bis dahin haben wir erst einmal Luft. Er hat angekündigt, dass sich seine Frau mit ihrem Businessnetzwerk in den nächsten Tagen melden wird. Die wollen eine Art Stammtisch einrichten und suchen noch eine Lokalität, wo alle auf ihre Kosten kommen, Fleischliebhaber, Vegetarier und Veganer. Luis, es ist ein bisschen, als würde ich träumen.«

»Ich hätte es nicht für möglich gehalten, dass die neue Karte so ankommt. Die Branche verändert sich, und wir sind dabei. Dass wir unsere alte Kundschaft behalten und nicht vergraulen, und die neuen Geschmäcker zu uns lotsen, wird nicht einfach werden, aber ich weiß jetzt, dass es geht. Das haben wir auch, nein, vor allem Vivi zu verdanken.«

90

Vivi saß in ihrer veganen Oase und fragte sich, welches Foto wo am besten wirken würde. Attila sah einfach umwerfend aus. Und von Josita konnte sie noch viel lernen. Sie bekamen an der Wand einen Platz mit viel Licht. Vivi freute sich über diesen friedlichen Ort, der für viele Kunden zum Lieblingsraum geworden war. Interessenten für das neue Angebot gab es mehr als erwartet, sogar Fleischesser kamen. Sie mussten nur umgepolt werden. Vivi hatte vom »Meatless Monday« gehört, eine Art Einstieg in den Umstieg. Warum nur in New York, London oder Berlin und nicht in Köln in der Brabanter Strasse? Sie wollte vorschlagen, ihn einzuführen. Am ersten Tag der Woche sollte nichts mit Fleisch auf der Karte stehen. Doch noch war die Idee ihr Geheimnis. Sie wollte erst einmal am Sonntag ein rein veganes Buffet testen, kalte und warme Speisen und selbst gemachte Limonade für Kinder. Sie war sich sicher, dass sie noch viele Optionen hatte, die Welt veganer zu machen, und auf die würde sie setzen. Dafür brauchte sie Pascals Rücken-dendeckung.

»Pascal, darf ich kurz stören? Was sagt denn die Buchhaltung? Steigen die Umsätze mit der neuen Abteilung?«

»Wir haben Gäste hinzu gewonnen, das kann man sagen, es geht weiter aufwärts.«

»Pascal, wir könnten am Sonntag ein veganes Buffet anbieten, speziell für Familien haben wir noch nichts gemacht. Es könnte selbst gemachte Limonade geben. Ich lass' mir was einfallen auch für Kinder.«

Vivi fand ihre Idee genial. Pascal musste ihr engster Verbündeter bleiben. Er verstand sie. Luis duldete nur ihre Sichtweise der Dinge. Das war der Unterschied.

»Vivi, du hast doch deine Spielwiese. Wir sollten die Entwicklung abwarten. Ich will Luis nicht schon wieder mit was Neuem unter Druck setzen. Er hat die Pille geschluckt. Sei doch mal zufrieden damit.«

»Du brauchst doch höhere Umsätze. Sonst gehen hier bald die Lichter aus, hast du gesagt. Da müssen wir jetzt mal ein Schübchen drauf legen. Die Banker waren doch begeistert von unserer Küche.«

»Lieber langsam wachsen, Vivi. Das ist meine Erfahrung. Alles andere ist unrealistisch. Banker wissen das auch.«

Pascal verstummte und dachte nach. Als Vivi unverrichteter Dinge das Büro verlassen wollte, hielt er sie zurück.

»Gut, ich will dich in deinem Arbeitseifer nicht bremsen. Du scheinst ja den richtigen Riecher zu haben. Mach dein veganes Buffet. Wer das nicht mag, kann ja etwas anderes essen.«

91

»Bruno, wir machen ein rein veganes Buffet am Wochenende. Die Fleischküche hat Pause!«

»Vivi, das ist das Neueste, was ich höre.«

»Du sagst es, es ist das Neueste. Alle Stammkunden bekommen eine Mail. Ich mache Werbung auf Facebook. Wir machen einen Sonderpreis, um die Neugierde zu wecken.«

»Du hast das mit den Chefs abgesprochen?«

»Hab' ich.«

Hatte sie ja, auch wenn sie für das Wochenende etwas eigenmächtig die bürgerliche Küche stilllegte. Aber ihr Buffet sollte auf gar keinen Fall mit Schnitzeln oder Bratwürsten in Berührung kommen. Das verlangte ihr Reinheitsgebot. Sie wollte heute posten, was das Zeug hielt, über Whatsapp und Facebook. Die veganen Feinschmecker sollten am Sonntag das Lokal stürmen.

92

»Also, ich bin ganz sicher, dass sich die Zahl der Vorbestellungen noch erhöhen wird«, behauptete Vivi mit fester Stimme, um Bruno gleich den Wind aus den Segeln zu nehmen. Vivi hatte ein Buffet für fünfzig Veganer kalkuliert.

»Am Wochenende nehmen sich die Menschen mehr Zeit fürs Essen, vor allem die gesundheitsbewussten und nachhaltigen Esser.«

Bruno war keineswegs von Vivis Prognosen überzeugt, bestellte aber alle notwendigen Zutaten für die gesunde Buffetoffensive. Diskussionen in der Küche waren ihm ein

Gräuel. Da Vivi der Meinung war, dass sie die Laufkundschaft immer noch zu wenig über das neue Speisenangebot informierten, hatte sie Pascal mit Engelszungen dazu gebracht, auf der Eingangstür ein separates Schild zu platzieren. »Wir kochen auch vegan« stand in grüner Schreibschrift darauf.

»Bruno, bekommen wir alles, was ich aufgelistet habe? Haben wir genug eifreie Nudeln, auch asiatische? Die mögen Kinder und Erwachsene.«

Bruno war es schleierhaft, was Vivi so zuversichtlich machte, dass im »Salzfässchen« am Sonntag eine Menge Veganer einfallen würden. Aber er sagte nichts.

»Bruno, ist das mit dem Eierersatz geklärt? Letztes Mal war ich nicht zufrieden. Wir mussten umstellen. Hast du das gesehen?«

»Yes ma'am«, knurrte Bruno vor sich hin.

Zu mehr fehlte dem Chefkoch die Motivation.

»Du kochst bitte ausschließlich mit meinem Werkzeug. Deins kommt komplett in den Schrank. Der Grund ist ja bekannt.«

»Alles klar.«

»Ich mache noch den perfekten veganen Koch aus dir.«

Vivi sah nicht, wie Bruno mit den Augen rollte.

»Du wirst begeistert sein, wenn du siehst, was am Sonntag alles auf dem Tisch liegt. Danach änderst du deine Meinung, ganz bestimmt.«

»Bist du sicher, dass wir diese Mengen brauchen? Wäre es nicht sinnvoller, abzuwarten, bis klar ist, wie viel Bestellungen wir haben?«

»Ich muss planen und bin ganz sicher, dass sich auch noch spontan ganz viele entscheiden werden, das neue Angebot auszuprobieren. Ich hab' im Netz Werbung gemacht. Die Neugierde ist am Anfang schließlich immer am größten. Also, gar kein Problem Bruno. Studier doch schon mal die Rezepte, damit du im Bilde bist.«

»Aber gern, ma'am, ich will mich doch nicht blamieren – nach dreißig Jahren Berufserfahrung. Dass du mich überhaupt kochen lässt, ehrt mich. Ich danke dir.«

Vivi war so mit sich selbst beschäftigt, dass sie Brunos Zynismus nicht ausreichend wahrnahm. Er sah, dass die Rechnung für die Bestellung der Ware wesentlich höher war als sonst und fragte sich, ob die Kalkulation stimmen konnte. Aber warum sollte er, der olle Koch der alten Schule, die junge Kollegin in ihrem kulinarischen Wahn warnen.

93

Das Wochenende brach an. Auf der Reservierungsliste standen acht Vorbestellungen. Vivi wusste aus Erfahrung, wie häufig sie selber kurzfristig eine Entscheidung zum Essengehen fällte. Das ging anderen sicher genauso. Sie würde das Posting am Abend einfach noch einmal wieder-holen. Steter Tropfen höhlt den Stein. Sie mussten den veganen Sonntag erst bekannter machen. Wenn es nach ihr ginge, würden sie im »Salzfässchen« sogar den »Meatless Sunday« einführen.

»Ich mache das ausnahmsweise mit«, brummte Bruno Vivi an, »weil wir neue Kunden brauchen. Ich quäle mich mit diesen komischen Sachen rum. Denn normalerweise koche ich nichts, was mir nicht schmeckt. Weißt du ja. Ich weiß sowieso nicht, wie du alle wieder umgestimmt hast. Ich dachte der Quatsch wäre vom Tisch.«

»Mir ist lieber, du quälst dich, als das Fleisch«, äffte Vivi zurück und konzentrierte sich ganz auf ihre »Kartoffel-Wirsing-Muffins«.

Als am Samstagmittag keine weiteren Anmeldungen eintrafen, beschlich Vivi das ungute Gefühl, dass ihr Optimismus etwas überzogen war. Die frische Ware musste sie verarbeiten, egal wie viele am Tisch saßen.

»Die Branche ist unkalkulierbar«, stellte Bruno ganz sachlich fest, als er Vivis angestrengten Blick sah, »so einfach, wie du dir das vorstellst, geht das nicht. Wir sind nicht die einzigen, die am Sonntag ein Buffet anbieten. Hinzu kommt, dass der Preis eher im mittleren Segment liegt. Du unterschätzt die Lage.«

»Ich weiß, was ich tue, Bruno«, reagierte Vivi ungehalten.

Doch sie fing zum ersten Mal an, sich Sorgen zu machen. Am Herd machte ihr niemand etwas vor, aber Gäste im Rudel anzulocken, hatte sie sich einfacher vorgestellt. Sie fragte sich, ob jetzt der Zeitpunkt gekommen war, Pascal um Rat zu fragen. Doch er würde sofort alle Vorbereitungen kippen. Notfalls mussten sie doch noch die normalen Gerichte anbieten. Das Warten war das Schlimmste. Sie checkte die Liste der Vorbestellungen, jetzt zum dritten Mal in einer Stunde. Acht, acht, nicht mehr als acht. Die Zahl würde sie noch in ihren Träumen verfolgen. Kellnerin Lucie warf ihr einen mitleidigen Blick zu. Das Geschäft lief für einen Samstag mehr schlecht als recht. Alle hofften auf die neue Strategie am Sonntag. Allein schon um ihre Jobs zu behalten. Bevor sie Bruno doch noch grünes Licht für die üblichen Angebote auf der Speisekarte geben wollte, prüfte Vivi in einer kleinen Pause erneut die Reservierungen im Internet. Sie wusste, wie unsinnig das war. Sie schaute auf das Datum, als traute sie ihren Augen nicht. Fünfunddreißig Reservierungen. Es konnte sich nur um einen blöden Scherz handeln oder um einen Fehler.

»Lucie, kommst du mal? Hast du das gesehen, fünfunddreißig Reservierungen für morgen hat dieser Roger Schmitz gemacht? Rufst du denn bitte mal an und lässt dir das bestätigen. Ich bin zu aufgeregt.«

Lucie griff zum Hörer und legte bereits nach 30 Sekunden auf.

»Das war ein kurzes und knappes ›Ja‹. Ist alles ok. Fantastisch. Du kannst dich in der Küche austoben, wie du es dir gewünscht hast.«

Vivi betrat die Küche mit stolz geschwellter Brust.

»Bruno, es kann losgehen. Fünfunddreißig Bestellungen. Vielleicht kommen ein paar Leute spontan, dann geht meine Rechnung auf. Wusste ich's doch.«

94

Vivi hatte blendend geschlafen und freute sich auf den Arbeitstag. Sie schwebte wie auf Wolken auf dem Weg ins »Salzfässchen«. Ihre perfekten Vorbereitungen würden sie gleich ganz entspannt kochen lassen. Das Schild an der Eingangstür hatte die neuen Reservierungen bestimmt auch beflügelt. Sie wischte es sauber und war unendlich glücklich, dass sie Pascal dazu gebracht hatte, ihre neue Kochphilosophie auf diese Weise kund zu tun. Vivi hatte einen langen Tisch mit einem grünen Stoff eingedeckt und an mehreren Stellen kunstvoll gerafft. Zwei silberne Kerzenständer mit jeweils drei beigen Spitzenkerzen überragten das Speisearrangement und gaben der Präsentation etwas Festliches. Vivi gab Lucie ein Zeichen, die Kerzen anzuzünden. Als die ersten Gäste eintrafen, tat es ihr gut zu sehen, wie neugierig und lustvoll die Hungrigen das farbenprächtige Angebot begutachteten.

»Ich wünsche Ihnen gleich einen guten Appetit«, begrüßte sie die Gäste in der Oase.

Eigentlich wäre die Begrüßung Pascals Sache gewesen, aber er kam heute wegen einer privaten Angelegenheit später.

»Vielen Dank, dass Sie heute unsere Gäste sind. Sie wohnen einer Premiere bei. Wir machen das vegane Buffet heute das erste Mal. Sie finden das komplette Angebot auf der Karte dort.«

Vivi zeigte auf die Mitte des Tisches, wo die aufgeklappte Speisekarte stand. Die Vorderseite zierte ein grünes Smiley. Darüber stand »Bon Appetit«. Sie gab Lucie ein Zeichen, nach den Getränken zu fragen. Die fünfunddreißig Gäste, die reserviert hatten, ließen noch auf sich warten. Vivi verschwand in der Küche, um die Dips und Soßen zu holen, die sie bis zuletzt kühlte. Frische ging ihr über alles. Als Vivi die Saucieren und Dipschalen auf dem Buffet verteilte, fluteten laute Stimmen das Restaurant. Der Gastraum füllte sich mit Männern in rustikalem Outfit. Einer sprach mit Lucie, die ihnen die reservierten Tische zeigte. Sie rückten Stühle hin und her und machten Witze, die lautstarkes Gelächter auslösten. Die ruhige sonntägliche Stimmung wich der Atmosphäre eines Stammtischtreffens in einem Clubhaus, bei dem das Aussehen so wenig eine Rolle spielte wie das Auftreten. Vivi konnte es egal sein, wichtig war, dass die Kasse klingelte.

95

»Ich will ja nichts sagen, von weitem sieht es nicht schlecht aus, aber ich weiß nicht, grünes Futter mit einer Marinade dabei. Bin ja kein Nager«, maulte das Schwergewicht um die vierzig in Jeans und T-Shirt, das sich unvorteilhaft über seinen Bauch spannte.

»Schorsch, mach mal halblang. Jetzt unk hier nicht rum, das gehört sich nicht.«

Der junge Mann lächelte vermittelnd in die Runde. Er stach aus der Truppe hervor, weil er ein dunkelblaues Oberhemd und ein sportliches Jackett in Beige trug.

»Wir essen alle gern Salat zum Steak, und jetzt testen wir halt ein paar andere Sachen.«

»Wat is dat denn? Schmeckt komisch.«

Der Dicke im T-Shirt spießte ein paniertes Etwas auf und biss zum zweiten Mal hinein.

»Nee, geht gar nicht.«

Andere Kumpels am Tisch stocherten in ihren Speisen herum, probierten von diesem und jenem. Es war unübersehbar ein Kampf für die meisten, die Gabel zum Mund zu führen. Ein dürrer Blondschopf sah sich das Schauspiel mit Belustigung an und hatte sich offenbar entschlossen, das bisschen, was er ohnehin essen würde, nur zu trinken. Das dritte Kölsch kippte er in zwei Zügen hinunter. Den Versuch, dem Brot etwas abzugewinnen, brach er sofort wieder ab und warf die Scheibe lieblos auf den Teller. Er blickte auf die Uhr, als könnte er sich alles vorstellen, nur nicht viel länger im »Salzfässchen« zu sitzen.

»Vivi!«

Lucie betrat ganz hektisch die Küche, was sie selten tat.

»Wir brauchen dich ausnahmsweise im Restaurant. Luis ist noch nicht da.«

»Warum, was gibt's?«

Lucie zuckte unschlüssig mit den Schultern. Vivi folgte ihr mit einem unguten Gefühl.

In der Oase schien alles zum Besten zu stehen. Die Gäste unterhielten sich entspannt.

»Die Herrentruppe da, die ist merkwürdig drauf«, meinte Lucie, »ich denke, du siehst mal nach dem Rechten.«

»Hallo«, grüßte Vivi in die Runde, obwohl das komische Gefühl in ihrer Magengegend nicht zu ihrem entspannten Ton passte.

»Ich hoffe, es schmeckt Ihnen. Sie haben heute eine gute Wahl getroffen.«

Vivi bemerkte erst jetzt, dass kaum jemand etwas aß.

»Das sehen wir anders.«

Der Dicke im T-Shirt kam ohne Umschweife auf den Punkt. Vivi sackte das Herz in die Hose. Er hatte erneut sein Sellerieschnitzel aufgespießt und hob es über dem Teller in die Höhe, als wollte er es in die Ecke pfeffern.

»Das hier geht nicht, Lady. Wir brauchen was Richtiges, was Deftiges. Diese Pseudoschnitzel sind eine Zumutung. Man könnte auch Mogelpackung dazu sagen.«

»Ich weiß nicht, was Sie erwartet haben, aber hier wird vegan gekocht, und das ist nun mal ein Gemüseschnitzel in einer Kräuterpanade. Die Panade ist knusprig und das Gemüse knackig. Ich habe alles selbst probiert.«

»Glauben wir gern«, maulte der Dicke, »mit dir zusammen würde ich vielleicht auch mal so was essen, wenn du der Nachtisch wärest.«

Die XXL-Ausführung eines Brachial-Charmeurs konnte sich vor lachen kaum halten. Die anderen Gäste schauten verlegen. Vivis Adrenalin Spiegel stieg. Musste sie sich das bieten lassen? Bevor sie reagieren konnte, legte Mr. XXL nach.

»Für den richtigen Hunger ist das nix, das schmeckt wie Knüppel auf den Kopf.«

»Echt, genau«, mischte sich sein Tischnachbar ein und schob den Teller wie ein kleines Kind von sich weg.

»Was soll das hier überhaupt? Können Sie keine Steaks braten? Oder vielleicht so einen schönen Sonntagsbraten oder eine deftige Haxe mit Knödeln und Soße? So ein Drei-Zentimeter-Filetsteak mit Trüffelbutter wäre auch was Feines. Gibt es doch sonst hier.«

Er grinste und rieb sich über seinen dicken Bauch, als wäre er eine Errungenschaft.

»Ich kann, aber ich will nicht. Wenn ich mir Sie so ansehe, wären ein paar Tage Gemüse und Co. keine schlechte Idee. Da liegt noch ganz viel anderes auf dem Buffet, probieren Sie doch den Linseneintopf mit Räuchertofu oder den russischen Salat mit Soja, Champignons und Oliven oder das indische Nudelcurry. Das ist alles wahnsinnig gesund und lecker. Und erst das Kebab aus Seitan. Das ist richtig gut mit Tomaten und Oliven in der selbst gebackenen Brottasche. Kriegt man nur bei uns.«

»Aus was? Aus dem Iran? Kenn' ich nicht, und will ich nicht. Das ist schon gar nix für mich. Und noch was Lady, mein Bauch geht dich gar nichts an, ich brauch' mein Kampfgewicht, wer baut denn sonst die Straßen, auf denen du ja wohl auch fährst?«

»Duzen Sie mich bitte nicht, wir sind hier nicht auf'm Bau. Was meckern Sie überhaupt? Wir haben heute das vegane Sonntagsbuffet, wenn Sie nicht lesen können, ist das nicht mein Problem.«

»Ne, Schätzchen. So geht das nicht. – Jungs, jetzt bestell'n wir noch 'ne Runde Kölsch, und dann ist hier
Schicht im Schacht. Ich seh' schon 'nen leckeren Doppel-
cheeseburger spezial vor meinem geistigen Auge. Ihr wisst
schon.«

Er machte die passende Handbewegung, als würde er in
einen Burger beißen. Die meisten am Tisch nickten
zustimmend.

»Also Mädchen,...«

Der Dicke holte gerade schniefend Luft, als Luis zu
ihnen an den Tisch humpelte.

»Hey, ich komm ja gerade richtig, sieht alles toll aus.
Wie ich sehe, kennt ihr Vivi schon.«

»Ja, leider«, schniefte der Dicke uncharmant, »Luis,
was hast du dir denn bei dem Driss gedacht? Nix für
ungut, aber hier geht heute nix mehr für uns. Das ist kein
Essen, das ist eine.... eine Zumutung.«

Vivi blieb die Spucke weg.

»Ihr duzt euch?«

»Ja, das sind..., äh, also, um es genau zu sagen, das sind
meine Grillkumpel, mit denen ich immer zum Fußball
gehe. Alles FC-Fans, wie ich. – Jungs, ich hatte mich auf
euch verlassen. Ich habe euch um einen Gefallen gebeten.
Ihr habt gesagt, das geht in Ordnung.«

»Luis, da wussten wir nicht, was auf uns zukommt«,
protestierte Schorsch, »Sellerieschnitzel ist eine gemeine
Irreführung. Da muss mindestens unter dem Sellerie ein
leckeres Schweineschnitzel liegen. Diesen Papp hier....«, er
nahm einen Löffel Dip und ließ ihn in die Schale zurück-
plumpsen, »kriegt keiner runter, keine Chance. Nicht ohne
Grillkartoffel aus der Holzkohle. Auf geht's, Jungs. Mir
knurrt der Magen, nächsten Mittwoch wieder, Luis, ja?

Die Coburger sind richtig geil bei euch und die Schweine-rippchen der Knaller.«

»Moment mal! Das könnt ihr nicht machen. Die Würste laufen euch doch nicht weg. Ihr seid eingeladen. Die nächste Runde Kölsch geht auf mich.«

»Ne, wirklich nicht, hier kriegt keiner mehr einen Bissen runter. Danke, aber hier geht nichts mehr. Wir machen die Biege.«

»Stopp, Freunde. Wenn es gar nicht geht, könnt ihr natürlich auch etwas Herzhaftes haben.«

»Sag das doch direkt. – Dann bring uns die Speisekarten, Schätzchen. Da schlagen wir zu. Und nicht böse sein, jetzt kannst du ja zeigen, was du kannst«, schlug der korpulente Griller Vivi gegenüber versöhnliche Töne an und ließ sich wieder lautstark auf den Stuhl plumpsen.

»Heute gibt es ausschließlich vegane Köstlichkeiten«, reagierte Vivi mittlerweile etwas kleinlaut.

»Vivi, lass es jetzt gut sein«, mischte sich Luis ein, »sag Bruno, seine Künste sind gefragt. Es müssen fünfunddrei-ßig hungrige Mäuler gestopft werden.«

Vivi bekam einen Schweißausbruch.

»Das geht nicht«, murmelte sie kaum hörbar, »die Vor-bereitungen dauern zu lange?«

»Was soll der Quatsch, Vivi? Wieso zu lange?«

»Ich habe Bruno gesagt, dass er sich heute ausschließ-lich auf dieses Buffet vorbereiten muss.«

Luis war kurz davor, die Fassung zu verlieren. Besonders als er in die grinsenden Gesichter seiner Fußball-freunde blickte. Er entschuldigte sich, gab noch eine Runde Bier aus und bat Vivi, mit ihm ins Büro zu kommen.

96

»Bist du wahnsinnig geworden? Weißt du, was uns dein eigenmächtiges Handeln gekostet hat? Dabei wollte ich dir einen Gefallen tun, damit du nicht enttäuscht bist, wenn keiner kommt. Als ich erfahren hatte, dass es nur wenige Anmeldungen gab, habe ich meine Kumpel gebeten, mitzuspielen.«

»Aber, Luis....«

»Nicht schon wieder ›aber‹. Es gibt kein ›aber‹. Es ist so. Vivi, bei aller Liebe. Ich zeige dir jetzt die gelbe Karte. Wenn sich noch einmal etwas ereignet, werden sich unsere Wege trennen. Definitiv. Und ich werde auch nicht mehr einknicken. Auf jeden Fall werden wir ein grundsätzliches Gespräch führen, direkt morgen früh.«

Vivi hatte das komische Gefühl, dass plötzlich wieder alles auf der Kippe stand. Sie wollte nach diesem langen Arbeitstag nur noch nach Hause. Sie tröstete sich damit, gleich Rafael wieder zu sehen. Die schöne Zeit in Spanien würde wieder lebendig werden. Sie ging ins Lokal, nahm zwei Flaschen veganen Wein aus dem Regal und legte den abgezählten Betrag dafür in die halb geöffnete Kasse und schloss sie. Warum die Servicekräfte die Kasse halb geöffnet ließen, verstand sie nicht. Für sie war das eine Schluderei, die dazu verleiten konnte, in die Kasse zu greifen. Nicht alle waren bei der Arbeit so pingelig wie sie. Sie wollte sich einen tollen Abend machen. Sie musste die ganze Enttäuschung erst noch verdauen.

6. Kapitel
Nichts ist so wie es scheint

97

»Weißt du, wie spät es ist?«, blaffte Luis Vivi an.

Ihr Kopf fühlte sich wie ein Fremdkörper an. Vivi hatte bereits zwei Kopfschmerztabletten intus. Aber der klopfende Schmerz in ihrem Schädel wollte nicht nachlassen. Der Abend mit Rafael war zu einer feuchtfröhlichen Sause ausgeartet. Vivi hatte Spaß gehabt wie schon lange nicht mehr. Rafael war gebildet und neugierig. Er interessierte sich für Deutschland. Sie hatten sich die Köpfe heiß geredet über Europa und dabei die Zeit vergessen. Sie hatte den Wecker nicht gehört. Jetzt stand sie zwei Stunden später als vereinbart in Luis' Küche und gab ein jämmerliches Bild ab. Luis reichte ihr ein großes Glas Wasser, um ihrem vermutlich dehydrierten Körper etwas Gutes zu tun.

»Ich bin versackt gestern, tut mir leid.«

»Du hättest anrufen können.«

»Stimmt, entschuldige, ich muss zum Klo.«

Zehn Minuten später war sie wieder da.

»Gibt es hier Alka Selzer? Mein Kopf fühlt sich immer noch an, als habe dort jemand einen Presslufthammer in vollem Betrieb vergessen.«

»Ich seh' mal nach. Dann reden wir, ich will das nicht noch einmal verschieben.«

»Luis, lass uns heute Abend reden. Bitte. Dann geht es mir wieder besser.«

Luis stimmte aus Mitleid zu und verließ die Küche. Der Tag verlief bis zum Nachmittag ohne weitere Zwischenfälle. Vivi dachte den ganzen Tag darüber nach, wie sie wieder alles ins Lot bringen könnte. Sie musste Luis noch einmal von ihren Kochkünsten überzeugen. Vom letzten Tag war soviel übrig geblieben, dass sie noch eine Menge daraus zaubern konnte. Vivi nutzte jede freie Minute des Arbeitstages, um ihre Speisen vorzubereiten. Ihr war klar, dass es kein Liebesmahl war, aber sie tat so, als sei es eines. Sie wollte nichts dem Zufall überlassen und prüfte alles doppelt und dreifach. Sie war aufgeregter als bei ihrer Gesellenprüfung. Aber das hätte sie nie zugegeben. Vivi wusste, dass sie es gut machen würde. Aber das war ja nicht das Entscheidende. Sie hatte gelernt, dass es dem Gast schmecken musste, und ihr Gast heute war schwierig, ein kritischer Betrachter der neuen Küche, der sich nur freiwillig gezwungenermaßen ihrer Kochkunst ausliefern würde. Aber das war nicht alles. Wenn Liebe durch den Magen geht, musste sie heute 100 Prozent geben. Auf dem Gebiet hatte sie Maxi meilenweit etwas voraus. Vivi verließ die Küche zum wiederholten Mal. Wenn etwas an ihr nagte oder wenn sie aufgeregt war, rannte sie stündlich auf die Toilette. Unsicherheiten schlugen ihr auf die Blase. Sie war dann kaum in der Lage, konzentriert zu kochen.

98

»Sieh mal einer an, schon wieder Pause. Nichts zu tun an den veganen Herdplatten?«

Vivi sah Maxi genervt an, als diese unerwartet am Waschbecken neben ihr stand, sich die Hände wusch und die Lippen nachzog. *Das konnte nur eines bedeuten. Sie baggerte bei Luis.* Vivi hasste es, wenn sie in Kochkleidung am Becken stand und andere Frauen ihr Make up auffrischten, während sie sich den Schweiß von der Stirn wischte, sinnbildlich gesprochen. Maxi fuhr sich durch die Haare, löste ihr Halstuch und knüpfte es neu.

»Na dann, frohes Schaffen.«

Maxis überheblicher Tonfall ging Vivi unendlich auf die Nerven, aber sie musste nach dem ganzen Theater die Ruhe bewahren.

»Danke, vielen Dank. Und probieren Sie doch mal den veganen Döner mit Räuchertofu. Was für Feinschmecker.«

»Hört sich echt verlockend an, aber danke nein. Ich liebe Fleisch. Luis hat mich zu einem Fleischgourmet gemacht.«

Vivi sah Maxis wackelndem Po nach, bevor die Tür ins Schloss fiel. Sie kontrollierte ihre Nägel und begutachtete den frischen Schnitt an ihrem linken Zeigefinger. Die Stelle brannte immer noch. Es gibt Tage, da stehen Köchinnen auf Kriegsfuß mit scharfen Klingen. Sie hoffte, dass Maxi ihre diversen Narben nicht gesehen hatte. Sie öffnete wütend die Toilettentür. Es fehlte nicht viel und sie wäre Maxi in die Hacken getreten. Die Blondine stand auf dem Flur wie zur Salzsäule erstarrt, denn Happy knurrte sie an, als hätte sie ihm den schönsten Knochen geklaut.

»Entschuldige, darf ich mal?«

Vivi beugte sich zu Happy hinunter.

»Ja, mein Süßer, bist ein ganz Lieber. Ich schau mal, ob ich in der Küche etwas Leckeres für dich finde.«

Happy hörte auf zu knurren und kuschelte sich an Vivis Bein, als habe er auf ihre Massage gewartet. Maxi lächelte gequält.

»Halten Sie ihn bitte fest, ich muss in Luis' Büro. Wir haben was Dringendes zu besprechen.«

»Aber gern, wenn es so dringend ist.«

Als Maxi vorsichtig an ihnen vorbei schlich, bellte Happy so laut, dass Vivi ihn wieder mit sanfter Stimme beruhigen musste.

»Wollen Sie ihn nicht mit zu Luis ins Büro nehmen? Dort steht doch sein Körbchen.«

»Nein, nein, ist schon gut, kümmern Sie sich um ihn«, winkte Maxi ab und öffnete Luis' Tür, ohne vorher anzuklopfen.

99

»Können wir später reden? Ich habe zu tun, Maxi, wir arbeiten an einer neuen Strategie, wie du weißt. Ich recherchiere, vergleiche Zahlen, du willst doch auch, dass es wieder bergauf geht, oder?«

»Mit diesem veganen Mist wird das nicht gelingen. Was hat dich geritten, diesen Trip anzutreten? Mir stellen sich die Nackenhaare auf, wenn ich schon den Begriff vegan höre. Klingt so klinisch rein, antiseptisch förmlich. Wahrscheinlich gehen noch alle durch eine Desinfektionsschleuse, bevor sie die Oase betreten. Du machst dich lächerlich, Liebster. Dieser Trend ist was für Weicheier. Luis, was ist nur aus dir geworden? Bald sitzen in deinem Restaurant nur noch lebensfeindliche Weltverbesserer, die sowieso kein Geld haben. Du wirst die Fans der bürgerlichen Küche noch vergraulen.«

Luis sah genervt auf.

»Maxi, ich hab' dir gesagt, dass ich zu tun habe. Ich will das jetzt nicht diskutieren. Wir müssen den Kundenstamm erweitern. Das wirst doch selbst du verstehen. Und diese neue Art zu essen ist im Kommen. Aber, was erzähl' ich dir das... Dich interessiert das Restaurant doch gar nicht.

Du willst feiern und den großen Auftritt am Abend mit viel Champagnergläserklirren.«

Maxi grinste gequält.

»Luis, ich will mein Geld zurück – jetzt. Du bist im Rückstand. Ich will es woanders investieren.«

»Damit kommst du mir in dieser Lage. Ich habe es nicht.«

»Das ist dein Problem. Entlass die Köchin, dann sparst du Geld. Bruno schafft das doch allein, zusammen mit seinem Cousin. So'n Gemüsekram kocht der doch mit links. Für die Spitzen kommt dann eine Aushilfe.«

»Du willst mir sagen, wie ich das Geschäft führen soll? Maxi, du überschreitest deine Kompetenzen!«

»Luis, ich liebe dich doch immer noch, und du mich doch auch. Ich spüre es. Steh endlich dazu. – Du hast dich verrannt. Neue Strategie, dass ich nicht lache. Die tanzen dir doch auf der Nase herum, Pascal und sie, die Veganista. Ok, sie ist ganz süß. Aber so eine kleine Maus mit vermackten Händen ist doch nichts für dich. Oder willst du weiter downdaten?«

»Maxi, ich diskutiere nicht weiter. Wenn du von Liebe sprichst, klingt es hohl und unbeteiligt. Du musst dich mal reden hören. Geld ist dir wichtig, nein, Geld ist dir am wichtigsten. Ich weiß das jetzt. Aber ich hab' es im Moment nicht. Vielleicht in zwei Wochen eine Rate. Du wirst dich gedulden müssen.«

»Dann geh zur Bank. Oder zu deinem Vater. Oder spar Kosten. Dieser Vivian zu kündigen, wäre der leichteste Weg.«

»Für dich vielleicht. Aber ich kann Vivian nicht kündigen. Sie hat einen Jahresvertrag. Wenn ich deinem Ratschlag folgen würde, ihr fristlos zu kündigen, zahle ich ein

Jahr für nichts. Das willst du doch auch nicht, oder? Dann haben wir nichts gewonnen.«

»Das sind doch billige Ausreden. Du willst ihr überhaupt nicht kündigen – mit oder ohne Vertrag. Ich bin nicht das Dummerchen, zu dem du mich gerne machst.«

»Hört sich doch glatt wie eine Drohung an, Maxi. Ich will hier Geld verdienen, was glaubst du denn? Ich will das Lokal nicht verlieren, hier arbeiten Menschen, die ich bezahlen muss, und dafür muss ich die Umsätze schnell steigern. Wenn du mich jetzt entschuldigst.«

»Irgendetwas verblendet deinen Blick. Ich will schnellstens mein Geld.«

Maxi stöckelte beleidigt zur Tür raus. Luis wusste, dass ihr gemeinsames Problem wie ein Damoklesschwert über ihm und seinem Restaurant schwebte.

100

»Luis, darf ich dich noch mit etwas Leckerem verwöhnen, bevor wir unsere Aussprache haben? Nach dem Essen können wir dann miteinander reden. Ich habe drüben gedeckt.«

Vivi sah Luis' skeptischen Blick, ließ sich aber nicht beirren. Luis stimmte zu und nahm eine Flasche Wein aus dem Regal. Vivi fand, dass er trotz seiner Blässe und trotz der späten Stunde gut aussah. Luis öffnete den Wein, prostete Vivi zu und trank das Glas in einem Zug aus. Dann schenkte er beiden nach. Vivi spürte wie die rote Köstlichkeit binnen Minuten ihren Verstand benebelte, alles wurde leichter, erschien ihr nicht mehr so bedrohlich wie noch vor Stunden, als sie sich wie auf der Anklagebank gefühlt hatte. Sie trank mehr als ihr gut tat.

»Du musst probieren, Luis, alles.«

Vivis Stimme gehorchte ihr nur, weil sie sich enorm konzentrierte. Luis füllte den letzten Tropfen aus der Flasche in Vivis Glas.

»Zugegeben, es sieht gut aus.«

»Iss!«

»Was krieg ich dafür?«

»Du wirst doch essen, was du verkaufst, oder? Ich verbinde dir jetzt die Augen mit diesem Küchentuch und du isst, was ich dir sanft auf die Zunge legen werde. Dann kannst du dich viel besser auf den Geschmack konzentrieren.«

Luis setzte sich. Er konnte Vivi nicht böse sein.

»Fünf Bissen, ich bin nicht hungrig.«

»Du verhandelst, Liebster, aber ich bestimme die Reihenfolge.«

Sie kredenzte ihre vorbereiteten Köstlichkeiten.

»Ich bin satt, Vivi, wirklich. Aber es hat mir geschmeckt.«

Luis stand auf und holte humpelnd eine neue Flasche.

»Jetzt bestimme ich das Spiel mit den Kalorien.«

Er füllte ihre Gläser.

Luis verband Vivi die Augen, was sie ohne jeglichen Widerstand zuließ. Im Gegenteil. Sie lehnte sich zurück und streichelte Luis' Hände. Er beugte sich über sie und küsste sie.

»Du schmeckst wunderbar«, sagte er so sanft, dass sie gar nicht von ihm lassen wollte.

»Ich bin gleich wieder da. Nicht die Binde abnehmen, das ist der Deal. Egal, wie lange es dauert.«

»Ich bin nicht hungrig.«

»Aber du wirst doch jetzt nicht kneifen.«

»Ich bin gar nicht hungrig. Jedenfalls nicht auf Essen.«

Vivi wollte sich nur fallenlassen. Der Sonntag war gelöscht wie ein überflüssiger Ordner auf einer Festplatte. Nur Luis' Gegenwart zählte. Sie tastete nach seinen Händen. Sie war so unendlich müde und fühlte sich wie auf Wolken. Luis humpelte in die Küche und sichtete Brunos Vorräte. Nach einer halben Stunde kam er zurück.

»Es riecht gut, was, was gibt es?«, fragte Vivi lallend, die etwas eingenickt war.

»Es ist delikat und die Soße dazu ist einfach ein Gedicht. Was für Feinschmecker.«

Er schob ihr eine Gabel in den Mund. Dann ein Stück Brot mit knackiger Kruste hinterher. Vivi riss sich die Binde von den Augen und spuckte das, was sie noch im Mund hatte, in die Schale mit dem restlichen Krüstchengulasch. Sie schob alles angeekelt von sich weg. Sie wollte aufstehen und weglaufen, aber ihre Beine waren schwer wie Blei.

»Was soll das, Luis? Ich hätte das beinahe runtergeschluckt. Hat es Spaß gemacht, mich zu verarschen? So betrunken bin ich auch nicht«, protestierte sie mit schwerer Zunge.

»Jetzt dreh nicht gleich durch. Du hast 'nen Tunnelblick. Die Welt gerät doch nicht aus den Fugen, wenn du hin und wieder mal Fleisch isst. Ich habe mich ja auch der veganen Küche gegenüber geöffnet. Früher mochtest du doch den Krüstchengulasch deiner Mutter.«

»Ja früher, doch ich bin klüger geworden, im Gegensatz zu dir. Ich bin total sauer. Ich... ich hasse dich!«

Luis sah zur Tür, weil er im Flur Geräusche hörte, was um die Uhrzeit ungewöhnlich war. Pascal durfte auf keinen Fall mitbekommen, was vorgefallen war. Er bereute die kleine Privatparty plötzlich, humpelte zur Tür und wäre beinahe mit Laura kollidiert.

»Sorry, für einen Mann, der bis kurzem noch an Krücken ging, bist du aber wirklich stürmisch.«

Sie grinste Luis an, erntete aber nur einen genervten Blick als Gruß.

»Da kommt deine Verstärkung, Vivi. Das ging ja schnell.«

»Ich bin das Taxi, sonst nichts.«

Luis verließ verärgert das Restaurant und ging in sein Büro. Dabei hätte der Abend so nett enden können.

Laura registrierte die geleerten Flaschen und die Unordnung.

»Ein Küchen-Date, nicht schlecht.«

»Bring mich hier weg. Sofort!«

Vivi wäre beinahe gefallen, hätte Laura sie nicht fest gehalten.

»Der wollte mich umpolen«, wütete Vivi, »der hat mir dies verdammte Fleisch zu essen gegeben, obwohl er weiß, dass ich niemals ... «

»Beruhig dich mal, Süße. Du brauchst jetzt Schlaf.«

»Laura, hast du eine Aspirin?«

»Kann ich leider nicht mit dienen. Soll ich mal Luis fragen?«

»Auf gar keinen Fall. Von dem nehme ich nichts mehr an. Nichts mehr! Mit dem will ich nichts mehr zu tun haben. Nie wieder. – Wie konnte ich diese blöde Wette eingehen.... Wie konnte ich nur um diesen Blödmann wetten. Ich lass mir das Tattoo stechen, freiwillig. Das ist tausend Mal besser, als mit diesem Kerl zusammen zu sein. Du hast gewonnen, Laura«, zeterte Vivi los.

Sie war außer Rand und Band. Der Alkohol löste ihre Zunge mehr, als ihr lieb sein konnte. Niemand hatte Luis gehört. Er stand angelehnt am Türrahmen seines Büros. Sein Gesicht glich einer Maske.

»Ich bin sprachlos.«

Die Pause, die folgte, schien endlos.

»Ich hätte nicht gedacht, dass du so eine bist«, fuhr er dann mit monotoner Stimme fort, »Vivi, die Verfechterin der Tierrechte, Vivi, die sensible, kreative Köchin, die die Welt retten will, wettet um Menschen und ihre Gefühle.«

»Und ich hätte nicht gedacht, dass du so hinterlistig und respektlos sein kannst, mir diesen Gulasch aufs Auge zu drücken«, fauchte Vivi wie eine Katze, die zum Sprung bereit war.

»Leg nicht alles auf die Goldwaage, Luis. Ich glaub, ihr habt ein bisschen zu tief ins Glas geschaut«, versuchte Laura die Situation zu entspannen.

»Ich bin stocknüchtern, nachdem was ich eben mitbekommen habe. Ihr habt tatsächlich gewettet, dass Vivi mich kriegt?«

»Ja, soooo ähnlich.«

»Stopp. War es so oder nicht? Auf ein bisschen mehr Scheiß heute Abend kommt es gar nicht mehr an.«

»Nein, Luis, du verstehst alles miss. Das war mehr im Scherz. Es ist spät, lass uns morgen reden, Vivi muss erst mal ihren Rausch ausschlafen.«

»Ein Scherz? Ach, deswegen hast du mit mir auf dem Schiff die letzte Nacht verbracht. Du wolltest Vivi einen Strich durch die Rechnung machen. Du wolltest nur eine Wette gewinnen.«

Laura fühlte sich überrollt. Sie hatte nicht damit gerechnet, dass sie ausgerechnet heute die Vergangenheit einholen würde.

»Du warst bei Luis, als wir auschecken mussten? Ich fass' es nicht«, brach es aus Vivi heraus, die von einer Minute auf die andere hellwach war.

»Ich sag gar nichts mehr. Ich verweigere die Aussage. Zieht mich nicht in euer Beziehungsschlamassel rein. Lass mich dir erklären. Da war nichts.«

»Du hast mit Luis die Nacht verbracht. Du Bitch. Bestell mir ein Taxi, sofort.«

»Dass mit der Bitch nimmst du sofort zurück.«

»Ich nehme nichts, gar nichts zurück. Wo ist mein Taxi? Mir ist so schlecht. Ich muss nach Haus'.«

Es dauerte eine Ewigkeit bis das Taxi kam. Vivi war immer noch schrecklich übel und schwindelig. Laura musste ihr dabei helfen, auf dem Rücksitz Platz zu nehmen. Der Blick des Taxifahrers verriet, dass er um seine edle Innenausstattung fürchtete. Als Laura Vivi den Taschengurt umlegen wollte, damit sie ihre Wertsachen nicht verlor, drückte Vivi sie unsanft von sich weg. Sie würdigte sie keines Blickes mehr und sagte zum Abschied nur leise:

»Laura, auf Nimmerwiedersehen!«

101

Der freie Tag hatte Vivi gut getan. Sie hatte Coca Cola getrunken und Salzstangen gegessen wie am Neujahrstag, um ihren Kater zu bändigen. Sie hatte mehrere Aspirin geschluckt und viel geschlafen. Schlaf war das geeignete Mittel, nicht nachdenken zu müssen. Ihre Mutter hatte keine Fragen gestellt, weil sie nachts mehrmals zur Toilette gehechtet war. Ihre Wohngemeinschaft lief am Unkompliziertesten, wenn jeder kommentarlos seine eigenen Wege ging. Aber so konnte es nicht weitergehen. Sie nahm sich fest vor, schnellstens auf Wohnungssuche zu gehen. Das bedeutete, sie durfte auf keinen Fall den Job verlieren. Am frühen Abend hatte sich ihr Magen so weit beruhigt, dass sie ein kleines Abendbrot vertrug, ohne Ekel zu empfinden. Sie war allein. Ihre Mutter hatte sich mit Freundinnen verabredet und Rafael wollte das Nachtleben inspizieren. Ihr Seelenleben glich einem Schrotthaufen. Ihr Resümee sah vernichtend aus. Der Liebste war ein respektloser Blödmann. Die beste Freundin eine unehrliche Verräterin. Die Arbeit in einer vergifteten Atmosphäre würde die Hölle werden, für die sie nicht geschaffen war. Aber sie brauchte den Job und das Geld. Sie zweifelte, ob sie nach dem Buffet-Desaster noch auf Pascal als Verbündeten hoffen konnte. Schließlich waren Luis und er Buddys, und Buddys ziehen gewöhnlich an einem Strang. Für das Sodbrennen, das gerade ihre Speiseröhre verätzte, konnte sie sich bei dem Wein bedanken. Sie würde es Luis niemals verzeihen, dass er sie so hinters Licht geführt hatte. So etwas tat man einer Veganerin nicht an. Das grenzte an Körperverletzung. Sie musste sich gezielt Gedanken über ihre Zukunft machen. Was war, wenn sie hinschmiss und ihr Glück im Ausland suchte? Wenn sie kündigte, stand sie ohne Einnahmen wieder auf der Straße. Ihre karrierebewusste Mutter würde kein Wort mehr mit ihr reden. Sie musste weitermachen, weil Profis durchhalten. Schließlich hatten sie schon Gäste, die ihre Art zu kochen schätzten. Wer die Oase verließ, machte der Küche Komplimente. Sie mussten nur noch bekannter werden. Dann würde Luis ihren Mut zur veganen Küche schätzen. Sie wollte einfach nur noch den Boss in ihm sehen. Nach dem vergangenen Abend konnte aber auch alles ganz unerträglich werden. Luis konnte sie zwar nicht sofort entlassen, aber er könnte sie zwingen, Fleischgerichte zuzubereiten. Sollte er das wagen, waren sie getrennte Leute. Dann hätte er die rote Linie überschritten, die sie für sich gezogen hatte. Dann wäre Schluss.

102

Vivi tat so, als sei nichts passiert, als sie am nächsten Tag die Küche betrat.

»Diese Art von Buffets sind grundsätzlich gestrichen, hat der Chef offiziell angeordnet«, verkündete Bruno ohne Bedauern.

»Das ist zwar nicht schlau, aber gut, dann eben nur noch à la carte, ich verstehe.«

Vivis verständnisvolle Antwort machte Bruno stutzig. Sie hielt keinen Vortrag darüber, wie fortschrittlich es wäre, wenn nur noch auf ihre Art und Weise gekocht würde. Er musste sich auch keine ethisch-moralischen Anfeindungen gefallen lassen. Das gefiel ihm. Es schien ein entspannter Tag zu werden. Die Köche hatten alle Hände voll zu tun. Brunos Cousin Peter verrichtete wie immer schweigend seine Arbeit. Wortkargheit liegt wohl in der Familie, dachte sich Vivi. Aber heute war auch sie keine Plaudertasche.

»Alles klar bei dir, Vivi? Hast du die Software gewechselt? Du bist so ruhig heute.«

»Alles in Ordnung, Bruno. Danke der Nachfrage. Ich konzentrier' mich aufs Kochen. Heute ist mehr los als sonst, findest du nicht?«

»Ist auch mein Eindruck, hoffentlich bleibt das so.«

Als Vivi kurz vor Toresschluss die Küche verlassen wollte, stolperte Betty hektisch zu Tür herein.

»Ihr drei sollt bitte zu Luis ins Büro kommen. Es gibt was Dringendes zu besprechen.«

103

»Wir haben ein Problem.«

Luis sprach leise und langsamer als sonst. Die Köche und die Servicekräfte schauten ernst, weil so eine kleine Vollversammlung um diese Uhrzeit völlig ungewöhnlich war. Maxi begutachtete an dem kleinen Konferenztisch in Luis' Büro mit elegant übereinander geschlagenen Beinen ihre Nägel so aufmerksam wie man ein Kunstwerk betrachtet, dessen Sinn sich einem nicht sofort erschließt.

»Es fehlen 535 Euro in der Kasse. Betty kann sich das nicht erklären. Der Betrag ist zu hoch, um sich mal eben bei der Herausgabe von Wechselgeld verrechnet zu haben. Wir müssen also recherchieren.«

Luis machte eine kleine Pause. Die Rolle des Detektivs behagte ihm ganz und gar nicht.

»Bei uns ist so etwas noch nie vorgekommen. Möchte jemand etwas sagen?«

Betty klimperte nervös mit den Lidern. Sie wusste nicht, wohin sie blicken sollte. So viel Chuzpe traute ihr keiner zu, selber in die Kasse zu greifen und dann cool den Verlust zu melden. Jeder wusste, wie naiv sie war. Aber Luis schätzte sie wegen ihrer Zuverlässigkeit und weil sie bei den Gästen gut ankam. Lucie, Vivi und Bruno blickten ratlos in die Runde. Die Situation war hochnotpeinlich, wie immer, wenn es um Geld ging, das vermisst wurde und der Schuldige nicht gefunden war. Jeder dachte vermutlich dasselbe. Wem ist das zuzutrauen? Was erwartest du jetzt von uns? Woher sollen wir wissen, was passiert ist? Beschuldigungen waren eine ernste Angelegenheit. Da wollte sich keiner in die Nesseln setzen.

»Ich warte. Ich möchte, dass wir das aus der Welt schaffen. Ich könnte jetzt sagen, wer es genommen hat, legt es auf den Tisch, sobald das Licht ausgegangen ist. Aber nach solchen Spielchen steht mir gerade nicht der Sinn. 535 Euro sind viel Geld für einen Laden, der ums Überleben kämpft. Ich biete aber an, dass jeder einzeln mit mir sprechen kann.«

»Vielleicht hat es Pascal und bringt gerade Einnahmen zur Bank, Chef, der hat nämlich, bevor sie gekommen sind, Hals über Kopf das Lokal verlassen«, bemerkte Betty mit zittriger Stimme.

»Ich weiß, er hat mir einen Zettel hingelegt. Sein Freund hat sich im Fitness-Center verletzt. Hörte sich schlimm an. Er will so schnell wie möglich zurück sein. Also, was ist jetzt?«

»Machen wir es doch ganz einfach. Jeder lässt sich in die Taschen schauen«, schlug Maxi vor.

»Das ist doch albern«, ergriff Bruno das Wort, der neben Luis auf der Schreibtischkante saß, »was soll das denn? Niemand ist doch so blöde und steckt geklautes Geld in seine Tasche.«

»Genau!«, stimmte Peter seinem Onkel zu.

»Wieso glaubst du das? Derjenige glaubt doch nicht, dass er erwischt wird. Fühlt sich vielleicht sehr sicher«, insistierte Maxi.

»Ich kann mir nicht vorstellen, dass einer von uns so etwas tut«, meldete sich noch einmal Betty zu Wort, »wir sitzen doch hier alle in einem Boot. Vielleicht war es ein Gast und keiner hat es gemerkt. Diebe haben doch manchmal die miesesten Tricks drauf.«

»Genau«, sprang Vivi Betty bei, »ich habe selbst gesehen, dass manchmal vergessen wurde, die Kasse zu schließen.«

»Um das alles zu klären, finde ich den Vorschlag von Maxi in Ordnung«, entschied Luis, »holt bitte eure persönlichen Sachen, sofort. Wir machen die Probe aufs Exempel, so peinlich das auch ist. Aber wir müssen die Sache aufklären, unter uns.«

»Fehlt nur noch, dass du uns abtastest, Luis, wie am Flughafen und keiner verlässt den Raum rufst«, warf Vivi genervt ein.

»Das hättest du wohl gern«, kicherte Maxi und merkte nicht, dass jedem ihre offensichtliche Eifersucht auf die Nerven ging.

»Luis, ich weiß gar nicht, ob du das überhaupt darfst.«

»Vivi, ich wälze jetzt nicht extra das Gesetzbuch. Es fehlt Geld, also bitte.«

Jeder holte seine Tasche. Maxi schob ihr ledernes Schmuckstück von der Schulter, öffnete es bereitwillig und gab den Blick auf ein teures Hermes-Portemonnaie und eine abwechslungsreiche Douglas-Parfum-Sammlung frei.

»Wie ihr seht, sind in meinem Portemonnaie nur 30 Euro, ich zahle ohnehin meistens nur mit meiner Platin-Kreditkarte«, verkündigte sie herablassend.

Alle machten, was Luis wünschte. Die meisten hatten nicht mal 50 Euro dabei. Zum Schluss reichte Vivi unter Protest Luis ihren Beutel.

»Luis, ich finde dein Misstrauen eine Unverschämtheit. Überlege dir gut, ob du sie öffnest und mir damit signalisierst, dass du mir einen Diebstahl zutraust«, fügte sie beleidigt hinzu.

Luis nahm die Tasche und zögerte einen Moment. Als er sie dann doch öffnete, starrte er in sie hinein, als hätte er eine Klapperschlange gesehen. Er nahm ein Bündel Geldscheine heraus, das ganz oben auf lag. Alle starrten auf das Corpus Delicti, als hätten sie so etwa noch nie gesehen. Luis zählte das Geld.

»Vivi, das sind exakt 535 Euro – auf den Cent!«

Vivi wurde blass. Sie suchte nach Worten.

»Ich,... ich weiß nicht, wie das da hineinkommt. Ich seh' das zum ersten Mal.«

Sie setzte sich schockiert.

»Was starrt ihr mich an? Ich seh' das wirklich zum ersten Mal.«

»Vivi, ich bin sprachlos. Du weißt doch, was los ist. Warum beklaust du mich?«

Luis zählte die Scheine noch einmal, um sich zu vergewissern, dass er nicht träumte.

»Ich war das nicht, ich weiß nicht, wie es in meine Tasche gekommen ist. Luis, das kann nicht dein Ernst sein? Ich stehle nicht. Du musst mir glauben.«

»Geht zurück an die Arbeit, bitte. Vivi, du bleibst. Ich...«

»Schmeiß sie raus! Zeig sie an!«, keifte Maxi.

Sie stand jetzt wie eine Domina kurz vor dem ersten Schlag auf ihren Highheels neben allen anderen und fixierte Vivi verächtlich von oben herab. Vivi schossen vor Wut Tränen in die Augen, aber sie hielt Maxis angriffslustigem Gesichtsausdruck stand.

»Ja, ich bin eifersüchtig, ja ich liebe Luis immer noch, ja daher bin ich jetzt schadenfroh, dass du erwischt wurdest, Vivi. Aber: Ich gebe Luis Geld, damit er überleben kann, und du beklaust ihn. Das ist der große Unterschied zwischen uns beiden.«

Luis hatte sich gesetzt. Er sah Vivi mit einem vorwurfsvollen und gleichzeitig fragenden Blick an. *Hatte er sich so getäuscht?*

»Vivi, warum? Wenn du Geldsorgen hast, könntest du doch zu mir kommen. Auch wenn ich nicht so toll bei Kasse bin, wir hätten doch einen Weg gefunden.«

»Luis, bitte, versteh mich. Ich war das nicht. Da hat mich jemand reingelegt.«

»Ach ja, wer? Etwa Bruno, weil er dich nicht leiden kann? Oder Peter? Sonst hat heute niemand in der Küche gearbeitet, wo deine Tasche lag. Niemand!«

»Ich weiß es doch nicht«, antwortet Vivi kleinlaut.

»Warst du nicht die einzige, die sich bis zum Schluss gesträubt hatte, ihre Tasche kontrollieren zu lassen? Oder weißt du nicht mehr, was du tust? Vivi, Vivi, ich bin total enttäuscht von dir. Ich habe mich in dich verliebt, vielleicht hätten wir sogar einen gemeinsamen kulinarischen Weg gefunden. Aber jetzt hast du alles kaputt gemacht. Ich kündige dir hiermit fristlos. Das bekommst du noch schriftlich von uns. Gib mir den Schlüssel und verlasse bitte mein Restaurant.«

»Luis, ist das dein letztes Wort?«

»Natürlich, was meinst du denn? Die Beweise sind eindeutig! Bitte geh jetzt. Mach uns den Abschied nicht noch schwerer.«

Vivi nahm den Schlüssel aus der Tasche und knallte ihn Luis auf den Schreibtisch. Sie zog ihre Kochjacke aus, warf sie auf den Boden und verließ hektisch das Büro. Sie musste ganz schnell zur Toilette. Ihr Magen rebellierte. Nachdem Vivi das Büro verlassen hatte, nahm Maxi Luis unter Beschuss.

»Hab' ich.... dir ... nicht direkt gesagt, diese.... rausschmeißen!.. Ich würde.....«

Luis drohte der Schädel zu explodieren. Er hatte kaum hingehört, er hob abwehrend die Hand, aber Maxis Worte prasselten weiter auf ihn ein.

»Maxi, bitte«, flehte Luis fast, »das ist heute alles zu viel für mich. Bitte, lass uns morgen miteinander reden. Ich brauche jetzt etwas Zeit für mich.«

Maxi unterbrach ihren Redeschwall und sah ihn aufmüpfig an. *Es hatte sich jetzt alles gefügt, und am nächsten Tag könnten sie wieder ihre gemeinsame Zukunft planen.*

»Natürlich, Schatz, nehme ich Rücksicht auf dich und gehe jetzt. Bis morgen«, gab Maxi die Verständnisvolle.

Als sie Luis einen Abschiedskuss auf den Mund geben wollte, drehte er den Kopf weg, so dass sie nur flüchtig mit seiner Wange in Berührung kam. Dann rauschte sie wie eine Siegerin ab. Luis atmete tief durch. Er legte den Kopf in seine Hände und blieb unbeweglich sitzen. Plötzlich liefen ihm Tränen die Wange herunter. Er hatte für Vivi nach ihrer Liebeserklärung eine so starke Zuneigung empfunden, wie für keine Frau zuvor. Sie schien ihn doch zu lieben. *Wie konnte sie mich nur bestehlen und so enttäuschen? Wieso?*

7. Kapitel
Plötzlich ist alles ganz anders

104

Vivi hatte eine schreckliche Nacht hinter sich. Sie hatte kaum geschlafen. Sie fühlte sich matt und ausgelaugt. Sie fing an, an sich selbst zu zweifeln. Es stimmte, niemand außer Bruno und später dieser Peter waren in der Küche. *Sie wurde doch nicht etwa verrückt?* Sie hatte schon davon gehört, dass Menschen unter Stress Sachen machen, an die sie sich später nicht mehr erinnern können. Ihre Gehirnzellen liefen Amok. Sie fasste einen Entschluss. Sie stand auf und duschte. Anschließend stylte sie sich, als müsste sie sich für einen besonderen Anlass herausputzen. Dann führte sie ein Telefonat und nickte zufrieden mit dem Kopf, als das Gespräch beendet war. Es war Zeit, den Langschläfer Rafael zu wecken. Sie klopfte an die Tür des Gästezimmers. Das verschlafene ›entre‹ signalisierte ihr, dass Rafael wieder eine lange Nacht hinter sich hatte.

»Rafael, ich mache es kurz«, erklärte Vivi in einem fast geschäftlichen Tonfall, »ich verlasse Deutschland und habe heute Abend noch einen Flug nach Barcelona bekommen. Ich werde dort einen Job suchen. Kommst du mit?«

»Vivi langsam, ich will vielleicht in Deutschland bleiben. Das habe ich dir doch gesagt, auch wegen....«

»Kein Problem«, unterbrach Vivi ihn, »du musst dir dann aber eine neue Unterkunft suchen, da meine Mutter nicht weiter einverstanden sein wird, dass du hier wohnst. Aber vielleicht sehen wir uns ja in Barcelona wieder. Wer weiß.«

Vivi gab dem überraschten Rafael einen Abschiedskuss auf die Wange und ging ins Wohnzimmer, um ihre Siebensachen zu packen. Sie wunderte sich selbst über ihre Ruhe und Klarheit. Sie wollte nur nach vorne denken, nicht zurück. *Sonst würde sie in einem Meer von Tränen ersticken und hätte keinen Blick frei für die Zukunft.* Sie schrieb ihrer Mutter eine kurze Nachricht und suchte den größten Koffer aus. Er war unhandlich, aber die Reise dauerte vielleicht länger, und der Ausgang war ungewiss. Sie entfernte mit einem feuchten Lappen die Staubschicht. Als sie den Koffer öffnete, fiel aus dem Seitenfach ihr vermisster Talisman, ihr Glücksdrachen. *Ja, Glück konnte sie brauchen, jetzt mehr denn je.*

105

Luis diskutierte mit Maxi im Büro darüber, wie es weitergehen sollte. Er bemühte sich, vor allem das Berufliche im Blick zu behalten. Aber Maxi schwenkte immer wieder zu ihrem Privatleben über. Sie redeten ständig aneinander vorbei, bis das Ganze ein Ende fand, weil Pascal zur Tür hereinschneite. Als er Maxi sah, verfinsterte sich sein Blick.

»Hallo Luis, ich muss dir dringend etwas sagen, dringend.«

»Ich dir auch Pascal, hier war gestern, nachdem du weg warst, der Teufel los. Aber wie geht es deinem Freund?«

»Besser, viel besser. Der Blödmann ist vom viel zu schnellen Laufband gestürzt und hat jetzt einen komplizierten Fußknöchelbruch. Glück im Unglück. Am Telefon klang es, als würde er im Sterben liegen.«

Trotz aller Probleme musste Luis innerlich lächeln. Er kannte auch mal jemanden, der vom Laufband gestürzt war, direkt in seine Arme.

»Pascal, wir haben Vivi rausgeworfen. Sie hat geklaut«, konnte Maxi nicht mehr an sich halten.

»Was habt ihr?«

»Ja, das stimmt leider, was Maxi sagt. Sie hat in die Kasse gegriffen.«

»Luis, hat sie gesagt, dass sie es war?«

»Natürlich hat sie es nicht zugegeben, das Flittchen, was glaubst du denn?«, fuhr Maxi dazwischen, »daher war es richtig, sie rauszuschmeißen. Sie kann froh sein, dass wir keine Polizei gerufen haben.«

»Moment mal, Maxi, ich habe gar nicht mit dir gesprochen. Halt dich da besser raus.«

»Ich bin eben konsequent«, konterte Maxi, »wer stiehlt, fliegt fristlos. Wie dumm ist die eigentlich? Ich würde so was niemals tun.«

»Weil du genug Geld hast?«

»Auch deshalb, Pascal, genau«, antwortete Maxi selbstbewusst.

»Wenn du so konsequent bist, Maxi. Dann sei es doch gleich auch.«

»Was meinst du? Konsequent sein, hä...?«, reagierte Maxi angriffslustig.

Pascal zog das Smartphone aus seiner Gesäßtasche und aktivierte seine Kamera-App.

»Ihr dürft näher kommen, ich habe was für euch. It's Showtime mit bekannten Darstellern.«

Luis und Maxi stellten sich hinter ihn. Der Film dauerte gerade mal 30 Sekunden. Dann wurde es so still wie in einer Kirche. Der Streifen war nicht gerade für die Oscar-

Verleihung geeignet, sondern eher für Aktenzeichen XY. Maxi, die Hauptdarstellerin des Kurzfilms, war kreidebleich geworden. Kein Wunder, denn auf dem kurzen Video war zu sehen, wie sie in die Kasse griff und Geld einsteckte. Danach lief sie geradewegs in die Küche.

»Darf ich das noch mal sehen?«, bat Luis kurzatmig.

»Aber gern!«

»Wieso filmst du im Restaurant?«, fragte Luis, nur um überhaupt etwas zu sagen.

»Ich hatte in unserer Oase zu tun, ein bisschen Deko, du weißt schon. Ich habe ein paar kurze Filmaufnahmen gemacht, um sie später ins Netz zu stellen. Niemand hat mich bemerkt. Dann fiel mir Maxi auf, wie sie dauernd um die Kasse schlich. Ich wusste, nicht, was das sollte. Da es mir aber merkwürdig vorkam, habe ich mein Smartphone einfach weiterlaufen lassen. Wie es aussieht, war das eine richtige Entscheidung. Ich konnte im ersten Moment nicht glauben, was sie da tat. Einfach in die Kasse greifen und ein Bündel Geldscheine herausnehmen. Aber der kleine Film spricht ja eine eindeutige Sprache, nicht wahr? Bleibt noch die Frage, wer die Kasse nicht richtig geschlossen hat. Es kann nur so gelaufen sein, dass Maxi auf den richtigen Moment gewartet hat.«

»Das ist nicht das, wonach es aussieht. Das ist alles ein großes Missverständnis«, schnappte Maxi nach Luft.

»Dass du danach direkt in der Küche verschwunden bist, gerade als Vivi auf der Toilette war, ist auch ein Missverständnis?«, fragte Pascal mit klirrender Stimme nach.

Das Schweigen sprach für sich.

»Sorry, Luis. Wenn mein Freund, dieser Jammerlappen, nicht so ein Theater gemacht hätte, wäre gestern schon alles aufgeklärt worden. Ich wusste ja auch nicht genau, was Maxi im Schilde führte.«

Luis wollte sicher gehen.

»Wo war denn Bruno in diesem Moment, Pascal?«

»Ja, wo wohl, die Suchtstruktur rauchte vor dem Restaurant wieder seine Zigarette. Und Peter war noch nicht da. Maxi hatte freie Bahn, die ach so ehrliche Maxi.«

»Maxi, du bist so was von rücksichtslos und intrigant. Ich kann nicht glauben, na ja... lassen wir das«, konnte Luis nicht mehr an sich halten.

»Du lässt dich hier vorführen. Die tanzen dir hier auf der Nase herum«, schrie Maxi mit schriller Stimme, »vegane Oase, dass ich nicht lache, die haben doch 'nen Ratsch im Kappes, nur Pflanzen essen. Die haben dir 'ne Gehirnwäsche verpasst. Vielleicht solltest du ein paar Bierbänke auf eine Wiese stellen. Dann könnt ihr alles um euch herum essen, so wie die Kühe. Ist doch viel einfacher. Diese Vivi will dich nur, weil sie hier nach eigenem Gutdünken schalten und walten kann. Kapier' das endlich, Luis.«

»Du ach so ehrliche Haut, diffamierst zu Unrecht andere Menschen. Ohne mit der Wimper zu zucken! Und fühlst dich dabei noch im Recht?«

Luis wurde immer wütender. Er schlug mit der flachen Hand auf den Tisch. Happy knurrte, als sei ihm klar, dass etwas Schlimmes passiert war. Maxi zuckte zusammen. Sie ging ein paar Schritte Richtung Tür, um jederzeit fliehen zu können.

»Du bist nicht mehr du selbst, Luis. Wir hatten mal vor, was Schickes hier draus zu machen. Stattdessen holst du diese alternativen Pflanzenfresser an deinen Tisch. – Noch eins: Ich hätte niemals zugelassen, dass das Geld verschwindet. Du hast es ja wieder. Ich wollte ein wenig nachhelfen, damit du wieder auf den richtigen Weg kommst.«

»Damit ich auf den richtigen Weg komme, kommst du vom rechten Weg ab? Dass ich nicht lache.«

»Egal, mach was du willst. Nächste Woche habe ich mein Geld, wie es in unserem Vertrag steht. Sonst hörst du von meinem Rechtsanwalt. Dann wird es teuer. Ich habe das Geld für einen Prozess. Du nicht!«

»Ein Moment, Maxi«, unterbrach Pascal Maxi barsch, »ja, das Geld steht dir zu. Du wirst es bekommen, sobald es aufwärts geht. Aber eine Hand wäscht die andere. Du lässt Luis noch Zeit, du brauchst das Geld ohnehin nicht dringend, und ich werde das Meisterwerk, was ich aufgenommen habe, nicht an die Polizei weitergeben. Ich glaube, das ist doch ein faires Geschäft.«

»Ich werde, ich werde.....«

»Maxi, entweder du spielst mit oder dein nächster Termin ist nicht in deinem Schönheitssalon, sondern im Frauenknast. Hast du mich verstanden? Ich meine es Ernst. Sag mir, dass du einverstanden bist. – Ich höre.«

»Ja, was soll ich denn machen ...... du Erpresser. Ja, ich bin einverstanden«, stammelte Maxi wütend.

»Dass Mrs. Rare Hausverbot hat, ist wohl selbstverständlich«, fügte Pascal in einem Ton an, der keine Widerrede duldete.

Maxi schnappte sich ihre Tasche und verließ wortlos das Büro. Luis und Pascal sahen sich schweigend an. Beide dachten dasselbe. *Und jetzt? Wie soll es weitergehen? Was sagen wir Vivi?* Luis saß da wie paralysiert. Pascal musste die Initiative ergreifen.

»Wir müssen sofort Vivi anrufen und uns entschuldigen, oder besser, du musst dich entschuldigen.«

Pascal suchte Vivis Nummer in seinen Kontakten und stellte die Verbindung her. Als die Mailbox ansprang, brach er das Gespräch ab, ohne eine Nachricht zu hinterlassen.

»Da haben wir den Schlamassel. Vivi teilt auf ihrer Mailbox mit, dass sie bis auf Weiteres nicht zu erreichen ist. Nicht, dass sie sich wirklich auf den Weg nach Barcelona gemacht hat. Ich rufe jetzt Laura an.«

»Wieso Barcelona?«, fragte Luis irritiert, »und Laura brauchst du gar nicht erst anzurufen. Die haben Stress, die reden nicht mehr miteinander.«

»Bravo, das war's also. Du hast keine Freundin mehr und wir keine vegane Köchin.«

106

Vivi hatte sich in die Warteschlange am Counter eingereiht, um ihren überdimensionalen Koffer aufzugeben. Sie spürte ihre Knochen wie nach einem Ringkampf. Es war ihr schnuppe. Die Narben, die Luis und Laura ihrer Seele zugefügt hatten, schmerzten viel mehr. Sie ließ ihren Blick wehmütig durch die Abflughalle schweifen. Pärchen standen Hand in Hand vor dem Check-in und fieberten wahrscheinlich einer schönen gemeinsamen Zeit an irgendeinem fernen Strand entgegen. Ihr Herz zog sich zusammen, und sie musste die Tränen unterdrücken. Taff zu sein, war so anstrengend. Trost gab ihr, dass sie in wenigen Stunden in einer faszinierenden Stadt die Demütigungen und Enttäuschungen, die sie in Köln erlebt hatte, hinter sich lassen würde. Sie wollte sich in Barcelona neu erfinden, ohne ihre Prinzipien aufzugeben. Sie war optimistisch, schnell einen Job zu finden. Von ihrer Mutter war weit und breit nichts zu sehen. Insgeheim hatte sie gehofft, dass sie sich doch noch auf den Weg zum Flughafen machte, um sich von ihr zu verabschieden. Aber bekanntlich ändert sich niemand.

»Vivian Walther, Sie werden dringend gebeten zum Meeting Point in Terminal 1 zu kommen. Ich wiederhole.........«

Vivi hörte gar nicht weiter hin. Sie verließ die Warteschlange. *Sie hatte ihrer Mutter unrecht getan. Blut war eben doch dicker als Wasser.* Aufgeregt rempelte sie mit ihrem Koffer einige Reisende an. Ein Flughafenmitarbeiter, den sie nach dem Weg fragte, bot ihr an, sie zum Meeting Point zu begleiten. Als sie dort ankam, blieb sie wie angewurzelt stehen.

»Vivi, Schatz, was machst du denn für Sachen? Was willst du denn in Barcelona? Bleib in Köln, die beiden Städte sind ja ohnehin miteinander verbandelt.«

»Pascal, woher weißt du...,dass ich .... hier...?«

»Tja, gut, dass es ein Online-Telefonverzeichnis gibt und deine Mutter aus ihrer Telefonnummer kein Geheimnis macht wie die meisten Menschen.«

Erst jetzt bemerkte Vivi, dass noch jemand ganz dicht hinter Pascal stand. Als er zur Seite trat, erblickte sie eine Person, die sich einen riesigen Strauss Baccara-Rosen vor das Gesicht hielt. Vivi wusste nicht, ob sie lachen oder weinen sollte.

»Kannst du mir noch einmal verzeihen. Ich habe mich von Maxi wie ein tollpatschiger Bär am Nasenring vorführen lassen. Es tut mir sehr leid. Besonders, dass ich an dir gezweifelt habe, und dass ich dich gedemütigt habe. Pascal hat alles aufgeklärt. Bitte bleibe. Vivi, ich liebe dich.«

Luis übergab Vivi die Rosen und sah sie verunsichert an. Dann gab er ihr einen Kuss auf die Wange und nahm sie in den Arm, soweit es das überdimensionale Blumen-Bouquet zuließ. Vivi fühlte sich wie auf einer Achterbahn. Pascal erzählte Vivi in aller Ausführlichkeit, was alles vorgefallen war. Zum Schluss holte er tief Luft und machte ein bedeutungsvolles Gesicht.

»Vivi, wenn wir schon einmal Beichtstunde haben. Luis hat mir erzählt, dass du mit Laura Stress hast wegen dieser Nacht auf dem Schiff. Ich kann alles aufklären. In dieser Nacht kamen Laura und Luis total abgefüllt in die Kabine. Sie polterten rum, da bin ich wach geworden. Und soll ich dir sagen, was passiert ist? Nichts! Beide waren so hackezu. Sie haben ihre Klamotten ausgezogen, sind ins Bett gefallen und sofort eingeschlafen. Ich dachte, die bieten jetzt was, aber niente.«

Vivi atmete erleichtert auf, ihr Puls beruhigte sich. *Warum sollte sie ihrer Beziehung nicht noch eine Chance geben? Jeder kann mal Fehler machen. In der Sache mit Laura hatte sie überreagiert. Das war ihr jetzt klar.*

Sie sah von einem zum anderen. Die roten Rosen sahen einfach umwerfend aus. Die mussten ein Vermögen gekostet haben. Vivi ließ sich Zeit mit der Antwort. Sie war sich nicht sicher, was das Richtige war. Dazu war viel zuviel passiert, was sie noch gar nicht sortiert hatte.

»Gut. Lasst uns gehen. Pascal, würdest du mich bitte von meinem Koffer befreien.«

Vivi klang sehr sachlich. Zu mehr war sie im Moment nicht in der Lage.

107

Vivi steckte ihre Nase noch tiefer in den Blütenkelch. Sie schloss die Augen und ließ den betörenden Duft auf sich wirken. Ihr demütigendes Erlebnis mit Maxi erschien ihr fast irreal in dieser friedlichen Umgebung. Sie hatte Laura vorgeschlagen, sich an ihrem Lieblingsplatz im Botanischen Garten zu treffen. Sie hatten bereits am Telefon alle Missverständnisse aus dem Weg geräumt. Sie hörte förmlich, wie Laura ein Stein vom Herzen fiel. Sie fühlte sich so entspannt, wie schon lange nicht mehr.

»Hi, Süße.«

Laura drückte Vivi beherzt an sich und küsste sie auf die Wange. Vivi war ihre Eifersucht auf Laura plötzlich peinlich. Sie hatte sich benommen wie ein Teenager. Aber nicht zu wissen, was hinter ihrem Rücken wirklich passiert war, hatte an ihr genagt.

»Komm, wir setzen uns. Ich hab' was fürs Picknick mitgebracht.«

»Ist das hier erlaubt?«

»Egal, wer tut immer nur das, was erlaubt ist«, antworte- te Vivi mit einem schelmischen Grinsen.

»Vivi, wenn das eine Anspielung sein soll.«

»Nein Laura, versteh es nicht gleich wieder falsch. Es ist doch alles geklärt zwischen uns.«

»Ich weiß nicht mal mehr genau, wie ich in Luis' Kabine gekommen bin. Ich wachte irgendwann auf. Ich war verwirrt, wunderbar verwirrt«, versuchte Laura noch einmal zu erklären.

Dass Laura kokettierte, war für Vivi neu. Sie dachte, sie würde sie in- und auswendig kennen.

»Wie läuft's denn im ›Salzfässchen‹ und so?«

»Meine Arbeit im Restaurant macht mir viel mehr Spaß, weil sie von allen geschätzt wird und sogar zur Umsatzsteigerung beigetragen hat. Mit ›und so‹ meinst du bestimmt, wie es mit Luis läuft. – Also Luis und ich sind wieder zusammen. Ich bin sogar zu ihm gezogen.«

»So schnell?«

»Was heißt schnell? Wir kennen uns ja schon eine ganze Weile. Haben schon einige Höhen und Tiefen miteinander durchgemacht. Und wann kann man am besten feststellen, ob man zusammenpasst? Wenn man den Alltag miteinander verbringt. Mir bleibt ja zunächst immer noch mein Zimmer bei meiner Mutter. Aber dieses Mal habe ich ein gutes Gefühl.«

Vivi erzählte Laura, dass Luis und sie nächtelang miteinander diskutierten bis sie erschöpft einschliefen. Sie hatte Luis noch einmal klar gemacht, warum sie Veganerin geworden war und ihm auf drastische Weise ihre Gefühle im Schlachthof beschrieben, die sie nie vergessen würde. Die Nähe von Tod und Verwesung hätte sie geschockt, wie nichts zuvor in ihrem Leben, und der penetrante Blutgeruch hätte bei ihr einen intensiven Brechreiz ausgelöst. Die Schreie einiger Tiere wären ihr bis in ihre Träume gefolgt. Luis sei nachdenklich geworden und verstehe sie nun viel besser. Beide hätten sich darauf verständigt, dass niemand perfekt sei und jeder natürlich Fehler mache. Aber sie hätten sich vorgenommen, in Zukunft mehr auf die Gemeinsamkeiten zu achten und mehr Verständnis für die menschlichen Unzulänglichkeiten des anderen aufzubringen.

»Vivi, das klingt gut«, war Lauras Reaktion, »ich freue mich für dich. – So, ich hab' die Wette verloren. Heute Abend öffne ich den kleinen Umschlag.«

»Laura Quatsch«, intervenierte Vivi, »das war doch nur ein Gag, den ich im Überschwang meiner Gefühle vorgeschlagen habe. Als ich Luis den Hintergrund dieser Wette erzählte, hat er sich fast totgelacht und stolz gemeint ›Wäre ja ein tolles Gefühl, dass zwei attraktive Frauen um seinen Körper gewettet hätten‹.«

Laura räkelte sich. Das ging runter wie Öl. *»Zwei attraktive Frauen.«*

Ein sich küssendes Paar ging eng umschlungen an ihnen vorbei. Laura sah ihm lange hinterher. Vivi musste ihre Augen nicht sehen, um zu wissen, welche Sehnsucht darin lag. Sie hatte diese Sehnsucht selber häufig genug gespürt. Ankommen, wissen, wo man hingehört, alles teilen, im richtigen Leben, nicht nur bei Facebook. Vivi steckte ihre Nase noch einmal in ihre Lieblingsblume, die »Kölner Flora«. Die Blütenblätter fielen herunter wie lautlos fallender Schnee im Winter. Vivi wurde bewusst, wie vergänglich alles Schöne war und dass es ein Glück war, wenn es einem begegnete.

108

Im »Salzfässchen« kamen mittlerweile alle Gäste auf ihre Kosten. Die vegane Karte und die abgetrennte Lounge hatten neue zahlungskräftige Kunden angezogen. Vivis Engagement in den sozialen Netzwerken hatte viele junge Gäste angelockt. Das Restaurant war wieder auf der Gewinner-Geraden. Nach den krassen Schilderungen von Vivi hatte Luis entschieden, Fleisch ausschließlich aus artgerechter Haltung von bekannten Höfen zu kaufen. Bei Pascal hatte er damit offene Türen eingerannt. Das verkleinerte etwas die Gewinnmarge, aber es brachte auch einen Imagegewinn. Die Milch und der Käse kamen jetzt von Bauer Willmann. Das schlug zwar zunächst auch ins Kontor, aber Luis war überzeugt, dass sie, wenn sie das gut kommunizierten, die Preise später leicht anheben könnten, da die Gäste für nachhaltig produzierte Lebensmittel gerne etwas mehr zahlen würden.

»Pascal, ich will feiern. Wir laden den Stadt-Anzeiger ein, noch ein paar andere Medien und vor allem unsere Stammkunden und bitten sie, dass jeder jemanden mitbringt, der noch nie hier war. Wir machen ein kleines Buffet in der Oase und eines im Hauptrestaurant«, begrüßte er Pascal überschwänglich, als dieser sein Büro betrat.

Luis quoll über vor Ideen. Pascal erkannte ihn nicht wieder. Seine Genesung war fast abgeschlossen. Seit es besser lief und sie spürbar steigende Umsätze verbuchten, fühlte sich Luis wie neu geboren. Sein lädiertes Knie behinderte ihn immer weniger. Das Schlimmste war überstanden – in jeder Beziehung.

109

Vivi hatte bei der Tischordnung mit Hand angelegt. Rechts neben ihr saß Laura, links ihre Mutter, gegenüber von Luis. Vivi war so nervös wie Frauen es vor ihrer Hochzeit sind. Ihre Mutter würde endlich Luis und das »Salzfässchen« kennenlernen. Seit sie bei Luis wohnte, schlug das Stressbarometer kaum noch aus. Marga war beruhigt, dass Vivi einen sicheren Job hatte und sogar eine feste Beziehung. Die ersten Gäste kamen früher als erwartet. Das milde, fast mediterrane Wetter hatte offensichtlich ihre Ausgehfreude stimuliert. Vivi und Luis hatten kaum miteinander gesprochen. Alle waren ausgelastet, um die Party zu einem Erfolg zu machen. Beide Buffets waren bis auf die warmen Speisen aufgebaut. Sie hatten zusätzliche Stehtische aus dem Keller geholt und mit schwarzen Hussen überzogen. Die Tischmitte zierte eine Minihortensie in einer kleinen weißglasigen Flasche. Luis wollte eine unverkrampfte Atmosphäre, Fingerfood zum Auftakt und für die ganz Hungrigen ausgewählte Kostproben am Buffet, die einen Querschnitt ihres Angebots repräsentierten. Ein milder Merlot aus Frankreich und ein Grauer Burgunder von der Mosel sollten den Geschmack der meisten Gäste treffen, befand Weinkenner Pascal. Aber auch das vegane Weinangebot stand jedermann zur Verfügung. Das Kölschfass hatten sie bereits angezapft, um den ersten Durst zu löschen. Luis führte hier und da Gespräche, um das Eis zu brechen. Einen Teil der Gäste kannte er durch seine Eltern. Vivi umarmte ihre Mutter bei der Ankunft innig und stellte sie Luis vor. Er wickelte sie mit seinem Charme im Nu um den Finger und führte sie zu ihrem Platz, weil Vivi sich wieder um andere Gäste kümmern musste. Vivi hatte keine Zweifel mehr, dass er das Herz ihrer Mutter im Handumdrehen erobern würde. Sie sah ihr an, dass sie Luis für den Richtigen hielt, denn ihre Mutter zwinkerte ihr zwischendurch zu, als es keiner merkte. Luis hielt Ausschau nach Vivi. Den Mann, mit dem sie gerade sprach, hatte Luis noch nie gesehen. Sie berührte lachend immer wieder seinen Arm, wenn sie ihm antwortete. Sie kannten sich offensichtlich näher. Der Kerl hatte Charme. Schwarze Haare, strahlend weiße Zähne und das schicke Outfit prädestinierten ihn für jeden Werbespot. Luis tat sich schwer, Männer zu bewerten, aber dieser Typ brauchte sich um die Aufmerksamkeit bei Frauen keine Sorgen zu machen. *Woher kannte Vivi ihn, und wieso redet sie solange mit dem Typ?* Vivi sah auf die Uhr und verschwand Richtung Küche. Es wurde Zeit, die warmen Speisen für das Buffet zu organisieren. Der Südländer sah sich suchend um. Als Kollegen von Kiesewetter aus der Bank Luis in neue Gespräche verwickelten, hörte er nur mit halbem Ohr zu und behielt den Fremden im Auge. Pascal unterstützte die Mädchen im Service. Er hatte den Überblick und war sich nie zu schade, selbst ein Tablett zu tragen.

»Kennst du den, Pascal?«, wollte Luis wissen.

»Wen?«

»Den Sonnyboy da hinten. Er trinkt Rotwein.«

»Nie gesehen. Wer hat den denn mitgebracht? Den schau ich mir gern genauer an.«

»Dafür hast du keine Zeit, mein Lieber. Da hinten steht dein Freund, oder irre ich mich? – Vivi hat sich die ganze Zeit mit unserem unbekannten Gast unterhalten. Meinst du, der hat ein Auge auf sie geworfen?«, fragte Luis Stirn runzelnd nach, »meinst du Vivi tanzt auf mehreren Hochzeiten?«

»Was? Quatsch. Glaub ich nicht.«

Das Restaurant hatte sich mittlerweile gut gefüllt. An den Stehtischen drängten sich die Menschen Körper an Körper. Die meisten Sitzplätze waren vergeben. Als Laura das Restaurant betrat, war sie kaum wieder zu erkennen. Sie hatte ihre Haare hoch gesteckt, was sie reifer erscheinen ließ. Die schwarze Hose, die rote lange Bluse und die schwarz-glänzenden Stilettos verwandelten sie in eine Dame. Laura genoss die Blicke der Gäste, als sie nach Vivi Ausschau hielt. Sie hätte gerne schulterfrei getragen, aber das Tattoo, das sie sich auf der linken Schulter hatte stechen lassen, war noch nicht für die Öffentlichkeit bestimmt. Die Rötung sah nicht sexy aus. Wenn sie an die schmerzhafte Prozedur dachte, trieb es ihr fast wieder die Tränen in die Augen. Sie hatte sich geschworen, ihre Haut nie wieder Nadel und Tinte auszusetzen. Pascal stürmte sofort auf Laura zu und verteilte Luftküsse.

»Hallo Süße, du siehst total umwerfend aus.«

»Pascal, du Charmeur. Danke für eure Einladung. Wo sitze ich?«

»Da, direkt neben Vivi. Sie ist im Moment noch in der Küche. Ihre Mutter ist schon da.«

Laura stolzierte vorsichtig zu ihrem Platz und umarmte Marga. Die Stilettos waren eine Zumutung, aber für heute ein Must-have.

»Laura, du siehst wirklich hübsch aus. Sehr hübsch. – Ich bin so froh, dass ihr euch wieder vertragt.«

Laura fühlte sich blendend. *Vielleicht lernte sie jemanden kennen. Sie war bereit dafür.* Luis kam auf sie zu und begrüßte sie liebevoll mit einem Wangenkuss. Er machte ihr ein Kompliment für ihr Outfit. Er war locker und entspannt, der vollendete Gastgeber. Die Beziehung mit Vivi schien ihm gut zu tun. Sie sah ihm etwas wehmütig nach, als er in der Küche verschwand. Vivi hatte gesagt, dass sie glücklich wären. Sie freute sich für beide. *Aber wenn man solo ist, versetzt einem jedes andere glückliche Paar einen kleinen schmerzhaften Stich ins Herz. Laura, Schluss mit den trüben Gedanken, schalt sie sich selbst!*

Plötzlich hielt ihr jemand von hinten die Augen zu.

»Vivi, lass den Quatsch. Du hast mich total erschreckt!«

Die Hände gaben ganz langsam ihren Blick wieder frei. Auf ihrem Teller stand ein kleiner Stoffesel.

Hinter ihr sagte jemand in gebrochenem Deutsch: »Sorry, Laura, tut mir leid, ich bin nicht Vivi, ich heiße Rafael.«

Laura schreckte zusammen, als hätte sie der Blitz getroffen. Sie drehte sich langsam um. Das war keine Erscheinung. Das war wirklich Rafael, der sie anstrahlte. Neben ihm stand eine gut gelaunte Vivi.

»Laura, ich freue mich, dich wieder zu sehen. Vivi war so nett, mich einzuladen.«

Laura war baff und brachte kein Wort heraus. Sie ließ sich auf die Wange küssen und erwiderte diese nette Begrüßung. Dann umarmte sie Vivi.

»Ist mir gelungen, meine Überraschung, was?«

»Du, du Miststück. Du hättest mich einweihen können.«

»Selber Schuld, wenn du nichts riskierst. Er wollte sich immer mit dir treffen, hat immer von dir gesprochen und du hast immer gemauert. Da musste doch eine gute Freundin nachhelfen, oder? Amor liebt Überraschungen, weißt du doch. Darauf lass uns anstoßen.«

Luis und Pascal gesellten sich zu ihnen. Vivi stellte Rafael als Lauras Begleiter vor. Luis atmete auf und schüttelte über sich selbst und seine Gespenster den Kopf. Vivi signalisierte Laura, dass ein gemeinsamer Toilettengang angesagt war.

»Na, mein Schatz, was macht denn das Tattoo?«

Zu ihrer Überraschung entblößte Laura ihre Schulter und zeigte Vivi zwei gestochene Delfine beim gemeinsamen Sprung.

»Na, Vivi, jetzt bist du platt? Das hättest du nicht erwartet. Dein Vorschlag war einfach zu süß. Und weißt du was der Witz ist, wenn du meinen Zettel geöffnet hättest, hättest du dasselbe Motiv gefunden.«

Bei Lauras letzten Worten hatte Vivi ihre linke Schulter freigelegt. Auch hier tummelten sich zwei Delfine und darunter stand: »Best friends on earth make the best angels in heaven.«

Laura nahm ihre Freundin in den Arm und drückte sie so fest an sich, dass Vivi kaum Luft bekam.

»Warum hast du das gemacht? Du hast doch gewonnen. Und wie bist du auf den Spruch gekommen?«

»Beste Freundinnen teilen alles, auch den Schmerz im Tattoo-Studio. Der Spruch war ein Vorschlag der Tätowiererin, nachdem ich ihr von uns erzählt hatte.«

»Vivi, ich werde jetzt einen Schwur brechen. Ich habe mir geschworen, mir nie wieder ein Tattoo stechen zu lassen. Aber die Zeilen auf deiner Schulter werden auch bei mir verewigt. Ein paar Gläser Prosecco werden schon helfen, den Schmerz zu lindern.«

110

Luis hatte das Gefühl, dass der richtige Zeitpunkt für eine Rede gekommen war. Wenn er die Gespräche noch später unterbrach, war die Stimmung dahin. Er brachte sein Weinglas mit einem Löffel zum Klingen und wartete einige Sekunden. Reden zu halten machte ihm nichts aus. Er wusste, dass er sich auf seine Stimme verlassen konnte. Und er hatte ein gutes Gedächtnis.

»Meine Damen und Herren, liebe Gäste, wenn ich es noch nicht persönlich gemacht habe, dann hole ich das jetzt mit Vergnügen nach. Ich heiße Sie heute an diesem milden Abend im ›Salzfässchen‹ herzlich willkommen. In unserem Haus weht seit einiger Zeit auch der vegane Geist, weil Menschen das so wollen und sie ihren Lebens- und Ernährungsstil verändert haben. Das ›Salzfässchen‹ hat in den vergangenen Wochen viel Lob gehört, weil wir auf diese Bedürfnisse reagieren. Junge Leute finden den Weg zu uns, darauf sind wir sehr stolz. Weil das nicht auf meinem Mist gewachsen ist, sondern als Idee kreativer Mitarbeiter geboren wurde, darf ich Ihnen heute unsere Spezialistin für unsere veganen Spezialitäten vorstellen, Vivian Walther.«

Vivi hatte Betty gerade ein Tablett mit Snacks überreicht und lächelte in die Runde. Die Gäste klatschten Beifall und Vivi hoffte, dass sie jetzt nichts sagen musste, sondern dass der Ball bei Luis blieb. Er hatte sie nicht eingeweiht.

»Vivi, das ist dein Applaus. Vivian kocht für eine neue Generation von Feinschmeckern, sie kocht für alle, die aus den gewohnten Bahnen ausbrechen und ihr Geschmacksspektrum erweitern wollen. Und jetzt wird es persönlich. Ich darf Ihnen verraten, dass wir uns auf einer Kreuzfahrt kennengelernt haben und dass dort die Idee zu einer Zusammenarbeit ihren Anfang genommen hat.«

Vivi ließ sich nichts anmerken. *Flunker, Flunker. Klappern gehört zum Handwerk. Wer Marketing macht, muss Geschichten erzählen.* Aber diese Variante hätte sie Luis gar nicht zugetraut, nicht nach allem, was passiert war.

»Und jetzt meine Damen und Herren, darf ich Sie kurz nach draußen bitten, keine Sorge, dort findet meine kleine Ansprache ihr Ende.«

Die meisten Gäste folgten Luis bis auf die Straße. Sie knubbelten sich auf dem Bürgersteig, wo Luis an einer Leine Stellung bezog, die über dem Eingang an einer blickdichten Folie befestigt war.

»Heute Morgen wurde eine neue Leuchtreklame angebracht, die ich gleich enthüllen werde. Darf ich Sie bitten, noch einmal Ihr Glas mit mir zu erheben. Vivi, kannst du mich bitte unterstützen und an dem Seil ziehen?«

Pascal, Vivi, Betty, Lucie und Bruno standen geschlossen als Team etwas weiter entfernt. Niemand hatte sie eingeweiht. Sie staunten wie alle anderen über das, was Luis gerade ankündigte. Vivi kam nach vorne und zog verunsichert an der Leine, als hätte sie Angst, etwas kaputt zu machen. Die Folie fiel zu Boden. Alle schauten gebannt auf das Schild über der Eingangstür. Dort stand in großen leuchtenden Lettern »Salzfässchen – Tofu trifft Bratwurst«. Darunter etwas kleiner »bei Luis und Vivi«. Der Beifall war lauter als die beiden vorherigen. Luis suchte Vivis Blick. Er konnte sehen, dass ihr Tränen über die Wangen liefen und sie ihre Jackenärmel einsetzte, um sie so schnell wie möglich wegzuwischen.

»Das klingt, was?«, flüsterte er ihr ins Ohr.

»Du bist verrückt, Luis, ich weiß nicht, was ich sagen soll.«

»Du sollst nichts sagen, du sollst kochen. – Und nun, meine Damen und Herren, ist das Buffet eröffnet.«

Luis dachte an die Seereise und daran, wie er Vivi kennengelernt hatte. »Tofu trifft Bratwurst« beschrieb auf den Punkt ihr gemeinsames Essen auf dem Schiff. Ihm war nur lange nicht klar gewesen, zu welcher Fraktion Vivi gehörte. »Tofu-Tussi« hatte er sie beschimpft, weil sie ihn mit ihrer Penetranz zur Weißglut getrieben hatte. Sie hatte ihn als »Bratwurst-Barbar« abgestempelt, weil sie seinen Fleischkonsum nicht akzeptieren wollte.

Als Vivi zurück ins Lokal ging, nahm Marga sie bei der Hand. Sie hatte Tränen in den Augen.

»Vivi, ich bin froh, dass du mich eingeladen hast. Ich bin so stolz auf dich, so stolz. Ich hätte dir das alles nicht zugetraut. Ich hoffe, du bist mir nicht mehr böse.«

Vivi hatte plötzlich einen Kloß im Hals. Diese Regungen kannte sie von ihrer Mutter nicht. Sie nahm sie in den Arm.

»Mutti, ich habe einen Neubeginn mit Luis erlebt, der erfolgreich war, lass uns jetzt einen Neubeginn mit unserer Beziehung versuchen.«

»Mutti« hatte sie seit Jahren nicht mehr gesagt.

111

Luis war aufgedreht. Der Abend war ein Erfolg, wenn man den Komplimenten für die Küche und für das neue Konzept Glauben schenken durfte. Er setzte sich zu Vivi.

»Und, hast du dich schon dran gewöhnt, Vivi? ›Tofu trifft Bratwurst‹, meine ich?«

Vivi gab vor nachzudenken.

»Es klingt gut, ja, danke, dass du meinen Namen aufgenommen hast, ich bin gerührt, wirklich, Luis. Aber wenn ich es mir genau überlege, ›Tofu trifft Tomate‹ klingt noch viel besser.«

»Nur über meine Leiche«, reagierte Luis lachend, »du kannst es einfach nicht lassen.«

Vivi gab Luis einen Kuss und sah ihn verliebt an. *Gott sei Dank konnte er keine Gedanken lesen. Aber die sind bekanntlich frei. Bald würden sie den Namen wieder ändern - in »Salzfässchen - Tofu und mehr«, aber das »mehr« würde nichts mit Fleisch zu tun haben. Nur das alles wollte sie Schritt für Schritt angehen, ohne Stress und Verbissenheit.*

Epilog
Es muss Liebe sein

»Ich darf dann mal vorgehen.«

Luis nahm Kurs auf einen Tisch für zwei, der mit weißem Porzellan und edlen Wein- und Wassergläsern eingedeckt war. Das polierte Besteck funkelte. Vivi sah sich um. An den Wänden hingen Schwarzweißaufnahmen von Köln aus den 60iger Jahren. Die mit weißen Hortensien gefüllten dunkelroten Bodenvasen gaben dem Raum etwas Wohnliches. Vivi knurrte der Magen. Der Kellner fragte, ob sie einen Aperitif wünschten. Sie einigten sich auf einen Prosecco aus der Provinz Treviso.

»Vivi, das außergewöhnliche Amulett sehe ich zum ersten Mal an dir. Was hat es damit auf sich?«

Luis sah sich das kleine Kunstwerk genauer an.

»Es ist ein Geschenk meines Vaters. Aber das Geheimnis des Amuletts verrate ich dir später.«

»Mal gespannt, welche Geheimnisse du sonst noch hast.«

»Lass dich überraschen. – Ach so, bevor ich es vergesse, ich soll dich noch von Laura grüßen.«

»Danke. Wie geht es ihr? Was macht die Liebe?«

»Fortschritte, Rafael wird jetzt eine Zeitlang bei Laura wohnen. Sie wollen mal sehen, wie alles so passt. Sie ist glücklich. Ich freue mich für sie. Du sicher doch auch?«

»Natürlich«, antwortete Luis wortkarg und grinste Vivi mit diesem undefinierbaren Gesichtsausdruck an, der sie auf die Palme brachte.

Was hatte er hier vor? Überraschungen hatten für Vivi immer etwas Unkalkulierbares, das sie verunsicherte.

»Vivi, auf einen wunderschönen Abend. Ich glaube, ich kann dich nicht länger warten lassen.«

Sie stießen an.

»Genau. Ich sterbe vor Hunger.«

Luis griff in die Innentasche seines Jacketts, zog eine gefaltete Karte heraus und überreichte sie Vivi feierlich. Sie las den Satz auf dem Einband, ohne ihn sofort zu verstehen. »Ich esse was, was du so liebst« stand da in Abwandlung des Kinderspiels »Ich sehe was, was du nicht siehst«. Vivi schluckte. Sie öffnete die gefaltete Karte. Ihr lief das Wasser im Mund zusammen, als sie überflog, was gleich auf dem Teller liegen würde. Unter der Überschrift »Speisekarte« stand da:

»Vorspeise:

Ein Duett von Kartoffel-Gurken-Süppchen und gebackenem Blumenkohl.

Die Suppe öffnet den Magen, heißt es. Ich bin glücklich, dass wir uns füreinander geöffnet haben, auch wenn du manchmal richtig nervst, wenn es nicht nach deinem Willen geht. Aber ich glaube, wir sind ein gutes Tandem geworden, privat und beruflich.

Hauptgang:

Kichererbsenburger ummantelt von Kurkumabrötchen an zweierlei hausgemachten Saucen mit Waffelkartoffeln.

Du weißt, für einen richtigen Burger gehe ich durch jedes Grillfeuer. Für dich gebe ich mich der Illusion hin, dass ein Burger aus Kichererbsen auch ein Gaumenschmaus sein kann. Hauptsache, wir genießen ihn zusammen.

Dessert:

Die Spezialität für die Sinne – Verführerisch für den Gaumen – Beerenterrine mit Marzipanschaum und Likör veredelt.

Du hast mich verführt und mir die Sinne geraubt. Ich weiß, dass ich dich liebe. Ich will versuchen, dir auf deinem kulinarischen Weg zu folgen. Vielleicht nicht jeden Tag, aber immer häufiger.«

Vivi konnte ihre Tränen nicht aufhalten. Sie hatte mit allem gerechnet, aber nicht mit einer solchen Liebeserklärung. Sie fiel Luis um den Hals und hätte beinahe sein Weinglas vom Tisch gefegt. Er küsste sie zärtlich und löste sich behutsam aus ihren Armen. Er zog sie vom Stuhl und ging mit ihr in den angrenzenden Raum.

»Weil dir Musik so viel bedeutet, war ich in den letzten Wochen oft hier in diesem schönen Raum bei meinem Kumpel und habe fleißig geübt.«

Vivi betrachtete die Notenblätter. Sie brachte kein Wort heraus.

»Ich habe mir die Noten von ›Liebe ist alles‹ besorgt. Willst du es zusammen mit mir spielen?«

Vivi setzte sich ohne zu zögern neben Luis auf die Klavierbank, öffnete behutsam den Deckel, sah ihm in die Augen und begann zu spielen und zu singen. Luis stieg nach einigen Sekunden ein. Beim Refrain »Lass es Liebe sein« dachte Vivi an Lauras Spruch auf dem Schiff. Es stimmte, für jeden Topf gibt es den richtigen Deckel. Sie musste jetzt gut aufpassen, dass weder Topf noch Deckel einen Riss bekamen. Dafür wollte sie alles tun.

ENDE